空に響くは竜の歌声

永遠《とわ》に響《ひび》くは竜《りゅう》の歌声《うたごえ》

MIKI IIDA
飯田実樹

ILLUSTRATION
HITAKI
ひたき

この物語はフィクションであり、
実際の人物・団体・事件等とは、いっさい関係ありません。

人物紹介 Character

シンシン

金色の巨大な竜。ホンシュワンと命を分け合うだけでなく、一つの体を共有している。

カリエン

エルマーン王国の宰相。兄ホンシュワンの度を越した有能さに、弟たち共々振り回されている。

サフル

リューセーの側近。竜族(シーフォン)に庇護されている種族アルピン出身。気丈でしっかり者の青年。

イースヤ

キーユの竜。珍しい氷竜。

キーユ

薬草から作る薬の研究をしている。

ホンシュワン

十三代目竜王。初代ホンロンワンを上回る歴代最強の魔力を持つ。異世界への扉を開いて滅亡に瀕した地球に行き、月基地から龍聖を救い出して、エルマーン王国へ連れ帰った。

守《もり》屋《や》龍《りゅう》聖《せい》（十三代目）

十三代目リューセー。月基地で生まれ育った明るく純粋無垢な青年。植物の研究者。

［リューセーとは…］竜の聖人にして、竜王の伴侶。そして王に魂精を与え、子供を宿せる唯一の存在　**［魂精とは…］**リューセーだけが与えることのできる、竜王の命の糧。魂精が得られないと竜王は若退化し、やがて死に至る

Family tree

エルマーン王家家系図

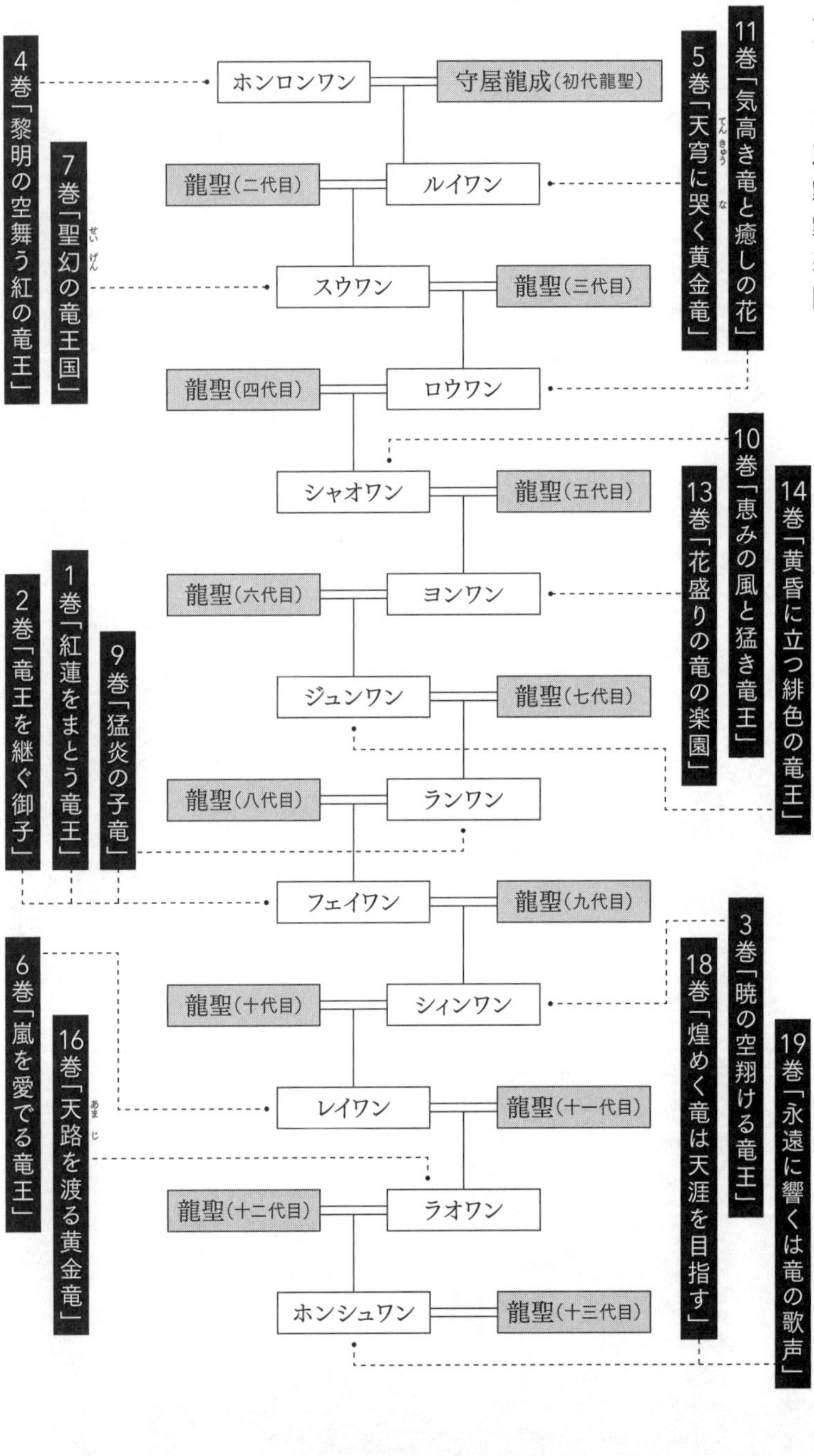

空に響くは竜の歌声　永遠に響くは竜の歌声

王国の空は、咆哮《ほうこう》を上げる無数の竜達で埋め尽くされていた。

大陸の西に位置する竜族が治める国、エルマーン王国。この世界で唯一、伝説の生き物と言われている竜が存在し、人々が『竜使い』と呼ぶこの国の民シーフォンによって使役されているため、人に危害を加えることはなく、穏やかな顔で優雅に空を舞う姿を、一目見ようと遠方から遥々訪れる者も少なくない。

平和で豊かな歴史ある王国、謎に包まれた神秘の王国……それが世界中の人々が思い憧《あこが》れるエルマーン王国だ。

だが数日前より、この国に異変が起こっていた。竜達が荒れ狂い、時折恐ろしい咆哮を上げて、王国の空をぐるぐると渦巻くように飛び回っている。国の外に出ることはないが、すべての竜が終始落ち着きのない様子で、空を飛び続けることなど、未だかつてなかった。

他国からの来訪者は、その様子に酷く怯えた。

エルマーン王国は、南北にある関所を閉ざし、一時的に他国の者の入国を禁止した。

国民は、不安そうな顔で空を見上げ、再び暗黒期が到来するのではないかと案じている。しかし狼《うろ》狽《た》え騒ぐ者は一人もいなかった。

それは国民であるアルピン達が、竜王とリューセーを心から信頼し敬愛しているからだ。きっと竜王とリューセーが、この国を守ってくれる。悪いことには決してならないと……。


エルマーン王国王城の地下には、【聖水の間】と呼ばれる部屋がある。石造りの広々とした部屋の中央に、丸い人口の池があり、そこには美しく澄んだ水が、滔々《とうとう》と絶え間なく湧き出ていた。

初代竜王ホンロンワンが築いた北の城。その最奥にある竜王の間には、壁に沿って水路が作られ、どこからともなく水が流れている。それは水竜の宝玉から湧き出ている水で、竜王の間の半周を小川のせせらぎのように流れていき、その部屋に満ちた芳醇《ほうじゅん》な魔力を蓄えたまま、城の中を流れ落ちて、エルマーン王国の地下を流れる水脈となり、王国の大地を豊かにしていた。

その水脈の一部が、現王城の地下に湧き出て、聖水の間の池を満たしているのだ。魔力を多く含んだその水は、シーフォン達が生きるために必要なジンシェの栽培に必要不可欠であり、また神聖な儀式や、竜王の卵を守るための保護容器の水など、大切な用途に広く使われていた。

そのため誰が言い始めたのか分からないが、この水を『聖水』と呼ぶようになっていた。

誰もいない聖水の間は、静寂に包まれていた。微《かす》かに水の流れるせせらぎの音が聞こえるだけだ。部屋に灯《とも》る明かりは、宝玉の欠片を使って作られた魔道具の灯りで、その神聖な雰囲気を壊さぬように、ほんのりと柔らかな光を湛《たた》えて、明るすぎず部屋を照らしている。

その灯りが揺らめくように、チラチラと何度か消えかかった。続いて池の水面にいくつもの波紋が現れて、やがて音を立てて波立ち始めた。池の底が淡く水色に光り、光は線となって幾筋も縦横《じゅうおう》無尽《じん》に走り不思議な模様を形作っていく。それがひとつの魔法陣として完成すると、次の瞬間カッと爆発するかのような激しい光を放った。

聖水の間に満ち溢《あふ》れた光は、次第に集束していき、それと共に池の水も静かになった。その代わりに、池の中央に人の姿が現れる。

長い深紅《しんく》の髪の青年が、腕に黒髪の青年を抱えて立っていた。彼は辺りを静かに見回して、部屋の中を確認すると、ゆっくり歩いて池の外へと出た。そのまま近くに設置されている長椅子の所まで行くと、抱えていた青年をそっと長椅子に寝かせた。その手つきは、大事な宝物を慎重に置くかのように、とてもゆっくりとした動作だった。

寝かされた黒髪の青年は、まったく目覚める様子はなく、安らかな表情で眠っている。

深紅の髪の青年、エルマーン王国の国王であるホンシュワンは、優しい眼差《まなざ》しで眠る青年をみつめた後、ゆっくりとその場を離れて距離を取った。そしてほっと大きく安堵の息を吐く。

『疲れたのかい？』

心の声が呼びかけてくる。ホンシュワンの半身である黄金竜のシンシンだ。精神体としてホンシュワンの中に共存している。

『いや、うん、まあ……さすがに少し疲れたかな。魔力がずいぶん減っているみたいだ』

『それはオレも感じるよ。予定より長く向こうの世界にいたせいかな？　思っていたよりもかなり魔力を使ってしまったね』

シンシンの言葉に頷《うなず》きながら、ホンシュワンは目を閉じて体の中の魔力の流れを確認した。

『リューセーを抱えている時に、少しばかり魂精《こんせい》を貰ったら良かったんじゃない？』

シンシンの何気ない提案に、ホンシュワンは肩を竦《すく》めて激しく首を振った。

『眠らせていても、わずかながらリューセーの香りがするのに、ずっと耐えていたんだ。魂精なんて貰ってしまったら、自分でもどうなるか分からないよ』

苦々し気に眉根を寄せて、ホンシュワンが反論したので、シンシンは楽しそうな口調で『だけど我慢出来たんだ。偉いね』と言った。

『からかわないでくれ』

ホンシュワンは不服そうに、小さく舌打ちをした。

その時バタンッと大きな音を立てて、聖水の間の扉が開かれた。酷く慌てた様子の兵士が二人飛び込んできたが、そこに立つホンシュワンを見て、さらに驚いている。

「へ……陛下」

「陛下が……なぜここに？」

彼らは聖水の間の扉の前で、警備に立っている兵士だ。今は誰もいないはずの部屋の中から聞こえてくる大きな水音と、扉の隙間から漏れた光に何事かと飛び込んできたのだ。するとそこにいるはずのない竜王ホンシュワンがいたのだから驚くのも無理はなかった。

ホンシュワンは落ち着いた様子で兵士達をみつめた。

「すまないが、カリエンとリューセーの側近のサフルに、ここへ来るように伝えてくれないか？　リューセーが降臨したと言えば分かるだろう」

いつもと変わらぬ穏やかな口調でそう兵士に告げると、兵士達は言葉の意味が分からないかのように、目を丸くして固まっていた。だが少し遅れて『リューセーが降臨した』という言葉と共に、視線が長椅子に横たわる黒髪の青年へ向けられると、雷に打たれたかのように驚愕の表情に変わり、兵士達は飛ぶように走り去っていった。

ホンシュワンはそれを見送って、また一つ溜息をついた。城へ戻ってきて安堵したせいか、少しばかり体がだるく感じて、疲労を覚えていた。

両手を胸の前でゆっくりと握ったり開いたりしながら、体の中の魔力量を確認する。

『オレの魔力を分けようか？』

シンシンが心配そうに声をかけてきた。

『大丈夫だよ。確かに魔力がかなり減ってしまったけれど、体調に変化があるほどではないし……君だって魔力をかなり使ったんだからお互い様だろう？』

ホンシュワンは、口には出さずに心の中で返事をした。

『確かにそうだけど、オレは君の中でしばらく眠っていれば、最小限の魔力で問題ないから、君に分けることは出来るよ？　実体になる必要がこの後あるならば話は変わるけど……』

『しばらくは外に出る予定はないと思うけど、念のために君は魔力を温存しておいてほしい。私の方は大丈夫だから、ありがとう』

『分かった』

二人がそんなやりとりをしていると、ふいに遠くから大きな足音が聞こえてきた。階段を駆け下りてくる足音だ。酷く急いでいるようで、複数の足音がドタドタと騒がしい。

ホンシュワンは、やれやれという顔で、出入り口の方にゆっくりと向かった。この部屋に飛び込んできて大騒ぎをされては困ると思ったからだ。

ホンシュワンが、出入り口に辿り着いたのと、一団が階段を下りきったのがほぼ同じだった。

「あ、あ、兄上～！」

「シィ！　静かに」

血相を変えたカリエンが先頭に立って階段を下りてきた。ホンシュワンの姿を見るなり、大きな声を上げかけたので、被せるようにホンシュワンが注意を促した。ホンシュワンの声は、決して大きくはないのに、カリエン達を黙らせるだけの迫力があった。

「リューセーが眠っている。静かにしてくれ」

ホンシュワンは穏やかな口調で、念を押すように言った。それを聞いたカリエン達は、我に返って再び焦った様子でホンシュワンに詰め寄った。

「兄上！　一体今までどこに行っていらしたのですか！」

カリエンは、一応気遣って声を抑えながら早口で捲し立てた。カリエンの後ろにはシュウリンやバイレンもいて、同意するように何度も頷いている。

「大和《やまと》の国に行ってくると伝えたはずだが？　それよりも私が呼んだのはカリエンだけだ。他の者はとりあえず一旦この場を去ってほしい。伝言でも言った通り、リューセーが降臨した。これからリューセーを安全に運び出さなければならないというのに、こんなに大勢が来ては迷惑だ。説明は改めてするから、シュウリン達は下がっていてくれ」

淡々とした口調で、業務命令のように告げるホンシュワンを前に、シュウリンとバイレンは、何か言いたそうな顔で口を開けかけたが、しばらくホンシュワンとみつめ合った後、渋々承知したようで何も言わずに頷いて、くるりと背を向けると、階段を上っていった。

後に続いていた兵士達が慌てて端に避けて、バイレン達に道を空けた。

「サフル、来てくれ」

ホンシュワンは、去っていくシュウリン達を見送りつつ、すぐに側近のサフルへ視線を移した。

「は、はい、陛下」

サフルはホンシュワンの前に進み出た。

「中にリューセーがいる。眠っているが、私が意図的に眠らせているだけだ。私から距離を取れば自然と目が覚めるだろう。部屋に連れていって寝かせてやってくれ」

「かしこまりました」

サフルは一礼して、聖水の間に入っていった。長椅子に寝かされている龍聖の側《そば》まで歩み寄ると、しばらく龍聖の様子を確認して、一緒に連れてきた侍女に何か指示を出した。侍女達は頷き、足早に聖水の間を出ていった。そして入れ替わるように兵士達が、聖水の間に入っていく。

サフルは兵士達にてきぱきと指示を出して、兵士達は四人がかりで、長椅子ごと龍聖を抱え上げて運び出した。

「それでは陛下、リューセー様をお連れいたします」

「ああ、本当はリューセーの置かれた状況などについて、君に説明をしておきたいのだが……ところで今は何時頃なんだい？」

「朝です。朝の九時を少し過ぎた頃です」

「そうか……では夜にでも話がしたい。また改めて指示を出すから、少し待っていてほしい。リューセーが目を覚ましたら、話し相手になってやってほしい。きっと色々と知りたがるだろうからね」

「承知いたしました。それでは御前《ごぜん》を失礼いたします」

サフルは丁寧に挨拶《あいさつ》をして、兵士達と共に龍聖を運んでいった。ホンシュワンはそれを見送ると、小さな溜息をついた。

「兄上……お顔の色があまりよろしくありませんが大丈夫ですか？」

すっかり落ち着いて冷静さを取り戻したカリエンが、ホンシュワンの吐いた溜息に気がついて、気遣うように声をかけた。

「ああ、ちょっと魔力を使いすぎただけだよ……ところで、君もそうだけど、シュウリンやバイレンのただならぬ慌てぶりを見ると、私が何かしてしまったのかな？」

ホンシュワンの問いかけに、カリエンは一瞬驚いたような表情になったが、すぐに眉根を寄せて苦笑を漏らした。

「そのご様子を見ると、わざとではなく本当に分かっていらっしゃらないようですね……兄上は、あちらの世界にどれくらいいらしたのですか？」

カリエンから質問で返されて、ホンシュワンは即答をせずに少しばかり考え込んだ。

「そんなに私は長く留守にしていたのかい？　先に君の質問に答えるならば、たぶん三日ほどだ。たぶんと言ったのは、ちょっとややこしい事情があるのだけれど、説明するには少しばかり長い話になる……それで申し訳ないのだけれど、詳しい話はあとにしてもらえないか？　少し休みたいんだ。君を呼んだのは、とりあえず私がいない間に、何か緊急事態があったのならば、先に聞いておきたいと思ったんだけど……」

カリエンは穏やかな笑みを浮かべて小さく何度も頷きながら、ホンシュワンの隣に並んで、そっと肩に手をかけた。

「我々が慌てていたのは、兄上の身を案じていただけです。緊急に話さなければいけないような問題は何もありません。兄上、とりあえず上に行きましょう。お休みになってください。とにかく兄上が無事に戻られたのですから、それだけで十分です」

カリエンは、ホンシュワンを促すように背中をそっと押して、階段に向かって歩き出した。その顔には安堵の色が浮かんでいたので、ホンシュワンも釣られるように安堵の笑みを浮かべた。

「心配をかけてすまなかった。それで私は何日留守にしていたんだい？」

「今日は九日目の朝です」

カリエンの言葉に驚いて、歩きかけていたホンシュワンは足を止めて、驚きの表情でカリエンをみつめ返した。カリエンは苦笑しつつ、ポンポンッとホンシュワンの背中を軽く叩いて、歩くように促した。

「詳しい話は後にいたしましょう。私の方も色々と言いたいことはありますが、兄上も色々と説明したいこともあるでしょう。何よりリューセー様についても、お聞きしたいことはありますし……きっと話は長くなってしまいます。とにかく兄上はお休みになってください。話し合いは明日にいたしましょう」

「いや、今が朝だというのなら……夕方には大丈夫だと思う。私の方で準備が整ったら、報《しら》せを送るからシュウリンとバイレンとカラージュに声をかけて、私の執務室に集まってほしい」

「承知しました」

カリエンは、少しばかり不服そうではあるが、ホンシュワンの言葉に同意した。カリエンとしては、もっと休めと言いたいのだが、ホンシュワンが言うことを聞くとは思えない。そう思う一方で、ホンシュワンが不在の間の色々なことを話しておかなければならないし、聞きたいことも山ほどある。先ほどはかろうじて表情に出さないように堪《こら》えることが出来たが、緊急事態は今まさに起きている。ホンシュワンの体調が心配ではあるが、話はすぐにでもしたいという両極端な感情と戦いながら、同意したというのがカリエンの『不服そう』の真相だ。

ホンシュワンは、なんとなくその辺りを察したようで、特にそれ以上は何も言わずに黙って歩き出した。


その日の夕方、ずらりと廊下に並ぶ男達の姿があった。

宰相、内務大臣、外務大臣、国内警備長官という国の幹部が、横並びに立っているのだから、彼らと向かい合う形で立つ警備の兵士達は、たまったものではない。

二人の兵士は、困惑した様子で、時々互いを横目で見たり、前に立つ四人の男達を見たり、所在なさげにしている。兵士達としては、早く何か命じてほしいのだが、四人はまるで廊下に立たされる罰でも受けているかのように、こちらも困惑の表情で、所在なさげにしているのだった。

「おい、カリエン、本当にこんなに早い時間に来ても良かったのか？」

バイレンが、珍しく声を潜《ひそ》めてカリエンに尋《たず》ねた。シュウリンとカラージュも、その言葉に同意するように頷きながらカリエンに視線を向ける。問われたカリエンも、少しばかり当惑した表情で、目の前の扉をしばらくみつめていた。

「私の所に陛下から呼び出しの報《しら》せが届いたんだ。陛下からは事前に、報せを送る時は、シュウリン、バイレン、カラージュにも声をかけて集まってほしいと頼まれていた」

カリエンは、自分自身に再度確認しているかのように、そう呟いた後で小さく頷いている。

「だが今朝……あの後、カリエンから受けた説明では、陛下は魔力を使いすぎて、顔色も悪くお疲れのようだったので、話は後回しにして、とりあえず休ませた……と。恐らく明日になるかもしれない。

そう聞いていたはずだが？」

バイレンがさらにそう続けて問うたので、カリエンは額を手で押さえながら「確かにそう言ったんだが……」と呟《つぶや》いた。

「今は夕方……日はまだ沈んでいません。外は明るいです」

苦悩するカリエンに、そっとシュウリンが囁きかけた。それを聞いて、分かっているとばかりに、カリエンがジロリと視線だけをシュウリンに向けた。

「私はその場に駆けつけなかったから分からないけど、陛下はカリエンとサフルを呼んだのに、バイレンとシュウリンまで押しかけたのだろう？　数日行方不明になってしまったことで、よほど我々に心配をさせてしまったのだと、陛下に気遣わせてしまったんじゃないのか？」

カラージュが、少しばかり咎《とが》めるような口調で言ったので、バイレンとシュウリンはますます焦りの色を浮かべて、「オレ達のせいか？」と視線をさ迷わせた。

「とりあえず呼ばれたのだから中に入るしかないだろう。それで陛下の顔色がまだ悪いようならば、皆で休むように説得しよう。我々の態度のせいで気遣わせてしまったのならば、謝罪するしかない。皆、分かっていると思うが、くれぐれもこちらから陛下がいなかった間のことについて、問い詰めたりしないように。陛下に尋ねられたら、まず私が代表で答えるから、皆は黙っていてくれ……分かったな？」

カリエンが、キリッと表情を引き締めて、皆に念を押したので、一同は無言で頷いた。

「陛下にカリエン達が来たと伝えてくれ」

カリエンは改めて警備の兵士に視線を向けると、そう告げた。兵士達は、ほっとした顔になり、扉をノックしてカリエン達の来訪を告げた。

扉が開かれたので、カリエンを先頭に王の執務室の中へと入っていく。部屋の奥にある執務机で、書類に目を通している最中のホンシュワンが顔を上げた。

「やあ、いつになったら中に入ってきてくれるのかと思って待っていたよ」

爽《さわ》やかな笑顔でホンシュワンがそう言って出迎えたので、ぞろぞろと入ってきた四人は足を止めて固まってしまった。お互いに顔を見合わせて、苦笑いをしながらどう取り繕うかを、それぞれが思いめぐらせている間に、ホンシュワンが立ち上がった。

「呼び出してすまなかったな。まあとりあえず座ってくれ」

ホンシュワンは、それ以上四人を問い詰めることはなく、何事もなかったかのように、中央に置かれた応接セットに座ることを勧めた。四人は大人しくそれに従って、ずらりと横並びにソファに腰を下ろすと、ホンシュワンがやってきて、彼らの向かい側の中央に座った。

「さてと……」

ホンシュワンが、間髪《かんはつ》容《い》れずに本題に入ろうとしたので、慌ててカリエンがそれを遮った。

「陛下、お待ちください……その……お体の方はもうよろしいのですか？　もしも無理をなさっておいでしたら、話は明日でも結構なのですが……」

「ああ、おかげですっかり良いよ。あの後部屋に戻るなり速攻で眠ってしまってね。先ほどまで熟睡していたんだ。えっと……八時間は寝たと思うから、もう頭もすっきりしたよ。ほら、顔色もよくなっただろう？」

そう言って微笑むホンシュワンの顔は、確かにすっきりしていて、カリエンが聖水の間で見た時に比べると、本当に顔色も良くなっている。

「しかし魔力はそんなにすぐには戻らないのでしょう？」

カリエンがなおも心配そうに尋ねるので、ホンシュワンは「ああ」と小さく呟いて、納得したというように頷いた。

「そのことを心配していたんだね。確かに魔力はまだ全然戻っていない。減ったままだ。だが今朝、君達に会った時に顔色が悪くてふらついていたのは、寝不足だったからだよ。何しろ三日ばかり眠っていなかったからね」

「え！　それは一体どういう……」

四人が酷く驚いて動揺したので、その様子を見てホンシュワンが思わずニッと口の端を上げた。

「その話がしたいと思って呼んだんだ。君達にはとても心配をかけたと思うし、私が向こうの世界に行って、どのような物を見てきて、どうやってリューセーを連れてきたのか、君達には説明をしておく必要があると思った。そして私がいない間のこと……なぜ君達がそれほどまでに、慌てふためいていたのか、それも聞きたいと思った。少しでも早くね。休むのはこの後いくらでも休めるけれど、問題があるならば、少しでも早く解決しておいた方が、互いのためにはいいだろう？」

それはいつもと変わらぬ穏やかで冷静なホンシュワンの話し方だったので、四人はようやく少しばかり落ち着きを取り戻した。

「まずは私の話から良いかい？」

「もちろんです」

ホンシュワンの次の言葉を待っているかのように、カリエンが力強く答えて、他の三人も大きく頷いた。ホンシュワンは四人の顔を、ゆっくり確認するようにみつめて、一度目を閉じると、考えを整理するかのように口をつぐんだ。

そのタイミングで、侍女達が急いでテーブルにお茶の用意をして、邪魔にならないように素早く去っていった。

「君達は父上……ラオワン王から、異世界への扉を開く方法があり、それは竜王にしか開くことが出来ないという話は聞いているね？　そしてラオワン王自身が、何度も異世界への扉を開けて、大和の国へ行ったことも、なぜそのようなことをしたのかも……」

ホンシュワンは、静かに語り始めた。

四人は深く頷いた。皆、緊張しているのか顔が強張っている。

「大和の国が滅亡の危機にあり、モリヤ家も存続が危ぶまれている。次のリューセー様がエルマーンに来られるか分からない。母である十二代目リューセーからの重大な情報を元に、危機を回避すべく、ラオワン王はかつてホンロンワン様が使用していたという『異世界への扉を開く術』を入手して、大和の国へ何度も赴き、モリヤ家の人々を捜索している。それがラオワン王より我々が聞かされている話です。私は割と早くにそのことを父上から聞かされました。父上が最後に異世界の扉を開いた現場にも立ち会わされました。父上は結局、モリヤ家の人々をみつけることが出来ず、この後はホンシュワンに託すことになる……と言われました」

カリエンが神妙な面持ちで、最初にそう語った。それを受けてシュウリンが一度バイレンとカラージュに視線を移してから、緊張した様子で口を開いた。

「私がその話を聞かされたのは、父上が身罷《みまか》る直前です。たぶんバイレンとカラージュも同じくらいの頃だと思います」

「ああ、同じ頃だ」

　バイレンとカラージュは、同意して頷いた。それらを聞いたホンシュワンは、改めて四人の顔を順にみつめた。

「君達から他の者に、このことを話しているかい？」

「いいえ、誰にも話していません。妻や子にも話していません」

　ホンシュワンの問いに、四人は激しく首を横に振って否定した。その様子にホンシュワンは、少しばかり笑みを浮かべて、一度溜息を零《こぼ》した。

「そんなに緊張しなくても良い。別に君達を疑っているわけではないし、今となってはすでに解決したことだから……ああ、私のリューセーが見つかったということに関してだけど……だから、まあ、そんなに深刻になる必要もなくなったんだから、もう少し肩の力を抜いて私の話を聞いてほしい」

　ホンシュワンが穏やかにそう言ったので、四人は互いに顔を見合わせて、小さく溜息をついたり、肩を竦めたりして、それぞれが緊張をほぐし始めた。

　その場が少し和《なご》んだところで、ホンシュワンは『地球』の様子や、大和の国のことについて語り始めた。そもそも『星』や『宇宙』などの概念がないカリエン達には、その話はあまりにも荒唐無稽で、想像を絶する話だった。しかしホンシュワンは、かつて母から教わった星についての知識を交えて、四人に分かりやすく嚙み砕いて丁寧に語った。

　そして地球を探し回ってもリューセーの痕跡を見つけられなかったが、空高く飛んでいた時に、その遥か上空から微かに気配を感じ取って月へ行ったことや、それから月基地の全員を地球に帰したこと、ラオワンが作った龍神池《りゅうじんいけ》によって、豊かな緑が戻った土地で、みんなが暮らせるようにしたことなどを、順を追って説明した。

ホンシュワンは、少し長くなってしまったものの、それでもかなり簡潔に分かりやすく全容を話し終えて、とりあえず一息つくように、ゆっくりとお茶を飲んだ。

だが四人は、呆然とした表情のままで、ぴくりとも動かず固まっている。

「分かりにくかったかな？」

そんな四人の様子を見て、ホンシュワンは少し困ったような顔で、持っていたカップを受け皿に戻すと、小さく呟いた。その呟きに、四人はハッと我に返り、それぞれがなんとか言い繕おうとして、必死に言葉を探している。

「陛下、とても分かりやすくご説明いただいたのですが、ただなんと言いますか……頭と気持ちは別と言いますか……頭では理解しても、気持ちの方は信じられないというか……月とは我々の世界にもあるアレでしょう？　夜空に輝く……同じような感じなのですか？　異世界の月も……」

カリエンが代表して、四人が同じように感じているであろうことを打ち明けた。ホンシュワンはそれを聞いて、少しばかり楽しそうに目を細めた。

「実は向こうの世界では明るい時にいたから、夜空に輝く『月』は見ていないんだよ。だけど似たような感じじゃないかな？」

『夜空の月を見ていない』というホンシュワンの発言に、四人はさらに困惑の表情になった。

「私達はリューセーの気配を目指して空のさらに上へ上へと飛んでいったんだ。そこで辿り着いた星で出会ったリューセー達が、そこを『月』だと言っていたので、我々もそれが我々の世界にもある夜空の『月』と同じような物なのだと知ったんだ。でも光ってはいなかったよ」

最後に付け加えた一言は、少しからかうような口調だったので、四人は思わず苦笑した。それでまた雰囲気が和んだので、バイレンが少し好奇心を滲ませた視線で、ホンシュワンをみつめながら口を開いた。

「我々シーフォンの男ならば、若い頃に一度は必ず挑戦していると思うが……どこまで空高く飛ぶことが出来るか……大概の者は、息が苦しくなって途中で断念すると思うんだが……陛下は大丈夫だったということなのですか？」

それを聞いたホンシュワンは、驚いたように一瞬目を見開いた後、目を細めて楽しそうに口元をほころばせた。

「残念なことに、私はその『どこまで空高く飛ぶことが出来るか』の挑戦をしたことがなかったんだけど、さっきも説明した通り、シンシンは精神体にも実体にもなれるから、精神体で空を飛べば、生身の実体ではないから、息が苦しくなることもないんだ」

四人にはそこの部分が未だによく分からないのだが、まあ、何事も容易に成し遂げてしまう陛下(兄上)だからな～で、不思議と納得してしまっていた。

「それで……陛下は異世界に行って、大和の国とその周辺を探し回り、遥か空の上にリューセー様の気配を感じて、『宇宙』という世界の外へ行き、月まで行ってそこに大和の人々がいるのを発見した。さらにモリヤ家当主を始めリューセー様にも会うことが出来て、月にいる大和の人々を『宇宙船』という乗り物に乗せて、大和の国に帰してやった……それらにだいたい三日ほどかかったと言われるのですね？」

カリエンが話をさらに簡単にまとめて、再確認をするように尋ねた。するとホンシュワンは、何かに気づいたように、瞳を輝かせるとカリエンをみつめ返した。

「カリエン、子供の頃に母上に教わった『紙飛行機』を覚えているかい？　二人で遠くまで飛ばして遊んだだろう？」

突然そんな話をされて、カリエンは少し戸惑いつつも、昔を思い出すように考えながら相槌《あいづち》を打った。

「ええ、何度やっても私はとうとう上手く飛ばすことが出来なかったので、癇癪《かんしゃく》を起こしてやめてしまったアレですね。懐かしいな……兄上は本当に上手でした。母上と同じくらい飛ばすことが出来るようになっていたでしょう？　後から加わったシュウリンも、私より上手になって……だから癇癪を起こしたんです」

カリエンはそう言って笑いながら頭をかいた。シュウリンも思い出したようで、笑いながら頷いている。バイレンとカラージュは何のことか分からなくて、不思議そうに三人を眺めていた。

「兄上、急にそんな話をしたりして、何ですか？」

子供の頃の話をしたせいか、カリエンは『陛下』呼びから『兄上』に変わってしまっていたが、本人は気づいていないようだ。ホンシュワンも周りも、特に気にしていない様子で、話の続きを待っている。

「月にいた大和の国の人達を、地球という大和の国があった星に帰すのに、宇宙船に乗せた話をしただろう？」

「はい、宇宙を飛ぶ船ですよね？　鉄のようなもので出来た……不思議ですよね」

「ああ、不思議なんだけど……まあ、それは良いとして、宇宙船を動かす燃料が足りないということで、私が飛び立つ際の手助けをしたんだけど、その時に母上から習った紙飛行機の飛ばし方が役に立ったんだよ」

「え!?」

目を丸くして驚いているカリエンとシュウリンに構わず、ホンシュワンは母から習った紙飛行機の上手な飛ばし方のコツが、宇宙船を飛び立たせる時に役立ったのだと嬉しそうに身振り手振りで話し始めた。

「力いっぱい投げるようにしてはいけない……そっと押し出してやるように、宙を滑り出すように飛ばすのだと、母上が言っていただろう？　宇宙船を魔力で押し出すように、飛び立たせたんだ。とても上手くいったよ」

満足そうな顔のホンシュワンに対して、カリエンとシュウリンは、まだ目を丸くして固まっている。

「宇宙船って……とても大きな鉄の塊《かたまり》ですよね？　紙飛行機とは……違いますよね？」

ポカンと呆《ほう》けたような顔で、カリエンが尋ねたが、ホンシュワンは「そうだ、もちろん紙飛行機とは違うよ」とけろりとした顔で答えた。

なんだか話の収拾がつかなくなっているように見えたので、カラージュがコホンとひとつ咳払いをした。バイレンもカラージュも、三人が盛り上がっている話の中身がよく分からないので、傍観しながら少しばかり冷静さを取り戻していたのだ。

「ああ、話が逸《そ》れてしまったね。すまない……そう、異世界の扉を開いて、大和の国へ行き周辺を探索したのは半日ほど、それから月に行ったのも半日ほどだと思う。月でさらに半日滞在して……それからリューセー達の乗った宇宙船で、地球まで行くのに一日半はかかったと思うんだ。通常は月から地球まで宇宙船で二日半ほどかかるらしいんだけど、私が……いや、シンシンが助力したから早く着いたはずなんだ。ただ宇宙では時間の感覚がよく分からなくてね……真っ暗で昼も夜もないんだよ。だけど恐らく今言った通りで……向こうの世界に三日ほどいたはずなんだ」

説明を聞いて、四人は顔を見合わせた。

「父上や母上の話では、こちらとあちらの世界では時間の流れが違うらしく、明確に何時間の差があるというわけでもないと聞いていましたが……」

シュウリンが、少し研究者の顔になって、好奇心を滲ませながらさらに踏み込んで聞いてきた。ホンシュワンは頷きつつ、思考をめぐらせている。

「母上に聞いた話だが、我々のいるこの世界と、大和の国がある世界は、完全な異世界なのだろうということだ。ここで言う『異世界』という言葉は、我々が使っているものとは、少し意味合いが違う。この星の別の大陸にあるわけでもなければ、夜空に光る星々のどこかに大和の国があるというわけでもない。まったく別の次元の別の宇宙に存在する世界ということだ」

ホンシュワンの話に、キラキラと目を輝かせているのはシュウリンだけで、他の三人は困惑の表情で固まっている。理解させるのが難しい話を、わざわざ延々と続ける必要はないのだが、今はしておいた方が良いと判断した。

父であるラオワン王とホンシュワン、二人の竜王が初代ホンロンワンしか出来ないと思っていた『異世界渡り』をした。そのせいである程度の強い力と大量の魔力があれば、割と実現可能なのだと思われかねないと、ホンシュワンは危惧《きぐ》していた。

ホンシュワンが異世界に行って、九日間という長い期間『行方不明』になってしまっていた。それだけ『異世界渡り』をするということは、何が起こるか分からない危険な手段なのだ。

だからカリエン達が、困惑の表情になるような小難しい話を、もう少しばかり続けることにした。

「地球とこの星は、一日の時間の長さが違うから、そもそも最初からズレが生じているのだけど、不思議なことに、竜王とリューセーは、常に同じ年頃で出会うようになっている。竜王の寿命は一定ではないから、眠りについている次期竜王が目覚めるのも、決まった年数ではない。だが次期竜王が目覚めれば、釣り合う年頃のリューセーが降臨する。母上の話では、歴代リューセーが生まれる年数というのも、決まった法則はないそうだ」

ホンシュワンの話に、シュウリンだけが感心したように何度も頷いている。

「それってリューセー様がこちらの世界に降臨する仕組みと関係があるってことでしょうか？」

シュウリンが閃《ひらめ》いたという顔で言ったので、ホンシュワンも大きく頷き返した。

「ああ、モリヤ家にある龍神鏡《りゅうじんきょう》と、こちらの神殿にある龍神鏡は繋がって……」

ホンシュワンは、シュウリンの理解度に満足したのか、さらに話を続けようとした。だが我慢出来ずに、それまで傍観していたカリエンが勢い良く手を上げて、話の腰を折った。

「兄上！」

「なんだい？　カリエン」

「お話し中のところ申し訳ないのですが……ずいぶん話が逸れてしまっているように思います。その……兄上があちらの世界で三日ほど過ごしたけれど、こちらでは九日も経っていたという話をしていたはずだと思うのですが……もしもそれに関係した話をされているのに、私が理解していないだけでしたら、申し訳ないとは思うのですけど……」

カリエンが気まずそうに、眉根を寄せながらそう発言したので、ホンシュワンは、目を丸くして「あっ」と小さく呟いた後苦笑いを浮かべた。

確かに意図して、小難しい話をしたのだが、ついついシュウリンとの問答に夢中になってしまったようだと気が付いた。

「いや、カリエン、みんな、すまない。話が逸れてしまったようだ。そうだ。時間の感覚が曖昧《あいまい》ではあるが、たぶん私は向こうの世界で三日ほど過ごした。父上が異世界渡りをした時に、あちらの世界で半日ほど過ごした後、こちらに戻ったら一日以上が過ぎていたと聞いていたから、四、五日くらいは経っているかもとは思っていたのだけど……九日も経っていたとは思わなくて、皆に心配をかけてしまったと思う。とにかく私の方の事情は、今話した通りだ。私も初めての異世界渡りだったし、リューセーをみつけたという興奮から、後先考えずに行動を起こしてしまった。本当にすまなかった」

ホンシュワンは、真面目な顔で四人を順にみつめながら、深く頭を下げて謝罪した。

「あ、いや……別に兄上が謝罪することでは……」

「それで、九日の間に何があった？　君達があれほどに狼狽えていたのだから、よほどのことかと思ったのだけど……」

改めて問われて、四人は本来の目的を思い出したかのように、表情を引き締めて背筋を伸ばした。チラリと視線を交わし合い、特に打ち合わせていたわけではないが、カリエンが頷いて口を開いた。

「結論を先に申し上げると、竜達が理性を失いかけて、酷く荒れました。まるで暗黒期の再来を思わせるような……落ち着きをなくし、荒々しい咆哮を上げて空を飛び回り、竜同士が威嚇《いかく》し合い、時には諍《いさか》いを起こして暴れました。シーフォン達の間にも動揺が生じて、下位の者達は酷く不安を覚えて、平常心ではいられなくなる者まで現れてしまい……まずは関所を閉ざして、他国の者の入国を一時禁止いたしました。そしてシーフォン達を集めて、陛下が現在異世界へリューセー様を探しに行っていることを伝えました。大和の国の存続の危機などという詳細は伏せましたが、リューセー様が行方不明で降臨出来ない非常事態が起きたため、ホンロンワン様の用いた秘術を使って、異世界へ渡ったのだと説明して、なんとかシーフォン達を落ち着かせました」

カリエンの説明を聞いて、ホンシュワンは酷く驚いたようで、目を大きく見開いたまましばらく固まっていた。

「それは……一体……私が異世界渡りをしたせいで？」

ホンシュワンは、動揺した様子でなんとか疑問を口にした。ホンシュワンにとっては、思ってもみなかった事態だった。竜王が異世界渡りをすることで、シーフォン達にそのような影響があるなど、父からも母からも聞いていなかったからだ。

「もちろんそうですが……」

カリエンは、珍しく動揺を露《あらわ》にしているホンシュワンの様子を見て、断言することを躊躇《ちゅうちょ》して言葉を濁した。だがそんな空気をまったく読まないバイレンが、大きく何度も頷いて、腕組みをしながら思い出すかのように目を閉じた。

「あの時は、事情を知っているオレでも、一瞬動揺しちまったからな～……何も知らない者達からすれば、肝が縮み上がったことだろう」

「バイレン！」

カリエンが、バイレンの言葉にぎょっとして、キッと睨《にら》みながら叱咤した。

「もう少し言い方があるだろう。そんな大袈裟《おおげさ》な……」

「いやいや、竜王を失うということは、こういうことなのかと、想像していたよりもずっと恐怖を感じたよ。あれはなんというか……本能的に体の一部を失うような恐怖を感じたってところかな……お前達だって感じただろう？」

カリエンの叱責など、まったく気にする様子もなく、バイレンはなおも言葉を続けた。だが空気を読めないだけで、バイレンが大袈裟に見当違いなことを言っているわけではないようだ。同意も否定も出来ずに、微妙な表情を浮かべるカリエン達を見て、ホンシュワンはそう悟った。

「竜王を失うって……どういうことだい？　私は異世界渡りをしただけで、死んだわけではないよ？」

困惑の表情で、さらに問いかけると、それまで黙っていたカラージュが、冷静さを取り戻して静かに説明を始めた。

「先ほど陛下が説明してくださったように、大和の国がある異世界というところは、こちらとはまったく別の世界なのでしょう？　私は正直なところ、先ほどの説明で半分ほどしか理解出来ませんでしたが、それでも以前よりはなんとなく大和の国というのが……いえ、その『異世界』というところが、果てしなく……途方もなく……ここからは簡単に行くことの出来ない場所なのだということは理解しました。『異世界渡り』は竜王だけが使える秘術……それも特別な力が必要で、ホンロンワン様の再来と言われたラオワン陛下や、それをも超える力を持つと言われるホンシュワン陛下だから成し遂げることが出来たことで……我々には到底行くことは叶わないまったく別の世界だと……そんな場所へ陛下が行かれたのですから、この世界から陛下の存在が完全に失われたのと同等の現象が起きるのは当然だと思います」

カラージュは、ホンシュワンをじっとみつめたまま、静かな口調でそう説明をした後、チラリとバイレンに視線を向けた。その視線は、カリエンよりもさらに厳しい眼差しで叱責するかのようで、さすがのバイレンも、ビクリと体を震わせて背筋を伸ばした。

「陛下が大和の国に行かれた時、その場面に立ち会っていない私達も、たった今、陛下が異世界へ渡ったのだと分かりました。なぜなら陛下の気配が……竜王の力がこの世界から忽然《こつぜん》と消えたからです。私達は陛下が『異世界渡り』をすると事前に聞いていましたから、一瞬動揺はしたものの、すぐに冷静さを取り戻しました。でも何も知らないシーフォン達は、酷く混乱をしてしまったのです。私達はすぐに集まり、この状況をどう改善すれば良いのか話し合いました。陛下は無用な混乱を避けるために、皆には秘密にして、我々にだけ伝えていかれましたが、このような状況になってしまった以上は、むしろ秘密にしておく方が混乱させるばかりだと、シーフォン達に事情を説明することにしたのです。もちろんすべては話していません。カリエンが先ほど言ったように、リューセー様を探しに行ったのだと説明しました。シーフォン達は、陛下が自分の意志で……自分の力で異世界に行ったのだと分かると、ようやく落ち着きを取り戻しました」

カラージュは、バイレンが空気を読まずに言った言葉を、丁寧に説明し直したのだ。バイレンはそれを聞いて、苦笑しながら頭を下げた。ホンシュワンも、理解を示したものの、まだ困惑の色が消えていない。

「人間の身であるシーフォン達は、話し合いにより落ち着きを取り戻すことが出来ました。数日で……早ければ一日で、遅くとも三、四日で帰ってくるからと伝えたので、皆も納得したのです。ですが竜の体の方は、そう簡単には解決しませんでした。我々ロンワンや上位の者達は、竜の身と意思疎通が出来るので、なんとか抑えることが出来ますが、それ以外のほとんどの者は、本能に目覚め荒れる半身を抑えることが出来ません。せいぜい凶暴化することを防ぐ程度です。我らの半身である竜は、我らよりもより原種に近い……竜という獣なのです。陛下の半身である竜王が、その力で制御しているので、普段は穏やかで、半身と心が通じ合っていますが、竜王の制御がなければ、本能を取り戻した竜に戻ってしまうのです」

「ありがとう、カラージュ、よく分かった……だが、父上が異世界渡りをした時には、そんなことはなかったはずだ。父上が告白するまで、叔父上達も『異世界渡り』をしていたことを知らなかったはずだが……」

「陛下が……兄上がいたからですよ」

「私が？」

ホンシュワンの疑問に、シュウリンが答えたので、ホンシュワンは思わず首を傾げながら聞き返した。

「はい、世継ぎである兄上がすでに生まれていたからですよ。たとえ幼くとも次期竜王です。その上、兄上は赤子の頃から魔力量が多かった。竜王の存在があれば、それだけで我らは制御されるのです。かつての暗黒期も、八代目ランワン王が衰弱して力を失っても、竜が狂わなかったのは、世継ぎであるフェイワン王がいたからです。逆にフェイワン王が衰弱した時に、竜が狂い始めたのは、まだリューセー様が降臨しておらず、世継ぎもいなかったからです」

ホンシュワンはようやく納得したようで、表情を和らげて大きな溜息をついた。

「そこまでは考えが及ばなかった……」

ガクリと項垂《うなだ》れて頭をかきながら、独り言のように小さく呟く。四人はそんなホンシュワンを黙って見守った。

確かにホンシュワンが、なかなか戻らなかった時は、とても焦ったし、何をしているのかと憤慨《ふんがい》することもあった。状況的に自分達も追い詰められていて、動揺し苛《いら》ついていたせいもあったと思う。

だがホンシュワンから、『異世界』の説明を受けて、『異世界渡り』の秘術は、想像以上に途轍《とてつ》もないことだと分かった。正直なところ『異世界渡り』の秘術は大量の魔力を使う大変な魔術だと思ってはいても、そこは『兄上だから』という根拠のない理由で、四人ともそこまで難しくないように感じてしまっていた。

だが時間も、次元も、宇宙（これはよく分からないが）も異なる未知の場所へ一人で赴き、リューセーを探し出して帰ってきたのだから、素晴らしい偉業を成し遂げられたと、心から感謝したいくらいだ。

竜族の危機ばかりでなく、守屋《もりや》家の危機も救ったのだ。

最初は、無事に帰ってきてくれただけで良かったと思っていたが、今はもう偉大なる竜王のために、我らの命を捧げても悔いはないという思いでいっぱいになっていた。

「陛下！」

全員思っていたことが同じだったようで、声が揃ってしまった。その上少しばかり声が上ずってしまっている。はっとして、互いに顔を見合わせると、いい歳をした中年の男達が揃いも揃って涙ぐんでいた。

「どうしたんだい？　みんな……そんな顔して……」

声をかけられたので顔を上げたホンシュワンが、四人を見て目を丸くしている。みっともないところを見られてしまったと、咳払いしたり、顔を扇いだり、それぞれが不自然なまでに誤魔化《ごまか》す行動を始めた。

「我々は兄上の身を案じていただけです。異世界から無事に戻られただけでなく、リューセー様までお連れになるとは、いや……もう……本当に兄上は素晴らしい……」

「陛下ならば必ず解決されると思っていましたが、想像以上です。さすがと言うほかありません」

四人は溢れる思いを抑えきれないとばかりに、口々にホンシュワンを褒めたたえ始めた。ホンシュワンは驚いていたが、彼らのいつもと変わらぬ様子に笑みを零した。

このような大変な事態になるとは、ホンシュワンも思わなかった。だが彼らを信頼していたからこそ、国を留守にして異世界へ行くことが出来たのだ。彼らがいてくれて本当に良かったと心から思う。

「そういえば、私が自室に戻って眠っている時も、特に竜達が騒いでいるように感じられなかったのだけど、もう落ち着いたということかい？」

「はい、陛下が戻った時から、竜王の力が及んだのか、竜達は大人しくなったようです。ただまだ少しばかり興奮冷めやらぬようで、完全に落ち着くまでには至っていません。それで……明日でもよろしいのですが、竜王シンシンが、王国の空を飛んでいただけると、竜達も落ち着きを取り戻すかと思います」

「そうですね、竜達が落ち着けば、関所を開けて他国の者を入れることが出来ます」

カリエンとカラージュが、控えめにお願いをすると、ホンシュワンはすっくと立ち上がった。

「今すぐに行こう」

「え!?」

爽やかにホンシュワンが言ったので、四人は驚きの声を漏らした。

「いえ、そんなに急がなくても……」

「いや、竜達ももちろんだが、こんなことになって、何も知らないアルピン達も不安に思っていることだろう。竜王が空を舞えばみんなが安心するのならば、それくらい容易《たやす》いことだよ。少し空を飛ぶくらい平気だ。たっぷり睡眠をとったからね」

ホンシュワンは明るくそう言って、さっさと歩きだした。

「陛下！　お待ちください！」

「兄上！」

四人は慌てて後を追って立ち上がった。


ホンシュワンは、王城の中央塔の最上部に来ていた。そこは本来であれば半身の竜王が住処とする部屋である。

「シンシン、お願いしていいかい？」

『もちろんだよ』

ホンシュワンは、シンシンの返事に微笑みながら目を閉じて精神を集中させた。ぶわりとホンシュワンの体の周りを淡い光が揺らぎ、その姿が蜃気楼《しんきろう》のように揺らめいて光の中に溶け込んでいく。光はどんどん大きくなり、やがて巨大な金色の竜へと形を変えていった。

シンシンは、ご機嫌に喉をグルルッと鳴らして、一度伸びをするように、首と尻尾を伸ばした。羽を広げてバサバサと軽く羽ばたいてみてから、天井から下がる太い鎖を口に咥《くわ》えて強く引く。

ガラガラガラッと、鉄の滑車が回る大きな音がして、正面の壁が大きく開いていく。心地よい風が吹き込んできた。

『さあ、行こう』

シンシンはグググッと鳴いて、勢いよく助走をつけながら空へと飛び出した。

バサリと大きく羽ばたけば、グンッと風を受けて体が上昇していく。地球の空とも、宇宙とも違う、やはりエルマーン王国の空は良いと、シンシンもホンシュワンも心から思った。

オオオオオォォォッとシンシンが咆哮を上げる。ビリビリと空気が唸《うな》りを上げた。すると散り散りになっていた竜達が、次々と空に舞い上がり、シンシンの下に集まってくる。顔を突き合わせては、唸り合っていた竜達も、大人しくなっていた。

シンシンが、悠然とエルマーン王国の空をゆっくりと旋回する。集まってきた竜達は、それに従うように列をなしていった。

『ホンシュワン、ほら見て、リューセーが手を振って何か言ってるよ』

シンシンに促されて、シンシンの中で精神体となっているホンシュワンは、シンシンの目を共有して、テラスに立つリューセーの姿を見た。

『目覚めたんだな。元気そうで良かった……ありがとうって言っているようだ』

『ありがとうって……何に対して？　大和の民を救ったから？』

『いや……綺麗な世界に連れてきてくれてありがとうって言ってる……この世界に連れてきたことに感謝しているみたいだ』

『へー、良かったじゃん』

ホンシュワンの声が、嬉しそうだったので、シンシンは少しからかうように言った。

『ああ、そうだね。あまり家族との別れの時間を、とってやれなかったから、里心がつくのではないかと思っていたんだけど……この世界を気に入ってくれたのならば良かったと思うよ』

シンシンのからかいなどは、まったく気にした様子もなく、ホンシュワンが真面目に答えたので、シンシンは少しばかり呆れたが、でもシンシンもまたホンシュワンと同じく嬉しい気持ちになっていた。

オオオオオォォォッと再びシンシンが咆哮を上げた。リューセーの呼びかけに応《こた》えるように……。


龍聖は夢でも見ているかのような心地で、手を上げたままでぼんやりと遠ざかる黄金竜をみつめていた。

「リューセー様！」

大きな声で名前を呼ばれて、龍聖は驚いて振り返った。すぐ後ろに控えていたサフルと名乗る男性が、龍聖の驚いた顔を見て、申し訳なさそうな顔で頭を下げた。

「大きな声を出して申し訳ありません。何度かお呼びしたのですが、リューセー様がお気づきでないようでしたので……」

「え！　あっ！　ご、ごめんなさい……僕、何かに夢中になると、周りが全然見えなくなっちゃうところがあって……えっと……サ、サフルさん……ですよね」

「リューセー様、先ほども言いましたが、私はリューセー様の側近……リューセー様の家臣ですので敬称は不要です」

「あ、はいっ……サ、サフル……あの、何か僕に用があるのですよね？」

龍聖は赤くなって、とても言い難《にく》そうに言い直した。その様子を見て、サフルは思わず笑みが零れる。

「用というわけではありませんが……お目覚めになられたばかりなので、まずはお着替えなど身繕いをさせていただければと思っております。それにお腹は空いていらっしゃいませんか？　お食事をご用意いたします」

龍聖はサフルの話を聞いた後、はっと我に返り自分の身なりを確認して赤くなった。普段着のままだったからだ。月からの旅立ちは急なことだったので、とても慌ただしく荷造りに翻弄された。龍聖自身は、龍神様の世界に行くつもりだったので、私物を持ち出すことはなかったが、大事な物だけを家族に託して、その後はラボを閉鎖する作業に追われていた。

地球へ辿り着くまでの宇宙船の旅は、想定の三日どころか一日と少しで着いてしまい、初めての宇宙船の旅、初めての地球への着陸と、ずっと興奮しっぱなしで、休んだり着替えたりすることもなかった。

考えてみれば、二日も同じ服を着ている。体も二日間洗浄してないし、髪もボサボサで、きっと匂いがして不潔に見えたから、着替えをなんて言われているんだ……それなのに、あんなに綺麗なベッドで寝てしまって……初めての龍神様の国で、初めての家臣だと名乗るサフルの前で、『リューセー様』なんて賓客《ひんきゃく》扱いされているというのに、なんてみっともないことをしているのだろうと、酷く慌ててしまった。

「あ、あの……ご、ごめんなさい！　こんな汚い格好で……いつもはちゃんと清潔にしているんですけど、あの……」

耳まで赤くして、必死に言い訳と謝罪をする龍聖の姿に、サフルは驚いて目を丸くした。

「リューセー様、申し訳ございません。私の言い方が悪く、リューセー様に誤解をさせてしまいました。お着替えをと申し上げたのは、決してリューセー様が不潔だという意味で言ったのではありません。お風呂に入って着替えをして、くつろいでいただきたいと思っただけなのです。大和の国の方は、お風呂がお好きだと聞いていたものですから……」

サフルは動揺を隠すように、そっとひと呼吸ついてから、穏やかな表情で丁寧な説明を心がけた。これ以上、龍聖にいらぬ心配をさせないためだ。

しかしサフルの説明は途中で打ち切られた。なぜなら……。

「お風呂！　今、お風呂って言ったんですか？　お風呂があるんですか？　あの……お風呂って、大きな浴槽にお湯を溜めて入る〝あの〟お風呂ですか⁉」

龍聖が真っ赤な顔のままさらにテンションを上げてそう叫んだからだ。

これにはさすがのサフルも、目を丸くしたまま固まってしまった。すぐに返事が出来ずにいたが、龍聖の方は、目を輝かせて興奮した様子で、少し前のめりになっている。

「僕、お風呂に入ったことがないんです！　でも入ってみたいです！　あの、本当に入っても良いんでしょうか？」

「も、もちろんです。すぐにご用意いたします」

サフルは我に返ると、近くの侍女に指示を出した。侍女は小走りでお風呂の用意をするために去っていく。

「とりあえず中に入りましょう」

「あ……すみません」

龍聖も、自分が興奮しすぎてしまっていることに気づいて、恥ずかしそうに頭を下げた。だが再び周りの景色に視線を送って名残惜しそうにしている。

「リューセー様、これから毎日好きなだけ、ここから景色を眺めることが出来ますよ」

龍聖の様子を見て、サフルは優しくそう諭《さと》した。それを聞いた龍聖は、瞳を輝かせて嬉しそうに笑みを零す。

「そうですよね」

「はい」

龍聖は満面の笑顔で答えて、サフルの下へ歩み寄った。サフルも笑顔で頷いて、龍聖に部屋の中へ入るように促す。

「それでは早速ですが、お風呂に案内いたします」

「はい、よろしくお願いします」

「リューセー様、私に対しての敬語は不要です。それからお世話をすることに対しての礼も必要ありません」

サフルは、龍聖と共に歩きながら、やんわりと忠告をした。それを聞いた龍聖は、少し困った顔になり足を止めて考え込んだ。

「リューセー様？」

「あの……貴方《あなた》が僕の家臣であるということは分かりました。だから僕が貴方に対して、敬称を付けたり、敬語で話すことはおかしいのだということも分かりました。でも貴方には会ったばかりだし、家臣というのも今日聞いたばかりだし、まだしばらくは慣れないと思いますから、しばらくの間は大目に見てください。いくら家臣とは言っても、貴方は僕よりも年上なのだし、初対面です。さすがに面識のない年上の人に対して、いきなり偉そうにしたり、砕けた態度をとったりなどは出来ません。それから……僕がありがたいと思ったことに対して、礼を言うのは自然なことです。家臣とかは関係ないです」

龍聖が真面目な顔で、サフルを真っ直ぐにみつめながらそうきっぱりと言ったので、サフルは再び驚いた。だがすぐに柔らかな表情に戻って、頷き返した。

「承知いたしました。リューセー様のおっしゃることもごもっともです。言葉遣いや振る舞いについては、また改めてご説明をさせていただきます。私も早くリューセー様に側近として認めていただけるように努力いたしますね」

サフルがそう言いながら扉を開けて先に進むと、龍聖もほっとした顔で後に続いた。

「わあ、こちらにも部屋が続いていたのですね。それにすごく広い……ここは何の部屋ですか？」

「こちらは居間になります。先ほどのお部屋が寝室で、こちらの居間との二部屋がリューセー様の私室になります」

龍聖はぽかんと口を開けたまま部屋の中を見回した。居間と紹介された部屋はとても広かった。ダイニングテーブルや応接セットなどの大きな家具も置かれているが、それでもたっぷりとゆとりのある広さで、広いダイニングルームと広いリビングルームを、ワンルームにしたような、とても個人の部屋とは思えないものだった。月基地の守屋宅と同じくらいの広さはあるだろう。

「え？　さっきの部屋が寝室？　あんなに広いのに？　そしてこっちが居間？　両方とも僕の私室なんですか？　個人の部屋のレベルではないですよ？　何人も住めるような広さですよ？」

「はい、間違いなくこちらはリューセー様の私室です。リューセー様の生活に必要な最低限の物は揃えておりますが、ご入用なものがあれば遠慮なくお申し付けください。リューセー様がくつろげるお部屋になるようにしたいと思っております」

「え〜！　なんだか王様にでもなったみたい……あれ？　龍神様……ホンシュワン様はこの国の竜王様だと先ほど言いましたよね？　僕はホンシュワン様と結婚するんでしょ？　ということは……僕は王妃？」

龍聖の勘の良さに、サフルは感心した。本当ならば、これから順を追ってサフルが教えていかなければならないことだったのだが、もうそこまで理解されているのかと驚かされる。

前王妃であるリューセーも、かなりこの国のことについて事前に調べていたと聞いていたが、側近教育の教本を、一から作り直さなければならないかもしれないと、密かに考えてしまった。

「はい、おっしゃる通りです。リューセー様が、陛下と婚礼を挙げれば、リューセー様はこの国の王妃になられます」

「だから貴方が僕の側近……家臣なのですね」

龍聖はようやく納得したようで、何度も頷いている。サフルはそれを微笑ましく思いながら、歩いた先の扉を開けた。

「リューセー様、こちらが浴室になります」

サフルはニッコリ微笑んで、開いた扉の中に龍聖を導きながら、そう説明をする。すると龍聖は、とても驚いた顔で、入り口に立ち尽くして、浴室の中をキョロキョロと見回した。

「え!? じゃあ、お風呂はこの部屋備え付けなんですか？ 僕専用？」

「はい」

「こんなに広いのに浴室？」

「はい、お着替えいただく場所や、洗い場も含まれております。こちらで着替えをしていただいて、こちらのベッドに横になっていただき、侍女達がリューセー様のお体を洗います。奥にあるのが浴槽です」

サフルが丁寧に、浴室の設備を説明していった。

浴室は壁も床も天井も大理石のような白く綺麗な石で作られていた。『お着替えいただく場所』と示された所は、床が一段高くなっており、その場所だけ絨毯《じゅうたん》が敷いてあった。壁側には戸のない棚が設置されていて、色々な布が置かれている。服やタオルのようなものに見えた。ベッドと言われたものは、同じく大理石のような石で出来ていて、その上に布が敷いてある。それを見た龍聖は『あそこで寝たら侍女達が僕の体を洗う？』と、理解出来ずにいた。

奥に鎮座する浴槽はとても大きくて、こちらも大理石のような白い石造りだ。側まで行かないと、浴槽の深さや広さは分からないが、たぶん大人が四人くらいは入れるのではないかというほど大きく見える。

浴槽からは湯気が上がっていて、浴室内も少し湿度が高く、暑く感じられた。

天井には数か所明かりが灯っており、柔らかな光が室内を照らしていて、白い部屋にもかかわらず、あまり眩《まぶ》しい印象はなかった。電灯でも蠟燭《ろうそく》でもないような、不思議な光だった。

「リューセー様、先にご説明をさせていただきます。リューセー様のお世話をする側仕えは、全員侍女……女性になります。この城には男性の側仕えである侍従や従僕はいますが、王妃にお仕えするのは、私を除いて女性だけと決められております。これはリューセー様に対して、万が一にも懸想《けそう》して無礼を働くことがないようにするためです」

サフルが突然改まって、真面目な顔でそのようなことを言ったので、それまできょろきょろと興味津々で辺りを見回していた龍聖は、バチリと何度か大きく瞬きをして、しばらく考え込んでしまった。

「えっと……僕は男なんだけど……僕の世話をする人が男性だと、僕にいかがわしいことをする恐れがあるってこと？」

龍聖が小首を傾げて聞き返したので、サフルは少しばかり動揺して大きく首を横に振った。

「いいえ、リューセー様。あくまでも『万が一』の用心です。この城に仕える者達は、大変厳しい教育を受けておりますし、国民であるアルピン達は、リューセー様を心から敬愛し忠誠を誓っているので、無体を働く者など断じておりません。ですが……それでも美しく魅力的なリューセー様のお側に仕えて、着替えや入浴のお世話までするのです。絶対に心奪われないとは確証出来ませんから、万全を期するために、侍女のみと決められております」

「じゃあ、唯一の男で、側近として仕えるサフルさ……サフルは、絶対の信頼があるのですね」

龍聖は、すごい！　とばかりに、サフルを褒めたたえるように笑顔で言った。それを受けて、サフルは穏やかな表情で、龍聖に対して少し首を垂れるように視線を落とした。

「私はリューセー様の側近としての役目を仰せつかった時に、リューセー様への忠誠の証《あかし》として、男性器を切除しております」

「えっ!?」

龍聖は驚きのあまり息を呑《の》んだ。サフルの言った言葉の意味を、瞬時に理解することが出来なくて、思わず無意識に、サフルの体を上から下まで見てしまった。下から上へ視線を上げた時に、サフルと目が合ってしまったので、途端に気まずくなって狼狽えたが、何を言えば良いのか言葉がみつからない。

そんな焦っている様子の龍聖に対して、サフルはニッコリと笑顔になり、壁際に控えていた三人の侍女を招き寄せた。

「リューセー様、今、なぜこのような話をしたかと申しますと、侍女が入浴のお世話をいたしますので、慣れないうちは恥ずかしいかと思いますが、ご容赦いただきたい……ということです」

サフルはさらりと話題を変えた。衝撃の告白に動揺していた龍聖も、ええ！　っと声を上げて赤くなっている。サフルの後ろに並んだ侍女達がお辞儀をしたので、龍聖はさらに赤くなる。

「あの……自分でやったらダメなんですよね」

龍聖が恐る恐るサフルに尋ねたが、微笑みと共に却下されてしまった。女性に裸を見られるのは恥ずかしいが、お風呂には入りたいという二つの思いの間で葛藤して、しばらくの間頭を抱えて唸っていたが、やがて観念した様子で、赤い顔を隠すように俯《うつむ》いたまま「よろしくお願いします」と言った。

サフルは龍聖の気が変わらないうちに……と、急いで服を脱がせて、洗い場へ連れていった。布を腰に巻いてくれたのは、お情けなのかな？　と龍聖は思いながら、なるようになれと半ばやけくそになって、大人しくされるがままに従った。

洗い場のベッドにうつ伏せで寝ると、丁度いい温度のお湯をゆっくりと体にかけられて、粗目の布のようなもので、優しく丁寧に体を擦られた。とてもいい香りがして、何かを体に塗られているな～、気持ちいいな～、と思っていたら、いつの間にかまどろんでいたようだ。仰向けになるように促されて、はっと気がついた。

体も髪も隅々まで丁寧に洗われて、龍聖は生まれて初めての経験に、いつしか夢心地になっていて、恥ずかしさも忘れてしまっていた。

「リューセー様、どこか不快なところはありませんか？」

サフルが優しく声をかける。

「いいえ、とても気持ちいいです。こんなの初めてです。たくさんお湯をかけてくださって、なんだか贅沢ですよね」

無邪気な笑顔でそんなことを言う龍聖に、サフルは先ほどからずっと引っかかっていたことを口に出してみた。

「リューセー様、ひとつお尋ねしたいのですが……もしも何か差し障《さわ》りがあるようでしたら、お答えいただかなくても結構です」

「なんですか？」

「その……リューセー様は、お風呂に入ったことがないとおっしゃいましたが、あれはどういう意味なのでしょうか？」

サフルは尋ねることに躊躇しながらも、どうしても気になったので尋ねた。龍聖はきょとんとした顔をしている。

「そのままの意味ですよ？」

龍聖はなぜそんなことを聞くの？　と言わんばかりに答えたが、それを受けてのサフルの反応を見て、何かに気がついた。サフルは答えてもらったにもかかわらず、意味が分からなくてどう受け取ればいいのか困っている。

「サフルさ……サフルは、僕がどこから来たのかを聞いていないのですね？　地球のことや日本のこと……あ、えっと、大和の国がどうなったのかはご存じですか？」

「ええ、その……詳しくは存じ上げませんが、大体のことは聞いております……大変な災いが起きてしまったのですよね？」

サフルは、龍聖の体を拭《ふ》いたり、爪を切ったりしている侍女達のことを気にするように、チラチラと視線を向けて、あまり深刻な話にならないように声音を気遣いながら答えた。それを見た龍聖は空気を読んで、同じように話し始めた。

「大和の国から避難した先は、月という小さな星でした。僕はそこで生まれ育ちました。月は地球……大和の国があった星とはまったく違って、空気も水もなく、岩と砂しかない所です。僕が住んでいた所は、一万人近くの人間が生活出来るように環境の整った場所なので、その中でならば空気も水もあります。でも空気も水も、作らなければならないもので、自然にはないものです。普通に生活する上で、飲食などに必要な水は十分にありましたが、もちろん潤沢にあるものではないので、節約して大切に使わなければなりません。だからお風呂とかシャワーなんてものはないんです。体を綺麗に洗浄する設備はありますけど……水やお湯をたくさん使って洗うという物ではないんです。だから僕はお風呂に入ったことがありません。でも知識としては、お風呂とか温泉とかそういうものが、かつての大和の国にあったことは知っています。だから憧れだったんです」

龍聖が丁寧に説明をしてくれるのを聞きながら、サフルは話の内容に驚くと同時に、龍聖の勘の良さに再び感心してしまっていた。サフルの態度だけで、大和の国が滅びてしまったという話を、公《おおやけ》にしてはならないことを理解してくれたのだ。まだあどけなさの残る年若い青年で、とても無邪気な性格でもあるのに、本当に思慮深くて頭が良いのは、さすがリューセー様だと、改めて思わされるのだった。

「僕の説明で分かりましたか?」

「はい、とてもよく分かりました。ありがとうございます。この国も周囲を荒野に囲まれていますので、水がとても貴重なものであることは、重々承知しています。この国に住んでいると、ついつい忘れがちですが、荒野を数日かけて苦労して我が国を訪れる旅の方々から、水のありがたさをたくさん聞かされることで、私達も改めて竜王様に感謝する機会をいただいています」

サフルが深く頭を下げて礼を述べながら、この国のことについても補足すると、龍聖はまたきょとんとした顔になった。

「荒野ですか? あんなに緑でいっぱいの綺麗な風景なのに……」

「周囲を険しい山に囲まれた自然の要塞のような特殊な地形の土地に、エルマーン王国は存在しています。この地は竜王様の加護により、地下には豊富な地下水があり、緑豊かな土地となっています。ですが一歩外に出れば、草木もほとんど生えていない荒野が広がっているのです。詳しい地理や歴史などは、これからリューセー様に学んでいただくことになります」

丁度、龍聖の体を洗い終わったので、サフルが手を貸して、龍聖を起き上がらせた。

「僕、勉強は好きなので楽しみです」

起き上がってベッドの上に座ると、さっぱりとした顔でそう言ってニッコリと笑った。サフルも頷いて微笑み返す。

「歴代のリューセー様は、皆様とても勉強熱心な方ばかりでした。大和の民は、皆様勉強がお好きなのでしょうか？」

「そうでもありませんよ」

龍聖はクスクスと笑いながら返事をして、促されるままにベッドから降りた。

「足元にお気を付けください」

サフルに手を引かれて、龍聖は浴槽の場所まで移動した。

「わっ！」

近くに来て、龍聖は思わず驚きの声を上げていた。遠目には分からなかったが、白い石造りの浴槽は、中が板張りだったからだ。

「これ……檜《ひのき》風呂なんですか？」

「大和の国にある檜という木に、植生がとても似ている木だと伺《うかが》っております。こちらではゴルダスという名前の木です」

「ゴルダス……木目がすごく綺麗……部屋の家具もそうですが、木製の物って僕は今まで少ししか見たことがないので、新鮮だし、とても美しいですね」

龍聖は瞳を輝かせて、うっとりと見入っていた。サフルはニコニコと微笑みながら、そんな龍聖を見守った。

「どうぞ、入浴もお楽しみください」

サフルに促されて、龍聖は恐る恐る湯に足を入れた。温度は熱すぎず、温《ぬる》すぎずの適温だった。湯気と共に木の香りが鼻腔をくすぐる。足の裏で木の感触を確かめた。硬いはずなのに、なんだか柔らかさが感じられて、触り心地がとても良い。ゆっくりと腰を下ろして、底にお尻を付けると、お湯の高さが肩より少しだけ低くなる。

「はぁ～」

龍聖は思わず吐息を漏らした。お湯に浸かるという経験は初めてだ。でも本当に気持ちいい。

「お湯加減はいかがですか？」

「お風呂に入るのは初めてなのに、もう最高としか言葉が見つかりません。最高の湯加減です」

サフルが尋ねると、龍聖は満面の笑顔で答えたので、サフルだけではなく側に控える侍女達まで、思わず釣られて笑顔になっていた。


風呂から上がって、エルマーン王国の衣装に着替えた龍聖は、嬉しそうに自分の着ている美しい色合いの衣装を眺めながら、ソファに座ってくつろいでいた。

「リューセー様、お食事の前に少しだけお話をさせていただいてもよろしいですか？」

「あ、はい、もちろんです」

龍聖は姿勢を正して快く承知した。

「先ほどお話ししたように、私はまだ詳しい状況を陛下から何も伺っておりません。本日の夜にご説明いただけるとだけ仰せつかっております。ですから今後のことについては、まだ何もリューセー様にご説明することが出来ません。明日には何らか決まっていると思いますが……今日のところはリューセー様からのご質問にお答え出来ないこともあると思いますが、何卒ご容赦ください」

サフルは改まって神妙な面持ちでそう伝えると、深く一礼をした。龍聖は一瞬目を丸くして何度か激しく瞬きをした。そして小首を傾げて何かを考える素振りをした後、納得したように小さく頷いてサフルをみつめ返した。

「一つだけ確認させてもらっても良いですか？」

「はい」

「向こうの世界のことは、あまり話さない方が良いのですよね？　その……大変な事態が起きたって辺りの話は特に……」

龍聖は最後の方の言葉を、少し小声で辺りを気遣いながら言った。サフルは内心驚きつつ、表情は穏やかなままで静かに頷いた。

「そうしていただけると助かります。その件についても、対応が明確になりましたらお伝えいたします」

「分かりました。今日のところは……僕も驚くことばかりで、なんだか頭も気持ちも、いっぱいいっぱいなので、これからのことについては、そちらの方針に従いますから、あまり気になさらないでください。でも単純な質問はたくさんするかもしれません。皆さんからすれば、とても当たり前のことが、僕には初めての経験ということばかりのような気がします。子供のような質問をすると思いますが、こちらこそどうぞご容赦ください」

龍聖はペコリと頭を下げたので、サフルも慌てて頭を下げ返した。同時に顔を上げて、お互いの目が合うと、どちらからともなくクスリと笑みが漏れた。

「明日には今後の方針が決まると申し上げましたが、大まかなことだけお教えいたします。まずリューセー様には、これからこの国の言葉や、この国の歴史などを学んでいただきます。陛下との婚礼も控えていますが、婚礼の時期については、後日お知らせいたします。ただ一つだけとても大事なお話をしなければなりません。婚礼の儀式が終わるまで、リューセー様はこの部屋から自由に出ることは出来ません。その理由につきましては、明日詳しくご説明いたしますが、出来る限り窮屈な思いをさせないように、私達が誠心誠意お仕えいたしますので、リューセー様もどうか遠慮などなさらずに、不便に思うことがあればその都度、正直におっしゃってください」

「分かりました……こんなに広い部屋をいただいたのだし、テラスには出ても良いのでしょう？　サフルや侍女の皆さんもいらっしゃるから、たぶん窮屈とか不便とか思うことはなさそうです。大丈夫です」

屈託のない笑顔で返されて、サフルは安堵の息を漏らした。

「それでは用意が整いましたのでお食事にいたしましょう」

「さっきから、とても良い匂いがしていて、実を言うとそっちの方ばかり気になってました」

龍聖は、やった！　とばかりに勢い良く立ち上がって、照れくさそうにそう言った。サフルは小さく「申し訳ありませんでした」と笑顔で謝罪しつつ、ダイニングテーブルへ龍聖を案内した。

「わあ！」

龍聖は感嘆の声を上げた。

大きなダイニングテーブルの上には、色とりどりの料理が盛り付けられた皿が、いくつも並んでいる。それを瞳を輝かせて、頬を上気させながら思わず立ち尽くして見ていた。

サフルにそっと背中を押されて、椅子に座るように促されたので、我に返った龍聖ははにかんで笑いながら席に着いた。

「本日は大和の国の料理をご用意いたしました。リューセー様のお好みがまだ分かりませんでしたので、歴代のリューセー様方が、好んで食べられていた物を中心に揃えております。食べられない食材などはありますか？　先代のリューセー様が、人間には嫌いな食べ物とはまた別に、体が受け付けないアレルギーという反応をする食べ物があるとおっしゃっていました。命にかかわるものなので、そういうものは無理に食べさせてはならないと……そういうものはございますか？」

「僕は特に、好き嫌いもアレルギーもありません……それよりも……こんな風に皿に盛りつけられた美しい料理を、見るのも食べるのも初めてです。なんだか食べるのがもったいないですね」

龍聖が感動に満ちた表情で、料理を眺めながらそう言ったので、サフルはどう返事をしていいものか迷ってしまっている。

「あ、さっきお風呂で言ったのと同じ理由です。水は貴重なので、食器を洗うのにたくさん使えませんから、プレートという一枚の皿のようなものに、まとめて料理を乗せるのです。料理も油を使ったり、ソースをたくさんかけたりなど、食器を汚すような料理はダメということで、そういうのは食べたこともないんです。そもそも家庭では料理はしません。給食センターという調理専門の機関で、一括管理されていて、それぞれの家庭に毎日支給されてくるんです。栄養はきちんと計算されているし、味は美味しい……と思います。僕はそういうものしか食べたことがないので、他と比べようがなくて……だからこんな食事なんて夢みたいです」

龍聖はうっとりとテーブルの上をみつめた。金の縁取りの付いた真っ白な皿一枚一枚に、様々な食材が豊富に使われた料理が盛り付けられているのだ。

「どうぞお召し上がりください」

いつまでもただみつめるばかりなので、サフルから改めて食べるように促されてしまった。龍聖は顔を赤らめて笑って誤魔化しながらも、なかなか料理に手を出せずにいた。

どれも綺麗で、どれも美味しそうで、食べたことのないものばかりだ。何から食べたら良いかも分からない。

「リューセー様、ひとつだけお断りしておかなければならないのですが、この国では動物の肉を食べることはありません。野菜や果物以外は、海産物のみとなります」

サフルがそっと補足するように説明をしたので、龍聖は顔を上げて「そうなんですね」と驚いたように返事をした。

「陛下を始めシーフォンの方々……竜族の方々は、遥か昔に神より動物を食してはならないと、肉食を禁じられてしまったのだそうです。ですから国民である我々アルピンも、それに従って肉を食べなくなりました。ですが魚や貝や甲殻類など、食べるものはたくさんありますので、特に不便に思ったことはありません。もしもリューセー様が、お肉をお好きだと申し訳なく思うのですが……」

サフルは申し訳なさそうに言いながらも、龍聖の様子を窺《うかが》った。少しでも落胆の色が見えるようならば、何か対策をしなければならないと思ったからだ。しかし龍聖は、一瞬驚きの表情を見せただけで、納得したように頷いて笑顔で首を横に振った。

「僕は合成肉……『肉のような食べ物』しか食べたことがないので、特に肉食への拘《こだわ》りはありません。むしろ魚などの海産物など食べたことがないので、それを食べられるだけでも幸せです。ああ……こうして眺めてばかりだと、せっかくの料理が冷めてしまいますね……食べるのはもったいないけど、冷めてしまうのももったいないので、思い切って食べます！　あ、食べても良いですか？」

「もちろんです。お好きなだけお召し上がりください」

龍聖は手元に用意されたナイフとフォークと箸《はし》を、少し迷いながらみつめた後、箸を手に取って正面の皿に盛りつけられた天ぷらに手を伸ばした。

海老の天ぷらを取って、バクリと口に含む。噛むと海老の身はプリプリと弾力があり、口の中いっぱいに磯の香りが広がった。

「んんっっ」

龍聖は咀嚼《そしゃく》しながら思わず声にならない声を上げていた。頬を上気させて幸せな顔で噛みしめる。

「すっごく美味しいです！　これ、海老ですよね！　本物の海老は初めて食べました！　ほんのりと塩味なのに、身がとても甘いです！　美味しい！」

ごくりと飲み込んでから、満面の笑顔で感想を述べた。その様子に、サフルも思わず笑みが零れる。

「お口に合ったようで良かったです。海老がお好きでしたら、もっとお持ちいたしましょうか？」

「え！　良いんですか？　あっ、いや、待ってください。まだまだ食べるものがたくさんあります！」

龍聖は次に、白身の魚の天ぷら、茄子や芋などの野菜の天ぷらを食べて、また興奮気味に美味しいを連呼した。

「わあ、これは根菜の煮物ですね。こっちは魚のすり身の団子？　これは茶碗蒸しですか？」

あんなに食べるのはもったいないと渋っていたのに、食べ始めたら箸が止まらず、美味しい、美味しいと興奮しながら、次々に皿を空にしていった。

その見事な食べっぷりと嬉しそうな様子を見て、サフルは心から安堵していた。

「ごちそうさまでした」

龍聖は両手を合わせて満足そうに礼を述べる。

「もうよろしいのですか？」

「はい、こんなにたくさん食べたのは初めてです。おなかいっぱいでもう入りません……ああ、夢みたいです。人参とか大根とか……根菜を食べたことがなくて、憧れだったんです。手に入らない食材は、科学的に成分合成した擬似食材でおぎなってきたのですけど、本物は全然違いますね！　どれも本当に美味しかったです。シェフにお礼を言っておいてください」

「リューセー様からそのようにお褒めいただいたと知れば、料理人達は泣いて喜ぶでしょう。必ずお伝えいたします」

その後、龍聖は再びテラスに出て、夜の風景をしばらく眺めていたが、疲れが出たのか、満腹になったからか、眠気に襲われたため早めの就寝になった。

その夜、サフルは王の執務室に呼ばれていた。

「遅い時間になって申し訳ない。リューセーの様子はどうだい？」

執務机の上の書類を片付けながら、ホンシュワンが正面に立つサフルに向かって尋ねた。

「はい、診察は明日になりますが、健康状態は問題ないように見えます。お目覚めも健やかでしたし、食欲もありましたので……」

サフルの報告に、ホンシュワンは満足そうに頷いた。

「私はリューセーと少し話をしただけなのだが、とても素直で真っ直ぐな性格だと思った。サフルから見てどうかな？」

「恐れながら申し上げます。リューセー様はとても聡明でいらっしゃいます。ご自分の立場を理解していらっしゃいますし、私の話を聞いて把握するのも早く、分からないことも物怖じされることなくお尋ねになります。竜を見ても恐れる様子はありませんし、知らない場所で、知らない者達に囲まれた状況でも、大変落ち着いた態度でいらっしゃいました。その反面、エルマーン王国の景色に、子供のように感動してはしゃがれたり、お風呂を喜ばれたり、食事の際にも料理のひとつひとつに感動なさったりと、とても純粋で素直なお人柄と見受けられました」

ホンシュワンは、サフルの言葉ひとつひとつに頷きながら聞いていた。月基地で、大きな黒い瞳をキラキラと輝かせながら、屈託のない笑顔で、ずっとホンシュワンをみつめていた龍聖の姿が脳裏によぎる。

ホンシュワンの受けた印象と、サフルの受けた印象が同じというのならば、本当に龍聖は純粋で素直な人なのだろうと、そう思ったらなんだか無意識に顔が緩んでしまっていた。

「陛下、いかがなさいましたか？」

真面目な顔で頷きながら聞いていたホンシュワンが、急にニヤニヤと口元を緩めだしたので、何かおかしなことを言ってしまったのかと、サフルは思わず尋ねた。

ホンシュワンは、我に返って慌てて表情を取り繕いながら、コホンと咳払いをして誤魔化した。

「いや、なんでもない……リューセーがテラスに出て手を振る元気そうな姿は見ていたから、心配はしていなかったんだが、目覚めてから特に混乱した様子はなかったのかな？」

「はい、お目覚めになられて、ここは龍神様の国なのかとすぐにお尋ねになり、私が肯定しましたら素直に納得されていらっしゃいました。特に混乱した様子はありませんでした」

「そうか、あちらの世界で、家族との別れの時間をあまり取ってやれずに、強制的に眠らせて連れてきたものだから、少しばかり気になっていたのだ。君にはその辺りについて、詳しく知っておいてもらう必要がある。今は良くても、月日が経って里心がつくこともあるかもしれない。その時は、君にリューセーを支えてもらう必要があるだろうからね……これから話すことは、他言無用に願いたい」

真面目な顔に戻ってそう告げたホンシュワンに、サフルは姿勢を正して神妙な顔で頷いた。

「かしこまりました」

サフルは緊張した様子で、グッと両手を握り締めた。

「君には少しだけ伝えていたと思うが……大和の国の現状と、あちらの世界で起こった厄災についての話だ。出来るだけ分かりやすく簡潔に話すつもりだけれど……きっと想像も出来ないような話だと思うから、心して聞いてほしい」

ホンシュワンはそう前置きをしてから、父と母から聞いた大和の国に起こった天変地異について話をした。父が何度も異世界まで探しに行ったこと、そして今回ホンシュワンが異世界に行って見てきたこと、月基地のこと……カリエン達に語った小難しい話ではなく、要点だけを分かりやすく伝えた。

それでもサフルにとっては、とても信じがたい話だった。側近教育の中で教わる遥か昔に起きた竜と人間の戦いの話よりも、もっととてつもなく恐ろしい話だと感じた。

空から星の欠片がたくさん降ってくるなんて想像も出来ない。その上世界が焼き尽くされて、荒野よりも酷いありさまになるなど、血の気の引くような話だ。

それでも人間達は知恵を絞り、生き残るために様々な手段を用いた。その話も正直よく分からないと思うような話だ。鉄の船に乗って、空のもっと上へ逃げる……あの空に輝く月に逃げ延びた守屋家の人々……さらに驚くべきは、彼らを探し出すために、あらゆる手を尽くした先代竜王とリューセー、そしてリューセーを見つけ出したホンシュワン。

サフルはあまりにも、壮大な話に足が震えてしまった。目の前で穏やかに語る王が、神のように見えてしまい思わずひざまずきたくなるのを、なんとか堪えることが出来た。

顔面蒼白になってしまったサフルに気づき、ホンシュワンは心配そうな顔で、一旦話を止めた。

「サフル、大丈夫か？」

「あ……申し訳ありません。あまりにも恐ろしい話で……そんなことがあちらの世界で起こっていたなどとは想像も出来ませんでした。取り乱してしまいまして申し訳ありません」

「いや、君が驚くのも無理はないと思う……それで……なぜ君にこの重要機密を話したかというと、リューセーが、今までのリューセーとは生まれも育ちも違うので、側近である君が教わってきたリューセーへの対処法では、まったく対処しきれない事態にあうこともあるかもしれないと思ったからなんだ。以前に君に伝えていた『異世界で大変な事態が起こっていて、大和の国が滅亡の危機に瀕している』というだけでは、ここまで深刻な状態だとは思わなかったと思う。リューセーが無事にこちらへ来たのだから、滅亡の危機は回避されたのだと、勝手に勘違いをして、言ってはいけないような話をしてしまい、信頼関係を損ねることもありうるからね」

ホンシュワンの言葉に、サフルは顔色を変えた。そこまで考えは及ばなかったが、確かにそうだと思った。サフルの脳裏に、浴室での龍聖との会話や、食事の時の龍聖の言葉が浮かび上がる。

その時は、龍聖の言っている言葉の意味が、完全には理解しきれていなかった。サフルの持っていた情報での『大和の国の危機』の具体的な内容は知らなかったので、度々龍聖が口にする『水が貴重で』という言葉の重要性を、理解しきれていなかった。

龍聖が生まれ育った『月』は、空気も水もない所……という言葉の反面、住んでいた所には生活に必要な空気も水も十分にあったと言ったり、風呂に入ったことはないけれど、体を洗浄する設備はあると言ったり、それはとてもちぐはぐな話に思えたので、サフルは分からないなりに、『水が貴重』と言われた部分だけ同意して理解したつもりでいた。

浴槽いっぱいのお湯に酷く感動したり、いくつもの皿に盛りつけられた料理に感動したりという姿は、龍聖の純粋で感情豊かな性格によるものだと思っていた。少し子供っぽく見えもしたが、龍聖の可愛らしさも相まって、微笑ましくただ好意的に見ていた。

だが詳細を聞かされた今は違う。龍聖はとても過酷な環境で生まれ育っていた。それはサフルの想像も出来ないくらいの過酷さだ。龍聖の言う『水は貴重』と、サフルの思う『水は貴重』は、根本的に違っていたのだ。

水も空気もない月で、科学文明の進歩した異世界の技術を使って生活する大和の民。生活する上での空気と水は十分にあったと言っても、食器を洗う水を節約し、お風呂は一度も使用しないというのだから、水の貴重さはこの世界とは比べ物にならない。

それなのにこの国の周囲に広がる荒野の話をして、同意を示すなど、なんて浅はかなことをしてしまったのだろう。

「リューセーさまの様子を詳細に教えてくれてありがとう。リューセーのことが、なんだかとてもよく分かったよ。本当に明るくて無邪気で素直な人なんだね。聞いているだけでも、こちらを笑顔にしてくれるようだ。きっとその場は和やかだっただろうね」

「は、はい。最初は侍女達も緊張していましたが、リューセー様のおかげで緊張も和らぎ仕事に専念出来たようです」

ホンシュワンに話題を変えられて、答えるうちにその時の状況を思い出したのか、強張っていたサフルの表情も和らいでいった。それを見たホンシュワンは、心の中で安堵の息を漏らす。

「それで今後のことだけど、婚姻の儀は一月後に行うつもりだ。ただし、これはあくまでも予定で、リューセーの状況次第では、もっと先延ばしにすることもあり得る。何しろ何もかもが異例の事態だ……歴代のリューセーが経験した変化どころではないからね。今は、私との関係よりも、リューセーがここでの生活に慣れることを優先したいと思うんだ。勉強の方は、予定通りにしてもらってもいいけれど、その前にリューセーが知らないこと、知りたいことを聞いて、それを学ぶことも優先的に取り入れてほしい」

「かしこまりました」

サフルは表情を引き締めて、しっかりと頷いた。もう先ほどまでの動揺の色はなく、二度と同じ過《あやま》ちはしないと、決意を固めたという表情だった。

ホンシュワンは、顎《あご》に手を当てて少しばかり考え込んだ。

「リューセーは、私と婚姻して王妃になるということまで知っていたと言ったね？」

「はい、きちんと理解されておいでででした」

それを聞いたホンシュワンは、真っ直ぐにサフルをみつめた。

「もしも……婚姻の儀を延期した場合、リューセーが不安に感じるようならば報告してほしい。そうならないように、私もリューセーとの関係を少しでも築くべく、出来るだけ時間を作ってリューセーに会いに行こうと思う。サフルも協力してほしい」

「もちろんでございます。リューセー様を精神面でもお支えします」

ホンシュワンの願いを受けて、サフルは改めて誓った。真面目な顔で力強く承諾する。

「陛下、つきましてはお願いがあるのですが……」

「なんだい？」

「リューセー様付きの侍女達に、事情説明をする許可をいただきたいのです。もちろん詳細は話しません。ただリューセー様が訳あって、過酷な環境でお育ちになったことを伝えておきたいのです。わずかながら事情を聞いていた私でも、リューセー様の言動を不思議に感じてしまったくらいです。何も知らない侍女達の目には、リューセー様の言動が奇異に映るかもしれません。もちろんリューセー様を軽んじるような者は、決しておりませんが、いらぬ誤解を招かぬよう、事情説明をしておいた方が良いと思うのです」

サフルの訴えを聞いて、ホンシュワンは腕組みをしてしばらく考え込んだ。

「そうだね……そうしておいてくれ。ただし口止めは忘れないように」

「承知しております。許可をくださりありがとうございます」

サフルは深々と頭を下げた。

「ではサフル、改めて命じる。リューセーの側近として、すべてを捧げてリューセーに仕えてほしい」

「リューセー様の側近を拝命しました。全身全霊をかけてお仕えいたします」

サフルは、姿勢を正して宣言すると、恭《うやうや》しく一礼をした。


翌朝、サフルは侍女達を集めて事情説明をした。

「皆さんは、リューセー様が異世界にある大和の国から、私達の下へ降臨されたことはご存知ですね？」

「はい」

早朝から集められた侍女達は、何事かと皆が緊張した面持ちでいる。

王妃の私室に仕える龍聖付きの侍女は五人。

通常は三人勤務で、内一名は夜勤で早朝まで勤務し週五日制で交代で休みを取りながら勤めている。

昨夜のうちに連絡が行き、休みの者まで呼び出されたので、ただ事ではないと皆が緊張するのも無理はなかった。

「実は先代のリューセー様が降臨された後、大和の国は大変な災害に見舞われて、国民に多くの犠牲が出ました」

サフルの口から衝撃的な話が出たため、侍女達は酷く動揺した。サフルは、侍女達にも理解しやすいように、彗星衝突の事実は隠して、大災害に見舞われて水や植物の乏しい荒野のようになった大和の国で、今の龍聖が大変な苦労をして生まれ育ったのだと説明をした。

昨日のサフル自身のように、龍聖の言動を不思議に思う者がいると感じたからだ。

「それにもかかわらずリューセー様は、あんなにも明るくて朗《ほが》らかで、悲壮感の欠片も滲《にじ》ませておられません。そんなリューセー様を、我々が哀れに思ったり、同情したりすることは、大変な非礼になります。我々がすべきことは、リューセー様に何不自由なく、この国で幸せに暮らしていただくことです。そのことをどうかお忘れなく」

「はい！」

侍女達は声を揃えて力強く返事をした。その表情からは、皆一様に決意のほどが窺えた。

「心新たにリューセー様にお仕えください。この話は他言無用です。たとえ家族でも話してはなりません。私からの話は以上です。お休みだった方はご足労さまでした」

サフルは話を切り上げて、侍女達を解散させた。それぞれが表情を引き締めて自分の持ち場へと動き出す。休暇中だった者達は、サフルに暇《いとま》を告げて静かに帰っていった。


龍聖はゆっくりと目を開けた。ぼんやりとしばらくの間天井をみつめていた。何度か目を閉じては、目を開けてうつろな意識が次第に覚醒していく。

心地よいまどろみは、それが夢が現実か分からなくさせる。

「天井に……布がかけてある……あれ？　この台詞《せりふ》、なんだか昨日も言ったような……なんで布？　なんでふかふかのベッド……あっ！」

龍聖は一気に目が覚めた。頭を左右に動かして周囲を確認する。

見慣れない部屋、見慣れない家具、でも昨日見た記憶はある。まったく知らない部屋ではない。博物館のライブラリで見た昔の西洋の部屋みたいな景色だ。

壁は染み一つないクリーム色の壁紙。置かれた家具は、美しい木彫りの装飾に、金の飾り金具の入ったアンティークと言いたくなるような物だが、たぶん新しい家具だ。

龍聖はゆっくりと体を起こしてベッドの上に胡坐《あぐら》をかいて座った。そして大きく深呼吸をする。

チラチラと寝ていた龍聖の瞼に光が当たっていたのは、カーテンを揺らす風のせいだった。カーテンが風で揺れるたびに、朝日が部屋の中に差し込んでくる。クリーム色の壁紙が、光を反射させて余計に眩しかった。

気温は少し高めだが、朝の乾いた涼しい風が絶え間なく吹き込んでくるので、暑いと感じるほどではない。大きく吸い込んだ空気がとても美味しい。『空気が美味しい』という表現を、何かの本で読んだ時に、龍聖はよく意味が分からなかったのだが、今は自然にその言葉が脳裏に浮かんでいた。

風が色んな匂いを運んでくる。森の木々か、湖の水か、それが何かは分からないけど、とても心地よい自然の香りだ。龍聖が生まれてこの方嗅いだことのない香りだった。

「そうだ。僕は龍神様の世界に来たんだった」

笑顔でそう呟いて、勢いよくベッドから降りると、窓辺へ駆けていきカーテンを開けた。眩しさで一瞬目が眩《くら》んだが、すぐに慣れてその黒い瞳に飛び込んできたのは、雲一つない真っ青な空だった。

「あぁ……」

龍聖は感嘆の息を漏らしながら、ゆっくりとテラスへ足を踏み出す。石造りのテラスの床の感触が、足の裏になんだか心地よい。綺麗に清掃されているのか、砂や埃《ほこり》のザラザラとした感触はない。でも月基地の床のような無機質な冷たい床でもない。つるりとした石独特の肌触りと、朝日で徐々に熱を持ち始めている暖かさが、これも月基地では感じたことのない心地よさだ。

青空には様々な色の竜が舞っている。龍聖に気づいて、おのおのがググッ、ギャギャッと鳴きながら、龍聖の上空に少しずつ集まってきた。

空を見上げて、嬉しそうに笑顔でそれを眺めながら、両手を広げて大きく深呼吸をする。

「風が気持ちいい、太陽の光が気持ちいい、ああ……この世界はなんて気持ちいいんだろう……」

月基地の偽物の空を思い出す。龍聖は月基地で生まれたので、本物の青空を知らなかったから、特に月基地の偽物の空に不満を感じることはなかった。映像で見る地球の風景に憧れたが、体感したことがないものには、いまひとつ現実的な実感が持てないので、自然の風や太陽の光がどんなものなのか分からなかった。

月では、基地の外は人間にとって死を意味する場所だ。乗り物や宇宙服がなければ、即死んでしまう。太陽光は死の光だった。

それでも博物館のドームから眺める青い地球に憧れた。よく分からないけど、地球ならば宇宙服なしで外を歩けるし、太陽の光も怖くないはずだ。水もたくさんあるだろう。地面には土があって、たくさんの植物が生えていて、動物もたくさんいるはずだ。月にはないものがたくさんあるのだ。行ってみたい。ずっと憧れていた。

だから龍神様の力を借りて、初めて地球に降り立った時、緑の森や川の流れに感動した。土の感触に夢中になった。ここでこれから暮らしていく家族を羨《うらや》ましく思った。

「お父さん、お母さん、龍神様の世界もとても美しいよ」

龍聖はテラスの端まで行き、柵に両手をついてエルマーン王国の景色を見渡しながら、満足そうな笑顔で呟いた。

「リューセー様、お目覚めでしたか……ああ、裸足で！　熱くありませんか？　小石を踏んで怪我などをなさったら大変です」

サフルが慌てた様子で、靴を片手に龍聖の下へ駆け寄ってきた。それを見て、龍聖は楽しそうに笑う。

「大袈裟ですよ……ここはとても綺麗に掃除してあるから、小石どころか砂粒一つなさそうです。それにまだ熱くはないです」

サフルが龍聖の前にひざまずいて、龍聖の足の裏をハンカチで拭きながら丁寧に靴を履かせてくれたので、龍聖はくすぐったそうに笑いを堪えてそう答えた。

「ご挨拶が遅れました。リューセー様おはようございます。昨夜はよくおやすみになれましたか？」

「おはようございます。はい、熟睡出来ました。ベッドが広くてふかふかで、雲の上で寝ている夢を見ました」

サフルが立ち上がって改めて挨拶をしたので、龍聖もペコリと頭を下げて挨拶を返した。明るく笑う龍聖を見て、サフルは胸を撫で下ろした。無理して取り繕っているようには見えない。少なくともサフルに対して、このように笑いかけてくれるのならば、これから信頼関係を築いていく上で、昨日のことはお咎めなしと思って良いのだろうと思ったからだ。

「リューセー様、本日より改めてリューセー様の側近として、命を懸けてお側にお仕えすることをお許しください。私は今後一切、リューセー様に嘘は吐かないと誓います。分からないことは知った気にならず、分からないと正直にお伝えいたします。あまりにも私が分からなさすぎて、無能と思われないように精進いたしますので、どうぞよろしくお願いいたします」

サフルが神妙な面持ちで姿勢を正して、突然そのようなことを言い出したので、龍聖は目を丸くして固まってしまった。深々と頭を下げるサフルの後頭部を呆然とした顔でしばらく見ていたが、我に返ると酷く慌て始めた。

「サ、サフル……あの、どうしたの？　急に……命なんて懸けなくてもいいよ、それにお許しくださいも何も、僕の方こそお願いしますって感じだし……嘘をつかないとか、分からないことは分からないと言うとか……一体何があったのですか？」

龍聖の困惑は当然のことだ。何の説明も前振りもなく、いきなりこんなことを言うなんて、それこそ自分本位で失礼かもしれないとサフルは分かっていた。それでもサフルの心情としては、説明も言い訳もなしで、土下座で謝り倒したいくらいだったので、これでもかなり我慢しての発言だった。

「驚かせてしまいまして申し訳ありません。実はリューセー様があちらの世界でどのようにお暮らしになっていらしたのか、昨夜陛下からお聞きしました。昨日はリューセー様に対して無理解のまま、本当に失礼な言動の数々……お詫びしても許されないことかもしれませんが、信頼を取り戻すべく側近として尽くさせていただくお許しをいただければと思っております」

やがてそっと手を伸ばして、サフルの肩に触れた。

「どうか頭を上げてください」

とても優しい声だった。サフルは何と言われてもすぐには頭を上げないつもりでいたのに、思わず体が動いて頭を上げていた。そこには笑顔の龍聖がいた。

「そんなことで謝る必要はありませんよ。僕は昨日この世界に来たばかりです。だから僕もサフルも、まだ全然お互いのことを知らないし、お互いの世界のことも知りません。もちろん僕は、ご先祖様の研究資料のおかげで、龍神様……竜王様の国があることや、龍聖としての役目とか、なんとなくですが知っているつもりです。サフルも代々の龍聖から色々と聞いて、日本のこと……大和の国のことも知っているでしょう。でもそれぞれの世界で、何年も月日が流れていて、色々と変わってしまったこともあるし、文明の違いから理解出来ないこともあると思います。だから分からないのは当然だし、サフルは僕の世話をする立場から、僕を立てなければいけなくて、意味の分からないことを言われても、話を合わせなければならないこともあると思います。だからどうかそんなに謝らないでください」

龍聖の言葉に、サフルは胸を打たれた。何も返事が出来ずに放心していると、龍聖が少し恥ずかしそうに目を伏せた。

「考えてみたら、昨日は僕もはしゃぎすぎました。すごく子供みたいに見えただろうと思ったら……恥ずかしいです。だけどしばらくは、色々なことに興奮してはしゃいでしまうだろうと思うので、どうか許してください」

龍聖はそう言いながら頭をかいた。

本当に純粋で素直な人なのだと、サフルは感心していた。さすがは『リューセー』として生を享《う》けた人。いつの世も、リューセーは竜王に愛され、民に愛される人だった。この方もまたたくさんの人々に愛され、敬《うやま》われる人として歴史に刻まれるのだろう。

そして側近は代々皆が、リューセーに心酔し生涯を懸けてお仕えしてきた。サフルもすでに、この目の前の主《あるじ》に心からの忠誠を誓っている。

「リューセー様、早速ですが朝からご入浴なさいますか？」

サフルは笑顔でそう言った。


龍聖がエルマーン王国に来てから五日が過ぎていた。

少しだが龍聖も、ここでの生活に慣れ始めていて、入浴や食事の際に子供のようにはしゃぐことはなくなった。それでもやはり毎回とても嬉しそうにしているので、サフルや侍女達はその笑顔に癒されている。

一日のスケジュールもほぼ決まりつつあった。

起床後は入浴と食事の後、午前中は語学を学び、昼食後は二時間ほどエルマーン王国の歴史を学んで、その後は自由時間、夕食後も自由時間で就寝……という流れになっている。

自由時間については、今のところまだ龍聖にとっての本当の自由は少ない。健康診断や衣装制作のための採寸や、龍聖の好みを測るための布選びや装飾選びなど、毎日何かしらの予定が入っていた。

「今日は何をする予定ですか？」

昼食を食べ終わったところで、龍聖はサフルにそう尋ねた。昨日の段階で、至急に対応してもらいたい雑事（健康診断など）は終わったとサフルが言っていた。何も予定がないのならば、今日から本当に自由に過ごしていい自由時間のはずなのだが、正直なところ龍聖には、その自由時間に何をして過ごせばいいのかも分からない。

最初に受けた説明では、リューセーは竜王と婚姻の儀式を行うまでは、その体からシーフォンを惑わせる香りが常に自然発生しているため、シーフォンの誰にも会うことは出来ないと言われた。そのため城の中も自由に歩き回ることが出来ず、よほどのことがない限りは、この王妃の私室で終日過ごさなければならない
婚礼予定までのひと月の間、いわゆる軟禁状態にあるのだが、広々とした部屋とテラス、身の回りの世話をしてくれる侍女や側近がいて、ほしいと願えば（たぶん）なんでも用意してくれる。何不自由のない暮らしとは、まさにこのことだろう。軟禁されているという実感も不便さもない。

勉強は楽しくて覚えることはたくさんある。まだ五日しか経っていないからというわけではなく、きっとひと月経っても不便を感じていないだろう。

自由時間に何をして過ごしていいのか分からないというのも、何が出来るのかが分からないだけで、やりたいことはたくさんある。

「お着替えをしていただきます」

「着替え？」

サフルがニッコリと微笑んで言った言葉に、龍聖は大きく首を傾げて、自分が着ている服をみつめ

た。朝から入浴をして着替え済みだ。昨日とは違う服、とても綺麗な衣装だ。それなのに着替える？

「本日は十五時に、陛下がリューセー様に会いにいらっしゃいます」

「え⁉　ホンシュワン様が⁉」

龍聖はいきなりのサプライズに目を丸くした。

「昼食の前に、陛下の侍従から先ぶれが届きました。食事中に驚かせてしまっては、食事が喉を通らないかもと思い、今お知らせすることにしたのです。申し訳ありません」

「べ、別に謝ることはないよ！　確かにちょっと驚いたけど、嬉しいサプライズだ……まさかこんなに早く会えるなんて思わなかったから……あ、サプライズっていうのは、思いもよらない出来事って意味の言葉です」

驚かせてしまったことについてサフルが謝罪したので、龍聖は満面の笑顔で首を横に振りながら声を弾ませて言った。だから着替えるの？　と、まだ少し不思議には思っている。

「リューセー様がお召しの服は、普段使いのものですから、外出の際や来客との面会などの際には、相応の衣装にお召し替えいただくことになります。特に今回は陛下との面会ですので、正装をお召しになっていただきます。本来であれば先日採寸して、選んでいただいたお好みの生地で製作したリューセー様お誂《あつら》えの衣装をお召しになっていただくのですが、まだ出来上がっておりませんので、事前に用意していた既製品になってしまうことをご了承ください」

龍聖がまだ「着替え」に疑問を持っていることを察したサフルが、丁寧に説明をしてくれたので、龍聖は納得しつつもその内容を理解したら、逆に酷く慌ててしまった。

「そんな、そんな、僕は既製服で良いですよ。これだってすごく綺麗な服だし、サイズも合っていると思うし……この前の採寸は、てっきり婚礼衣装のためなのだと思っていたんだけど……もしかして、僕のためにたくさん服を作るつもりですか？」

「もちろんです。リューセー様、リューセー様はこの国の王妃になるお方です。相応の装いというものがあります。何着もリューセー様の体に合わせて誂えた衣装を必要といたします」

「贅沢じゃない？　こういうのは国の税金で賄《まかな》われているのでしょう？　いくら僕が王妃だからと言って、華美な装いは必要ないし、何着もオーダーメイドで作る必要もないと思うよ。贅沢はダメだよ」

慌てる龍聖の言葉を聞いて、サフルは特に驚く様子もなく、想定内のことだというように落ち着いた様子でニッコリと微笑んだ。

「リューセー様、そんなに慌てずともご心配には及びません。代々のリューセー様は、皆様華美な贅沢をお好みではないことを、我々も重々承知しております。慎ましいリューセー様を、我々は心から尊敬しております。ですから出来る限りリューセー様のお気持ちを尊重したいと思っています。その一方で、リューセー様の王妃としての品格を、保たなければならないという大事な使命が我々にはあります。他国の王妃と比べられた時に、見劣りするような装いをさせるわけにはまいりません。王妃としての最低限の装いというものがあります。これはリューセー様に自覚していただき、たとえお気持ちに反することがあったとしても、ある程度は妥協していただかなければならない部分です。王妃である以上は、この国の象徴として外から注目を集めるお立場になります。リューセー様には、お后教育の中でそれを学んでいただくことになります」

サフルは微笑みを浮かべながら穏やかな口調で、龍聖を宥《なだ》めるように語った。サフルにとってこれは想定内……側近教育において降臨したばかりのリューセーが戸惑う事例のひとつとして教わるものだ。平民として育ったリューセーにとっては、王侯貴族の生活は『異世界』と同じくらいに馴染みのないものだ。特に大和の民の特性なのか、リューセーは贅沢を嫌う慎ましい性格であることは、代々変わりのないものだ。特に九代目リューセーは、その生涯においてほとんど装飾品を身に着けなかったことが知られている。

戸惑うリューセーを、出来る限り穏便に説得しなければならない。それが側近であるサフルの仕事だ。

サフルの話を静かに聞いていた龍聖は、落ち着きを取り戻してしばらく考え込んでいる。やがて大きな溜息をつくと、サフルをみつめ返してコクリとひとつ頷いた。

「そうですよね。なんだかわがままみたいなことを言ってすみませんでした。僕にはまだ王妃とかそういう立場の人の『普通』がよく分かっていなくて……でもみすぼらしい格好をして良いはずがないことは分かります。きちんとした身なりをするのは、贅沢とは違いますよね……まだ分からないことばかりなので、僕の身の回りのことはすべてサフルにお任せします。よろしくお願いします」

龍聖はペコリと頭を下げた後、顔を上げて恥ずかしそうに顔を少ししかめながら笑った。そんな素直さに、サフルは胸を撫で下ろした。食事を終えた皿を片付けていた侍女達が、思わず笑みを浮かべつつ、そ知らぬふりをしながら片付けを続けている。

龍聖の純真さに、皆が癒されるのだとサフルは思った。

「それではお召し替えをいたしましょう」

サフルに促されて、龍聖は立ち上がった。促されるように寝室へ向かうと、すでに別の侍女が、衣装の準備をしていた。

龍聖は大人しくされるがままに着替えて、髪を整えて、あっという間に身支度が終わった。

「おお……」

姿見の前で両手を上げたり、後ろを映したりしながら、思わず感嘆の声を漏らした。確かにこの衣装を見たら、いつも着ている服が普段使いの服だったのだと分かる。

一番下に白い長袖で裾が足元まである長衣を着て、その上から袖のないベストのような濃緑色の衣を羽織り、さらにその上には透けるほど薄い生地の淡い黄緑の長袖の衣を羽織って、最後にビーズのような小さな宝石を散りばめたレースの衣を重ねて羽織らされた。

上衣は基本的にすべて裾が足を隠すほど長い。何枚も重ね着しているが、どの衣も薄い生地なので軽くて肌触りも良く、動くとふわりと布が浮くので風が通って涼しい。

そして普段着と違うところは、一番下に着ている白い衣も、ただの白い生地ではなく、よく見ると細かい織り模様が入っていて美しかった。すべての衣には、銀糸や金糸で細かい刺繍《ししゅう》が施されている。

首飾りや腕輪などのアクセサリーもつけているので、かなり豪華になっている。

「僕が緑色を好きだと言ったので、合わせてくれたんですね」

「はい、既製の衣装の中から、色合いの良いものを選んでまいりました。今作っている新しい衣装も、リューセー様のお好きな青色と緑色を多めに作っています」

「そうなんですね……ありがとうございます」

龍聖はもう『新しい衣装』については何も言わなかった。多めに作っていると言われて、ほどほどで良いですと言いたかったが我慢した。

落ち着いて考えてみたら、龍聖自身も今までの生活の中で、部屋着や外出着、仕事着などを合わせたら二十着以上は持っていたと思う。平民の自分でさえ既製品とは言え、それだけの数の服を持っているのだから、王妃ならそれ以上は持っていて当たり前だし、それがオーダーメイドだというのも当然だろうと思えた。

「リューセー様、これは今後学んでいただく中で分かることではありますが、我が国では国民からの徴税は行っておりません。税金を納める代わりに、国民は労働力で国に仕えることを義務としています。その代わり国は、国民の衣食住のすべてを保障しており、それとは別に少額ではありますが賃金も支払っています。またリューセー様が懸念されている衣装に関してだけ先にお教えしますと、我が国の衣服は材料からすべて国内で作られております。エルマーン織りと呼ばれる織物が我が国の特産品で、糸の原料から栽培をしています。リューセー様がお召しになっているそれらの服は、すべて城の中にある工房で作られているものなのです。ですから高額な贅沢品かと問われると、実質的には自国にあるもので賄われているので金銭はかかっていません」

「え！　そうなんですか？　今、栽培と言いましたが、では糸の原料は植物なのですか？」

龍聖が少し興奮した様子で、瞳を輝かせながら自分の服の袖をじっとみつめて興味深いというように質問をした。

「はい、パンポックという植物から作られています。大和の国で言う『綿花』という植物に似ていると伺っております」

「綿花！　ああ……そうなんですね……見たいな……その畑を……」

龍聖は頰を上気させながら、独り言のように小さな声で呟いた。サフルはその言葉を聞き逃さなかった。

「リューセー様はパンポックにご興味がおありですか？　婚礼の後外出許可が取れるようになりましたら、畑を見に行くことが出来るようにいたしましょうか？」

「ほ、本当ですか！」

龍聖は思わず大きな声を上げていた。自分でもそこまで大きな声になるとは思っていなかったようで、赤くなりながら慌てて両手で口を押さえている。でも喜びに満ち溢れたその様子に、サフルは思わず相好《そうごう》を崩していた。

「はい、お約束いたします。リューセー様は植物がお好きなのですか？」

「好きです！　僕は向こうの世界で、植物の研究をしていました。僕のいた所には大学がなかったので、正式な資格を取る術《すべ》はありませんでしたが、必要な学力と研究成果が認められて、仮ではありますが植物学者としての博士号も取得しています。僕の主な研究は、過酷な環境下でも育つ植物についてのものでした。バイオ栽培……土のない所で植物を育てるというもので、根菜を作れないかと模索していました。色々な植物の育成には成功していたのですが、根菜だけは出来なかったんです」

瞳をキラキラと輝かせて植物のことを語る龍聖は、とても幸せそうに見えた。本当に植物がお好きなのだなと、サフルは微笑ましく思った。

「先代のリューセー様も研究者でいらっしゃったので、共通点がおありなのでしょう」

「そうでした……前の龍聖は神童と呼ばれるほど、とても頭が良かったと聞いています。僕達が生き延びることが出来たのも、前の龍聖がかなり貢献したとか……僕の曾祖父は……あっ……なんでもありません」

龍聖は何かを言いかけたが、急に気まずいという表情に変わって口を閉ざしてしまった。

「リューセー様？　いかがなさいましたか？」

「いえ！　なんでもありません。大丈夫です」

龍聖はパタパタと両手を振って、少し頬を赤く染めながら笑って誤魔化している。

サフルは気にかかったが、それ以上追及はしなかった。

寝室の扉が開かれて、サフルが居間へ龍聖を移動させた。そこで龍聖は、部屋の様子の変化に目を丸くする。

「それより……なんか……部屋の模様替え？　ですか？」

龍聖がサフルと話をしている間に、侍女達が忙しく動き回っているようだと思ったら、部屋の中央に置かれていたソファやテーブルが、どこかに持ち去られていて広い空間が出来上がっていた。そこに二脚の椅子が向かい合わせに置かれている。ただその椅子と椅子の距離が、大きく離されているのでなんとも不思議な配置に見える。

「陛下と対面してお話をしていただくために、このような配置にさせていただきました。ご説明をしたように、リューセー様の体からは、シーフォンを惑わせる香りが放たれております。特にその香りは、竜王陛下を強く惹《ひ》きつけるもので、竜王陛下からもリューセー様を惹きつける香りが放たれております。これは媚薬のような物で、匂いを嗅ぐと本人の意思に関係なく惑わされてしまうのです。ですから香りが届かない距離をとる必要があるのです」

サフルの話をポカンとした顔で聞いていた龍聖だったが、ふいに自分の腕などをクンクンと匂い始めた。

「自分では分からないけど……サフルも匂わないんですよね？」

「はい、我々アルピンにはまったく匂いません。竜族だけが感じるもののようです」

「へえ～」

サフルに促されて、ダイニングテーブルの方へとりあえず移動すると、引かれた椅子に腰を下ろした。サフルがお茶の用意をするのを、龍聖はじっとみつめている。

「婚礼までホンシュワン様にはお会い出来ないかと思っていました」

龍聖が溜息交じりにぽつりと呟いたので、サフルは龍聖の表情を注意深く観察しながら、そっとテーブルに茶器を置いた。

龍聖は今でも目を閉じればいつでも思い出すことが出来る。地球を眺めていた龍聖の目の前に、突然現れた金色に輝く美しい竜の姿……宇宙港での対面で、金色の巨大な竜が、赤い髪の美しい青年の姿に変わった瞬間を……そしていつも頬が熱くなってしまう。

『本当に素敵な人だった』

龍聖はまた思い出したら頬が熱くなってきたので、誤魔化すようにお茶を飲んだ。

その時、侍女達が慌ただしく動き始めて、その内の一人がサフルに何か合図を送った。

「リューセー様、陛下がお越しになりました」

龍聖はビクリと体が震えた。ドキンと心臓が跳ね上がって、思わず飛び上がりそうになってしまった。来ることは分かっていたはずなのに、まだ覚悟が出来ていなかったようだ。

「お迎えいたしましょう」

サフルに促されて、リューセーは立ち上がった。扉の所まで行くのかと思ったが、サフルは用意された面会用の二脚の椅子のうち、手前にある椅子の横に龍聖を立たせて、そこで待つようにと言われた。

やがて正面の扉が開かれて、ホンシュワンが入ってきた。目にまばゆいほどの深紅の長い髪、見上げるほどの長身、彫りの深い精悍《せいかん》な美しい顔立ち、金色の瞳が真っ直ぐに龍聖を捉えて微笑むように柔らかく揺れた。

龍聖は颯爽《さっそう》と歩くホンシュワンの姿を見て、思わず感嘆の息を漏らした。神々しいとは、きっとこの姿を表すための言葉だろうと思う。

龍聖は自分の運命を知った時、とてもわくわくしてしまった。月基地から脱出出来ることが嬉しかったというのもある。未知の世界への好奇心もある。何より夢に見るほど憧れた地球とよく似た世界なのだと聞けば、行ってみたいという気持ちがどんどん膨らんでいった。

ただひとつだけ不安要素があるとすれば、果たして自分は男性と結婚することが出来るのか？　ということだ。龍聖は恋愛をしたことがなかった。

月基地の人口はどんどん減少していて、若者の数も減っていた。龍聖と同じ歳の子供は十四人しかいなくて、男八人女六人の仲良しグループという感じだったので、恋愛感情までは湧くことがなかった。

十歳になった時に、自分の運命を聞かされていて、恋愛はしても良いけれどいずれ龍神様の下へ行かなければならないから、別れが辛くなるようならば好きな子がいても付き合うのは止めた方がいいと言われていたせいもあるだろう。

だから近所に住む三歳年上の亜矢《あや》お姉ちゃんに、ちょっと憧れていたけれど、年上ということもあって淡い片思い止まりだ。龍聖にとっての恋愛らしいものが、その淡い片思いくらいなので、龍神様との結婚には少しばかり不安があった。

同性婚についての忌避感はないのだが、男性を好きになるというビジョンが見えなかった。いくら政略結婚でも、出来れば相手を好きになった方が幸せになれると思う。その上子供を産まなければならないという使命まである。男の自分が子供を産めるかどうかなんていうのは、そもそも未知の世界の話なので、龍神様の力に頼るしかないと思っているから、最初から特に不安はない。

とにかく龍神様を好きになれるか……それだけが不安だった。

それなのに月に迎えに来てくれた龍神様は、ものすごく美しい顔で、背も高くてかっこいい。日本人だけの世界で育ったので、西洋人的な顔立ちに免疫がない。月基地で一番のイケメンって言われていた田中慎吾《たなかしんご》さん（月基地のアイドル）なんて、全然太刀打ち出来ないくらいの美形だ。

龍神様……ホンシュワン様に会って、初めて顔が熱くなって、胸がドキドキした。恋なのかな？　いや、分からないけれど、好きなのは間違いない。龍聖はそんな風に思い始めたのと同時に、別の不安が胸をよぎった。

『僕なんかが相手で、ホンシュワン様の方は良いのかな？』

その思いが、龍聖に緊張をもたらすのだ。

「リューセー」

「ひゃ……ひゃいっ！」

ホンシュワンに名前を呼ばれた龍聖は、緊張のあまり声が裏返って変な返事をしてしまった。ホンシュワンが驚いた顔で見ていることに気がついて、龍聖は真っ赤になって両手で口を塞いだ。

「陛下、お忙しい中お越しくださりありがとうございます。リューセー様は、陛下がお越しになるのを楽しみにしていらしたのですよ」

サフルが助け舟を出すように、代わりに挨拶をしながら、そっと龍聖の背中を撫でた。龍聖は落ち着こうと何度か深呼吸をする。

「ああ、もっと早く来るつもりが遅くなってすまない。私が君の世界に行っている間に、国で色々と問題が起きていて、その対応に追われているんだ。今日もあまりゆっくり出来ないのだけど、どうしても君に会いたくてね……元気にしているだろうかと気になっていた」

「あ、ありがとうございます。僕は元気です。皆さんに親切にしていただいて、何不自由なく過ごしています」

「そうか、それなら良かった」

ホンシュワンが優しく微笑んだので、龍聖はさらに赤くなって視線を落とした。

「陛下、どうぞおかけになってください」

「ああ、そうだね」

サフルが椅子を勧めたので、ホンシュワンは頷いて椅子に腰を下ろした。龍聖もサフルに促されて椅子に座った。

『あ～、顔が火照《ほて》っちゃう……ホンシュワン様に変に思われたかな？』

龍聖は酷く動揺しながらも、一生懸命気持ちを落ち着けようとした。

「リューセー、ここへ来てまだ五日だけどどうかな？　少しは慣れたかい？」

ホンシュワンにも、龍聖が緊張していることは伝わっていた。なんとか気持ちをほぐそうとたわいもない会話から始めることにした。

「全然慣れません！」

「え？」

即答のように龍聖が答えた言葉に驚いて、ホンシュワンは思わずサフルへ視線を向けた。サフルは小さく首を横に振って、ホンシュワンが思い違いをしていることを知らせようとしたが、ホンシュワンはすぐにはそれを察することが出来なかった。

目を丸くして戸惑っているホンシュワンの様子に気づいて、龍聖は「ひゃあっ」と小さな悲鳴を上げた。

「ち、違います。ホンシュワン様、誤解です。あの、別に悪い意味で言ったのではありません。毎日……毎日驚くようなことばかりで、新鮮で、とても楽しくて、しばらくはそれに慣れそうにもないと思ったんです」

慌てて弁明をする龍聖は、耳まで赤くして、少しばかり涙目になっている。その様子がとても可愛く見えて、驚いていたホンシュワンも、思わず笑みが零れてしまっていた。

「そうか、君が困っていないのならばいいんだ。ここの暮らしは、今までの生活とまったく違うと思うから、戸惑うことも多いと思うけれど……楽しんでくれているのならば安心した」

「はい、大丈夫です。ありがとうございます」

龍聖は何度も頭を下げた。かなり動揺してしまっている。ホンシュワンはそんな龍聖を見て、なんだかかわいそうになっていた。まるでホンシュワンが、龍聖をいじめているような気持ちになってしまう。

緊張が解けないどころか、ホンシュワンが質問をすると一生懸命に答えようと慌ててしまって、ますます追い込んでしまっているようだ。

『まだ五日だし、私に会うのも二度目だし、緊張するのも仕方ないか……』

「リューセー、何か必要なものがあれば遠慮なく言うんだよ？」

「は、はい……だ、大丈夫です」

龍聖は先ほど『慣れてません』発言で、ホンシュワンに失礼を働いてしまったと、酷く動揺していた。とても驚いた顔をしていたのが、目に焼き付いて頭から離れない。龍聖が必死で言い訳をしたら、微笑んでくれたけれど、きっと呆れられてしまっただろうと、そればかり考えてしまっている。

「私に何か尋ねたいことはあるかい？」

ホンシュワンは、赤い顔で俯き気味に焦って見える龍聖を、気遣いながら話を続けた。話しかけると追い込んでしまうように感じるものの、黙っていてもいけないような気がして、なんとか宥めたいという一心だった。

「あ、あの……ホンシュワン様……先ほどは失礼なことを言ってしまって、本当に申し訳ありませんでした。ご不快な思いをさせてしまって……」

龍聖は再び深々と頭を下げて謝罪した。それにはホンシュワンもサフルも驚いてしまって、一瞬互いに顔を見合わせた後、サフルは龍聖の背中を撫でながら「何も失礼はありませんでしたよ？」と宥めた。ホンシュワンの方は、どうしていいのか困ってしまって、かける言葉を探した。

「リューセー、別に失礼だとは思っていないし……逆に君が私に対してとても気を遣ってしまっているようで、申し訳ない気持ちでいるんだよ。私は君に対して怒るなんてことは絶対にないから信じてほしい」

龍聖はサフルに宥められたことで、少しだけ落ち着いてきて、ホンシュワンの言葉で顔を上げた。

「信じる……？」

「君は私の伴侶だ。私は君に会いたくて異世界にまで行ったのだ。だから私はこれからずっと君を大切にするし、君を守り続ける。君が何をしようとも、私は君に怒ることはない。もちろん間違いがあれば、それを正すために助言をすることはあるかと思うが、決して怒ったりはしない。約束しよう。だから私を信じてほしい」

「ホンシュワン様……」

ホンシュワンの真摯《しんし》な言葉に、龍聖は胸を打たれた。真っ直ぐにみつめる金色の瞳が、嘘は吐かないと言っているようだった。思わずその瞳に吸い込まれるように見入ってしまったが、我に返ると恥ずかしくなって目を逸らしてしまった。

「し、信じます。ホンシュワン様を信じます」

龍聖は視線を床に落としたままで、何度も頷いてそう答えた。

「良かった。ありがとう……ああ、もっと君と話をしたかったのだけど、もう行かなければならない。また来るからね」

ホンシュワンは安堵の表情でそう告げると立ち上がった。サフルが龍聖にも立つように耳元で囁いたので、龍聖はゆっくりと立ち上がった。

恐る恐る顔を上げると、微笑みを浮かべてこちらを見ているホンシュワンと目が合った。

「本当に、今日は君の顔が見れて安心したよ。それじゃあ、また」

ホンシュワンは名残惜しそうに龍聖をみつめて、くるりと背を向けると歩き出した。

「あっ……ホンシュワン様！」

立ち去るホンシュワンの背中に向かって、龍聖が慌てて大きな声で呼びかけた。ホンシュワンは何事かと、足を止めて振り返る。

「あの、大事なことを言うのを忘れていました。ホンシュワン様と再会したら、一番に言うつもりだったのに……僕達を……月基地のみんなを地球に連れ帰ってくださってありがとうございました。本当に、本当にありがとうございました」

龍聖は心からの感謝をこめて、深々と頭を下げた。これを言わなかったら、今夜は後悔で眠れなかったことだろう。しばらく頭を下げていたが、ホンシュワンの反応がないので不思議に思って頭を上げた。すると龍聖が頭を上げてホンシュワンを見たタイミングで、ホンシュワンがニッコリと笑って「どういたしまして」と答えた。

思いもよらないホンシュワンからの返事に、龍聖は呆けたようにただみつめ返すだけだった。

ホンシュワンは、そんな龍聖に向かって笑顔で手を振ると、今度こそその場を立ち去った。扉が閉まっても、龍聖はぼんやりと立ち尽くしている。

「リューセー様？　大丈夫ですか？」

サフルが心配そうに声をかけると、龍聖は我に返って「うん」とも「いいえ」ともつかない返事をもごもごとしたが、サフルにはよく聞き取れなかった。

「リューセー様、少し外の風に当たりましょう。こちらは後片付けがありますから」

サフルはとりあえず龍聖をテラスへ連れていくことにした。龍聖がいつもと違っていることを心配していた。緊張していることは分かるのだが、それがあまりにも極度な状態だったので、横で見ていたサフルは、龍聖の体調を案じてしまったのだ。

テラスに出ると、龍聖はのろのろとした足取りで、端まで行って柵に両手をついた。そしてとても大きな溜息をつくと、途端に両目からポロポロと大粒の涙を零し始めた。

それを見たサフルは、酷く驚いて慌ててハンカチを取り出すと、龍聖の涙を拭《ぬぐ》おうとした。だが次の瞬間、龍聖が「あはははは」と大声で笑いだしたので、サフルはさらに驚いてハンカチを落としそうになってしまった。そのハンカチを龍聖が受け取って、笑いながらサフルを見た。涙で濡れているが、笑う表情は明るいいつもの龍聖だ。

「サフル、ごめんなさい……あはは……なんで涙が出ちゃったんだろう……おかしい……」

龍聖はなおもお腹を抱えて笑っている。

「リューセー様？　大丈夫ですか？」

サフルは今がどういう状況なのか分からずに困惑していた。あんなにガチガチに緊張して、今にも倒れてしまいそうなほど体を強張らせていたのに、突然泣き出したかと思うと、大笑いを始めたのだ。気が変になってしまったのでは？　と心配したとしても仕方がない。

「大丈夫です……ああ……おかしい……」

龍聖の笑いはなんとか収まったようで、時々クスクスと笑いながらも涙を拭いて、何度か大きく深呼吸をしている。

「リューセー様……」

サフルはまだ困惑の表情のままだ。

「サフル、心配させてごめんなさい。もう大丈夫です……僕ね……実を言うと、今まであんなに酷く緊張をしたことがなかったんです。いや、そもそも緊張するっていうのもほとんどなくて、それでよく父からは、もっと緊張感を持てと呆れられてました。だからさっき初めてすごく緊張して……自分ではどうにもコントロール出来なくて、頭も回らなくなるし、言葉も上手く出ないし、手とかものすごく冷たくなるし、息も苦しくなるし、パニックまで起こしちゃって……ああ、ガチガチに緊張するってなんかすごいですね」

あっけらかんとして語る様子は、いつもの朗らかな龍聖だった。それを見たサフルは、突然の不可解な行動は、龍聖が気鬱などになったわけではなく、ちゃんと正気だったのだと分かって、大きく安堵の息を漏らした。

「リューセー様……とても緊張なさっていたのは分かっていましたので、体調を崩されたのかと心配いたしました」

サフルは言葉を濁して、心配していたことを伝えた。

「頭がおかしくなっちゃったのかって、心配しますよね？　ごめんなさい」

「あ、いえ……そういうわけでは……ただ突然泣きだされたので……」

龍聖からずばりと指摘されて、サフルは一瞬動揺したが、なんとか表情には出さずに誤魔化した。

「ね！　びっくりしたでしょ？　僕もびっくりした。突然ブワ～ッて涙が出てくるからさ……テラスに出て、綺麗ないつもの景色が見えて、気持ちいい風が吹いてて……と思ったら、急にさ……自分でもなんで涙が出たのか分からないくらいで……安心したら気が抜けたのかな？　だから悲しいとかそういう感情を伴った涙ではないです。生理現象？　とにかく自分でもそれがおかしくて、ほっとしたのもあって、笑いが止まらなくなっちゃって……あ～、本当に心配かけました。ごめんなさい」

ペコリと頭を下げた龍聖は、恥ずかしそうに頬を染めて苦笑している。サフルは何も言わずに微笑み返した。

「あ～、もう……嫌になっちゃうな～……ホンシュワン様も変に思ったでしょうね？」

龍聖は大きく伸びをしながら、困ったように眉尻を下げた。面会中はものすごく緊張していたので、まともにホンシュワンの顔を見ることが出来なかった。それでも時々目に映ったその顔は、優しく微笑んでいた。困った顔はしていなかった。だけどそれももしかしたら、パニックによる幻影だったのかもしれない。そんな風に思うと、思わず眉間にしわが寄る。

「陛下はリューセー様を気遣っていらっしゃいました。緊張していることは、陛下も気づかれておいでしたから、なんとか緊張をほぐそうとしていらしたようですけれど……あれだけ離れて話をしなければなりませんから、お互いになかなか上手く気持ちを言葉で伝えるのは難しいと思います。それは陛下も十分お分かりですし、今日はリューセー様のお顔を見ることが目的でいらしたのですから、会話が上手く弾まなくても気になさることはありませんよ」

「サフル……慰めてくれてありがとう」

龍聖は口をへの字に曲げて、眉根を寄せながら無念そうに言った。その可愛らしさに、サフルは思わず口元を綻ばせる。

「それにしてもどうしてそんなに緊張なさったのですか？　リューセー様が初めて緊張したとおっしゃるように、私もリューセー様が誰かと会うのに、それほど緊張なさるとは思いませんでした。初めて私に会った時も、まったく緊張も警戒もしていらっしゃらなかったので……」

「う〜ん……それなんですけどね……」

龍聖はテラスの柵に両肘をついて、開いた両手の中に顔を乗せて頰杖を突きながら、城下町を眺めた。

「ホンシュワン様は、龍神様で……僕は本当に神様だと思ったから……なんか緊張しちゃったんだと思います」

「神様……ですか？」

サフルは思わず聞き返していた。龍聖が「思っていた」ではなく「思った」と言ったので、過去形ではなく今も神様と思っているのかと、少し驚いてしまったからだ。

「うん、前にも少し話したと思うけど……ホンシュワン様と初めて会った時……真っ暗な宇宙に金色の竜が姿を現した時は、本当に神様が現れたって思ったし……その後、僕の目の前で大きな金色の竜が光と共に人の形に変わってホンシュワン様が現れて……それこそ本当に魔法みたいっていうか、人知を超えた力で……でも龍神様は神様だからって思うと、別に不思議じゃなかったから動揺することなく納得出来たんです。その……人の姿でもこの方は龍神様なんだって……だからかなぁ……ホンシュワン様のことは、もう神様にしか見えなくて……僕と同じ人間ではないと思うし……だからなんかすごく緊張しちゃうのかなぁ……あ、そうだ。初めてホンシュワン様に会った時も、ちょっと緊張しちゃっていたなぁ……やっぱりホンシュワン様相手だと緊張するなぁ」

ぽつりぽつりと独り言のように語る龍聖の横顔をみつめながら、サフルは少しだけ不安になった。

「それは……陛下を恐れていらっしゃるということですか？」

「ち、違います！」

龍聖は勢いよく顔を上げて、サフルの方を振り返ると、慌てた様子で両手をバタバタさせながら懸命に否定した。

「違います！　違います！　そういうのではないんです！　なんというか尊敬？　敬愛？　とても敬っているけど好きっていうか……ほら、神々しいでしょ？　ホンシュワン様って……とっても綺麗で……とっても綺麗で……」

龍聖は赤くなって、次第にもごもごと口籠《くちごも》ってしまった。そこには言葉の通り、好意的な思いはあるが、恐れというものはまったくなかった。

「ではまだ陛下に慣れていらっしゃらないだけですね。また来ると仰せでしたので、次の時はもう少し緊張しなくて済めばいいですね」

サフルが優しく宥めるように言ったので、龍聖は赤い顔で「はい」と小さく答えて笑った。


ホンシュワンは、ぼんやりと宙をみつめていた。頭に浮かぶのは、面会した時の龍聖の姿だった。ひどく緊張していて、かわいそうに思うほどだった。

サフルから聞いていた最近の龍聖の様子は、ここでの生活に少しずつ馴染み始めていて、朗らかでいつも笑顔を絶やさず、侍女達もすっかり龍聖に心酔している……というものだった。

目覚めてすぐにサフルに会った時も、物怖じせずに話をしていたと聞いた。それなのになぜあんなに緊張していたのだろうか？　と不思議でならなかった。

『月基地で初めて会った時は、少し緊張していたか？　でも私の問いに素直に答えて、笑顔まで見せてくれていたはず……』

ホンシュワンは、う～んと小さく唸って目を閉じた。

『何か怖がらせちゃったんじゃない？』

ずっと黙っていたシンシンが、ぼそりとからかうように言った。

『怖がらせる？　私は何もしていない……第一、こちらに戻ってからは一度も会っていなかったんだぞ？』

ホンシュワンは、むっとした様子で反論した。

『ああ、そうだ。それならシンシンのせいじゃないのか？　こちらに戻って唯一会ったのは、君の姿になった時だ。ほら、竜達を鎮《しず》めるために空を舞っていたら、テラスからリューセーが手を振っていただろう？　あの時、君がそれにこたえるために咆哮を上げたのが怖かったんじゃないかい？』

ホンシュワンは、はっと思い出してシンシンに指摘した。何か反論してくるかと待ったが、シンシンは黙ってしまって何も答えは返ってこなかった。

ホンシュワンが思い悩んでいる頃、同じ部屋で仕事を手伝っていたカリエンが、戦々恐々とした面持ちでホンシュワンのことを気にしていた。

仕事中にホンシュワンが手を止めてぼんやりするなど、今までなかったことだ。機械のように、書類をどんどん処理していく様は、家臣泣かせの有能さだ。書類仕事が誰よりも早い王様なんて、世界中探してもホンシュワン以外にいないだろう。

『ああ、くそっ……今日に限ってシュウリン達が手伝いに来ていない……この気持ちを共有したいのに……』

カリエンは、クッと悔しそうに奥歯を噛みしめた。

仕方がないので、カリエン一人でこの場をなんとか乗り切らなければならない。

「兄上、少し休憩しましょう」

カリエンは立ち上がって、にこやかにそう提案をした。そしてホンシュワンの返事も聞かずに、侍女を呼んでお茶の用意をさせた。ホンシュワンは無言で立ち上がり、カリエンと共に部屋の中央に置かれたソファへ移動して向かい合うように座った。

「先ほどから心ここにあらずという感じですね。そういえば午後一番に、リューセー様のところへ行かれたのでしょう？　そこで何かありましたか？　リューセー様に見惚れての恋煩《こいわずら》いといった微笑ましい様子でもなさそうですが……」

カリエンはずばりと懸念していることを尋ねた。ぼんやりしているのが、恋にとらわれたような顔をしているならば、カリエンもやれやれと温い笑みを浮かべて放っておいたのだが、そうではないから気になって仕方がなかった。

「それが私にもよく分からないのだが、実は……」

ホンシュワンは視線を落としたまま、龍聖との面会での出来事を話し始めた。それは自分自身でも経緯を整理するためのようで、ひとつひとつ確認するように順を追って話していく。

「とてもかわいそうになるくらい酷く緊張をしていて、倒れるのではないかと心配してしまったんだ」

「あ～……」

つぶさに状況を説明してくれるホンシュワンの話を聞きながら、カリエンは腕組みをしてふむふむと何度か頷いた。状況を想像するとなんだか見たことのある光景だと思って、思わず声が漏れた。

「なんだい？」

「兄上も今まで同じような場面に立ち会ったことが何度もあるはずですよ」

「同じような場面？」

ホンシュワンは不思議そうに首を傾げた。

「はい、たとえば……新人の従者や兵士が出仕して初めて兄上に会った時に、声をかけたらみんな酷く緊張して、似たような感じになりませんか？　赤い顔をして、まともに兄上の顔を見れずに、言葉もたどたどしくなって……」

ホンシュワンは、カリエンの言う情景を思い浮かべた。確かに今まで何度もそういう場面に遭ったことがある。あまり気にしたことはなかったが、言われてみれば先ほどの龍聖の様子に似ている。

「確かに似ているかもしれない」

カリエンの指摘に同意して、なるほどというように頷いた。

「アルピン達は、別に兄上のことを恐れているわけではありません。近くでめったに会うことのない尊い存在ですから、緊張と喜びがせめぎあって、自分でも興奮が抑えられなくなってしまうのですよ。リューセー様もきっとそうだったのではないでしょうか？」

それはホンシュワンにとって、思いもよらない分析だった。驚いて目を大きく見開いた後、しばらく考え込んで納得したのか何度も頷いている。カリエンは笑顔でそれを見守った。

「仮にそうだとして……リューセーを緊張させないためにはどうしたらいいのだろうか？」

「それは兄上に慣れていただくしかありません」

「私に慣れる」

ホンシュワンが、きょとんとした顔をしているので、カリエンはとても満足げに口の端を上げた。いつもと立場が逆になっていることが、少しばかり嬉しかった。

「初対面では舞い上がっていたアルピン達も、長く側で兄上に仕えれば、次第に慣れてきて緊張もしなくなります。そんなことをしていたら仕事になりませんから」

カリエンはそう言って、隅に控える侍従と侍女に視線を向けた。ホンシュワンも釣られるように彼らを見る。そしてなるほどと納得した。

「とりあえず何か贈り物をしたらいかがでしょう？　距離を縮めるきっかけになります。……兄上が贈りたいものを贈ればいいのです」

「リューセーの好きなものではなくてもいいというのか？」

カリエンは余裕の表情で、焼き菓子を一つ口に放り込んだ。ゆっくりと咀嚼して、ホンシュワンへの答えをわざと遅らせる。ホンシュワンは、分からないという顔で戸惑っていた。

「もちろんリューセー様の好きなものがお分かりでしたら、それを贈るのがいいでしょうが、リューセー様はきっと兄上から贈り物をいただいたというだけで、とてもお喜びになると思いますよ。どうしても何を贈ればいいのか分からなければ、兄上が好きなものを贈るという手もあります。次に会った時に、それが自分の好きなものだとリューセー様に教えて、話のネタにすれば会話が弾むと思いますよ」

ホンシュワンは真剣な顔で何度も頷きながら聞いている。

「君は本当に素晴らしいね！　少し気持ちが軽くなったよ。ありがとう」

「いえいえ、兄上のお役に立てて何よりです」

カリエンはやり切ったという満ち足りた気持ちでいた。ホンシュワンはお茶を一気に飲み干して、爽やかな笑顔をカリエンに向けた。

「すっきりしたから、仕事に集中出来そうだ。どんどん書類を片付けるから、カリエンもよろしく頼むよ」

「えっ……ええ……」

颯爽と自分の席に戻っていくホンシュワンを見送りながら、綺麗に解決しすぎたなと少しだけ後悔するカリエンだった。


龍聖は目覚めると、いつものようにまずテラスへ向かった。朝日を浴びて風に吹かれて大きく深呼吸をするのが、毎日の日課になろうとしていた。この世界に来て八日になる。少しずつだが起床から就寝までのサイクルが体に馴染み始めていて、こちらの世界には目覚ましのアラームがないのに、爽やかに目覚めることが出来るようになっている。

「あれ？　サフル……おはようございます。いつの間に来ていたのですか？」

テラスにはすでに先客がいた。テラスに出るには、寝室を通らなければいけないので、サフルがいたことに龍聖は少しばかり驚いた。

「おはようございます。リューセー様。陛下から贈り物が届いたので、テラスに運んでおりました」

「贈り物？」

ホンシュワンからの贈り物と聞いて、龍聖は胸が弾んだ。ふと見ると、サフルの足元に、横長の木箱のような物が二つ並べてあった。木箱には綺麗な彫刻が施されていて、それ自体が贈り物のように見える。中に何か入っているのだろうか？　それとも木箱が贈り物？　何に使うため？　かなり高さがあるけれど……と、龍聖は不思議そうな顔で考えて、サフルの顔を見た。サフルはニコニコと笑っている。

「どうぞ近くにいらしてください」

手招きされたので、小走りで近づいていった。次第に木箱の中身が見えてきたが、そこに入っていたのは黒い土だった。

「土……？　えっと……これは……」

さらに不思議そうな顔をしてサフルに尋ねた。

「リューセー様、この中に大根と人参の種が入っております。まだ外には出られませんので、テラスで野菜を育てられてみてはいかがでしょうか？」

「えっ……ええ!!」

龍聖は飛び上がるほど驚いた。サフルが差し出した手の上に、二つの小さな麻布の巾着が乗っている。

「これ、プランター!?　え？　わあ……本当に？」

大喜びする龍聖を見て、サフルも嬉しそうに頷きながら、種の入った二つの巾着を龍聖に手渡した。

「陛下には、リューセー様の日ごろの生活の様子や、勉学の進捗などを時々報告しております。先日リューセー様があちらの世界で、植物の研究をされていたことや、根菜の栽培が夢だったという話なども報告していたので、これを思いつかれたのでしょう」

龍聖は膝をついて木箱の中の土を嬉しそうに触っている。掌《てのひら》に掬い上げては、その感触を確かめながらパラパラと落として、また掬ってという行動を繰り返している。

「土が……ふわふわです。すごい」

「庭師に頼んで、野菜を育てるのに適した土を選んだそうです。こちらの栽培箱は、城内にある工房で作らせたそうです。リューセー様に贈ると言ったら、職人達が競い合って作ったそうですよ」

「お話に聞いた木工工房ですね……すごい……こんなに綺麗な彫刻……え？　だけど僕が植物学者だという話をしたのは、二、三日前だったような気がするのですけど……」

「はい、これは一日で仕上げたそうです」

「一日で！」

龍聖は目を丸くして、栽培箱を改めて見た。彫刻部分をそっと撫でると、つるつると滑らかで、少しも肌に引っかかりはなかった。こんなに繊細な彫刻を、野菜の栽培箱に？　と驚きしかない。

「陛下は栽培箱を依頼しただけで、このような箱になるとは思っていなかったと思いますよ？　彫刻は職人達が勝手にやったものです」

サフルはおかしそうにクスクスと笑っている。龍聖も一緒になって笑った。競い合って作ったという言葉で、その情景が目に浮かんだからだ。

「いつか工房にも行ってみたいです」

龍聖がキラキラと瞳を輝かせて言ったので、サフルは優しい笑顔で頷いた。

「もちろん行けますよ。婚礼が済みましたら、リューセー様は城の中を歩くことが出来ますから」

「楽しみです」

龍聖は満面の笑顔でそう言ってから、栽培箱を両手で抱きしめるように覆いかぶさった。頬に土が当たるがその感触も土の匂いも愛しい。

「リ、リューセー様！　お顔に土が‼」

サフルを酷く慌てさせて、龍聖は頬を汚したまま嬉しそうに笑った。


龍聖がエルマーン王国に来てから十二日目に、再びホンシュワンが訪ねてきた。

今回は以前よりも少しはマシになったが、それでも龍聖は緊張している。

「ホンシュワン様、せ、先日はとても素敵な贈り物をいただきましてありがとうございました」

互いに挨拶を交わした後、椅子に座るなり龍聖がそう発言した。龍聖は緊張して頭が回らなくなって、言うのを忘れないうちに言っておこうと、ホンシュワンが来る前からずっと頭の中でシミュレートしていたのだ。

「ああ、お礼の手紙を読んだよ。喜んでもらえてよかった」

ホンシュワンが優しく微笑みながら答えたので、龍聖は安堵して少しだけ緊張がほぐれた。

「本当に……本当に嬉しかったです。土がとてもふわふわで柔らかくて……ずっと触っていたいくらいです」

「そんなに土が気に入ったのかい？」

ホンシュワンがクスリと笑う。龍聖は、はっと我に返って頬を染めながら、両手を激しく振って違うと否定した。

「ち、違います。いや、違うこともないけど……あの、そうじゃなくて……土も栽培箱も、大根と人参の種も、それを用意してくださったホンシュワン様の気持ちも……全部が嬉しかったんです。僕、土は地球に降りた時に、少しだけ触って以来だから……ずっと土に憧れていたので、毎日テラスから眺めるこの国の景色が本当に好きで……緑が豊かでしょう？　遠くに畑も見えていて、いつか行ってみたいなって……土を耕《たがや》したりしてみたいなって思っていたので、本当に嬉しかったんです」

龍聖はそう言って、満面の笑顔をホンシュワンに向けた。ホンシュワンは思わずその笑顔に目が釘付けになり、ドキリと心臓が跳ね上がった。頬が少し熱くなるのを感じたが、ホンシュワンがそれを隠す間もなく、龍聖が恥ずかしそうに赤い顔で俯いてしまった。

「リューセー……その……まだ私に会うのは緊張するのかい？」

ホンシュワンは、龍聖の様子を窺いながら優しく尋ねた。龍聖を責めるつもりはないので、そう勘違いされないように、言い方には慎重になっていた。龍聖は俯いたままで、少しもじもじしている。チラリと少しだけホンシュワンを見て、また慌てて視線を落とした。

「はい……緊張します。ごめんなさい。でもこの前ほどではないです。ホンシュワン様がとてもお優しいことは分かっています。僕もなんでこんなに緊張するのか……自分でも分からなくて……ごめんなさい」

「謝る必要はないよ。私達が会うのは三度目で、それも三回ともほんのわずかな時間しか話をしていないんだ。君は私のことをずっと龍神様と思って敬ってきたのだろうし……でも私達は婚姻を結んで、これから夫婦としてずっと一緒にいるのだから、時間はたくさんある。少しずつ交流を深めていけばいいと思う」

ホンシュワンは、とても穏やかに優しく龍聖を宥めた。その声は甘く低く、とても耳に心地よくて、龍聖の気持ちを優しく包み込むようだった。

龍聖は小さく溜息をついた。だいぶん緊張がほぐれてきたような気がした。手が冷たくなっているし、体の強張りもなくなった。ただ顔を直視すると、胸がきゅっと苦しくなって、顔が熱くなって、体が固まってしまう。それは自分ではどうすることも出来なかった。

「この国のことは気に入ってくれたかな？」

「は、はい！」

龍聖は力強く返事をした。思わず勢いで顔を上げてしまって、ホンシュワンと目が合った。カアッと顔が熱くなるのを感じたけれど、恥ずかしいことよりも、この国が好きということを伝えたいという気持ちの方が勝った。

「すごく好きです。とても綺麗で、毎日毎日、どれくらい眺めても飽きることはありません。この国の人達も……と言ってもまだ知っているのは、サフルと侍女達だけですけど、みんなとても優しくて親切です。ホンシュワン様もとても優しいし……たくさん勉強して、この国のことをもっと知りたいと思っています」

一生懸命に話す龍聖の顔は、キラキラと輝いていて、ホンシュワンの目にはとても美しく映っていた。そのキラキラと輝く顔は、母の顔と少し重なって見えた。だけどそれ以上に……そう思った時、ホンシュワンの脳裏に、ふと子供の頃に母と交わした会話が浮かび上がった。

「母上、私のリューセーは、母上と似ているのですか？」

ホンシュワンの真面目な問いかけに、龍聖はクスリと笑ってからかうような視線を送った。

「ホンシュワンは、そんなに私のことが好きなのかい？」

母にからかわれたと思ったホンシュワンは、少し赤くなってムッと眉根を寄せた。

「からかわないでください。代々のリューセーは、どこか皆面影が似ていると聞いたので……母上は向こうの世界で色々と調べていたと聞きました。だから知っているのかな？　って思って……」

「それを聞いてどうするんだい？」

「別に……気になっただけです」

ホンシュワンは完全にからかわれていると感じて、ますますムッとしながら、もう聞くのは止めようと思った。

「じゃあ、真面目に答えると、守屋家に残されていた歴代の龍聖の写真は八代目以降の物しかない。あ、写真というのは鏡に写し取ったように、その姿を紙に焼き付けたものなんだけど……確かシィンワン王の私物に、九代目龍聖の写真があったと思うから、そのうち見せてあげるよ。それで私が見た限りだと、言うほど似ていないというか……そうだなぁ……兄弟という程度には似ているけど、そっくりというほどではないという感じだったよ。でも違う種族の人から見たら、そっくりに見えるかもしれないいね」

ホンシュワンは「へえ」と、少し感心しながら話を聞いていた。

「でもね、ホンシュワン」

感心して聞いていたホンシュワンに、龍聖がぐいっと顔を近づけてきたので、ホンシュワンは驚いて目を丸くした。

「これだけは確かなことだけど……君のリューセーが、君の目には一番綺麗に見えるはずだよ」

龍聖はそう言って笑いながらホンシュワンの頭を撫でた。

あの時はその言葉の意味がよく分からなかった。いや、正直に言うとつい先ほどまで分かっていなかった。

月基地で龍聖を初めて見た時、第一印象は『少し母上に似ている』というものだった。話をしてみたら、思っていたよりも幼く見えた。笑顔が可愛いとも思った。好印象なのは確かだが、それ以上の感情はなかった。

だが今は、そのキラキラと輝く笑顔に魅せられている。母の言う通り、一番綺麗だと思った。


執務室で書類を前にして、ホンシュワンは手を止めてぼんやりと宙を見ていた。

『まただ……』

カリエンは、その光景に既視感を覚えて、少しだけやれやれと思った。

『そういえば、今日もリューセー様と面会してきたんだった』

そのことに気がついて、まただめだったのか？　と、再びやれやれと思う。

しかし今日は前回と少し違っていた。ぼんやりと宙を眺めていたホンシュワンは、しばらくして腕組みをすると、真剣な顔で何かを悩み始めた。

カリエンは、気づいていないふりをして、書簡をまとめながらも、時々ちらりと様子を盗み見る。

なんとも不思議な雰囲気が執務室の中に流れていた。

『なんで今日も私一人なんだ？　シュウリンは知っててわざとやっているのか？　いや、この前の時、兄上の話をしたらその場にいたかったととても悔しがっていたな……』

カリエンはそんなことを考えながら、書簡に間違いがないか目を通して、封蠟を施す作業を黙々と続けていた。

「カリエン」

ふいにホンシュワンに呼ばれて、カリエンはビクリと体を震わせた。驚いてうっかり溶けた蠟を机の上に撒き散らすところだった。

「陛下、なんでしょうか？」

カリエンは動揺を隠しながら返事をした。一旦溶かしていた蠟の入った小さな杓《ひしゃく》を、そっと所定の場所に置いて、姿勢を正して改めてホンシュワンの方を向く。

「婚姻の儀を予定よりも早めたいのだが……どう思う？」

「ええ！」

これには思わず驚きの声を上げてしまった。

「ど、どう思うと言われましても……その……陛下がお決めになれば、どのようにでも我々は従いますが……ちなみにどれくらい早められるのですか？」

「どれくらい早められる？　出来るだけ早く行いたい」

カリエンは思わず額を手で押さえていた。まったく予想外な話に、気持ちが追いつかない。なぜそうなった？　今日の面会で何があった？　カリエンの頭の中は、たくさんの疑問で溢れていた。

『一度落ち着いて整理しよう』

カリエンは額を押さえながらそう判断して立ち上がった。

「陛下、少し休憩にしましょう。話はそれからです」

二人は立ち上がって、中央のソファに移動した。向かい合って座り、侍女を呼んでお茶の用意をさせる。その間、二人とも無言のままでそれぞれが何かを思い悩んでいた。

テーブルにお茶と菓子が並べられて、侍女が去ったところでカリエンが先に口を開いた。

「陛下、先ほども申し上げましたが、婚姻の儀の日程を変更するのは、陛下の判断にゆだねられますので、命じられれば我々はいかようにも従います。ただ出来るだけ早く……と言われてしまいますと、それ相応の準備が必要になりますので、各方面に確認をとる必要があります。まず、理由をお聞かせください」

カリエンは真剣な顔で、理路整然と意見を述べた。ホンシュワンは、黙って聞いていたが、聞き終わってもすぐには話し始めなかった。じっとまだ何かを考えているようだ。

「理由を話す前に……私が考える婚姻の儀というのは、神殿での儀式そのものだけだということを最初に言っておきたい」

ホンシュワンは熟考の末、静かにそう語った。

「神殿での儀式そのもの……ですか？　では、北の城での儀式や、国民へのお披露目のパレード、シーフォン達との宴はやらないということですか？」

「やらないとは言っていない。先に婚姻の儀式だけをして、それ以外は半年後か一年後か……そこはまだ決めていないが、先送りにしたいと思っている」

それは前代未聞の話だった。カリエンの想像の遥か斜め上を行く提案に、再び額を押さえて項垂《うなだ》れてしまった。

『兄上は一体何を言い出すのやら……』

心の中で盛大に溜息をついて気持ちを切り替えると、顔を上げてホンシュワンをみつめた。

「それで理由は？」

「……リューセーはまだ私に会うと緊張するらしい。前回よりは少しはマシで、わずかずつだが心を許してくれているが、一月後に予定している婚姻の儀の時までに、完全に緊張を解くのは難しいだろう。ならば延期するとして、一体いつになることか……」

ホンシュワンは盛大に溜息をつくと頭を抱えてしまった。カリエンも神妙な顔つきになって聞いていたのだが、気持ちが複雑にせめぎ合っていた。

龍聖のことは話に聞く限り、ホンシュワンに対して緊張してしまうだけで、嫌がっているわけではないし、すべてを承知しているようなので、多少の緊張は仕方がないと割り切って、そのまま婚姻の儀を予定通りに行えばいいだろう。

いやいや、異世界人である龍聖が、契約のためとはいえ男同士の婚姻という今までの常識とは違う大事を行うのだ。暗黒期の八代目龍聖の悲劇のように、本人にとってはとても繊細な問題なのだから、ただの『緊張』という話で片付けずに、ここは慎重に対応すべきだろう。

そんな二つの気持ちが、カリエンを悩ませていた。

「それで考えたのだが、リューセーを外の世界に連れていってやりたいと思ったんだ」

「ん？　え？」

真剣に思い悩んでいたカリエンだったのに、次に続くホンシュワンのその言葉で思案がパーッと霧散してしまった。混乱しながら聞き間違いか？　とホンシュワンを見た。

「リューセー様を外の世界に連れていってやりたい……と、おっしゃいましたか？　今……」

「ああ、そうだ」

混乱しているカリエンとは反対に、ホンシュワンは穏やかないつもの表情で爽やかに頷く。

「え？　婚姻の儀を早める理由が……リューセー様を外に連れ出したいからなのですか？　え？」

カリエンはまったく理解出来なくて何度も首を傾げている。ホンシュワンは笑みを浮かべて、そんなカリエンをみつめている。

「以前も話したように、龍聖の生い立ちは、我々とはまったく違う……だから今代のリューセーを、いつものリューセーと同じと思ってはいけないんだ。それは分かるね？」

「はい、それは……もちろん理解しているつもりです」

カリエンの返事にホンシュワンは頷いた。

「先日、お前の勧めでリューセーに贈り物をしたんだ。土を入れた栽培箱と、野菜の種を贈った。リューセーはあちらの世界で植物学者として植物の研究をしていたそうだ。土のない所で育つ野菜の研究だったらしい。しかし根菜だけはどうしても作ることが出来ず、土に憧れていたそうなんだよ。だから贈った。そしたらとても喜んで、顔が泥で汚れるのも厭《いと》わずに、栽培箱を抱きしめるほどの喜びようだったそうだ」

「ほ、本当ですか」

カリエンは『土が嬉しい？』と、信じられないという顔で驚いた。

「リューセーは、今言語を勉強中だ。とても頭がよくて覚えが早いそうなのだけど、時々『知識としては知っているけれど、そのもの自体を実際に見たことはない』という場合があるそうなんだ。牛や馬などの動物や、森の木々、山や海、雨も見たことがないらしい……これらがどういうことを意味するか分かるかい？」

「申し訳ありません。すぐには答えが思い浮かびませんが、ただ率直な感想としては、信じがたい話だと思いますし、なんともリューセー様が気の毒にも思えます」

カリエンはすっかり落ち着きを取り戻していた。それどころか今の話を聞いて、しんみりとしてしまっている。カリエンの言葉に同意するように、ホンシュワンも頷き返した。

「私もリューセーがかわいそうになってしまったんだよ。リューセーは無垢な赤子のようなものだ。この国に来て、周りはすべて未知の世界なんだ。知識としては知っていても、初めて見るものばかりだ。それで考えたんだ。リューセーに少しでも早くこの世界、この国、そして私に慣れてもらうには、机上で学ぶ知識よりも、肌で感じて体験してもらう方がいいだろうと……だから私が外の世界に連れ出して、色々な物を見せたいと思ったんだ。そうすることで、私とも一緒にいる時間が出来るから、緊張しなくなるんじゃないかと思ったんだ」

一通りの説明を聞いたカリエンは、腕組みをして目を閉じながら考え込んでは、小さく何度も頷いている。

「なるほど、なるほど……リューセー様を外の世界に連れていってやりたいという意図については、十分すぎるほど理解いたしました。そのこと自体には反対はいたしません。ただ……婚姻の儀を早める理由としては、まだ納得出来ません。だって神殿の儀式だけを早めるのでしょう？　北の城での儀式やその後の諸々は先延ばしなのでしょう？」

カリエンは確認するように、ひとつひとつ尋ねながらも首をひねっている。

「リューセーが、私に対して緊張をしてしまう以上は、一連の婚姻の儀を行うことは時期尚早だと思うんだ。本人は私と結ばれるという意味を理解しているとは言っても、そこは慎重に進めたいと思っている。これは八代目の悲劇以降、皆がリューセーへの対応を見直すと決めたのだから異議はないと思う。でも外の世界に連れ出すには……正確に言うと、私がリューセーを連れ出すには、婚姻の儀式が必要だ。神殿で交わす指輪があれば、私とリューセーは、匂いに捕らわれることはなくなるだろう？」

「あっ！　そういうことですか……」

カリエンはようやくすべてを理解した。ポンッと膝を叩いて、すっきりしたという笑顔に変わる。

竜王と龍聖の婚姻の儀式は、城内にある神殿での誓約から始まり、北の城にある竜王の間で、三日間契《ちぎ》りを交わし、その後城下町を馬車で移動して、国民の前で龍聖を披露した後、城に戻ってシーフォン達へのお披露目の宴が行われるのが一連の流れだ。

元々竜だった彼らには『婚姻』という概念がなかったのだが、人間達と外交をするようになってから、二代目竜王ルイワンが、他国の王族の婚姻の儀式に立ち会い、厳《おごそ》かな雰囲気の中で夫婦となる二人が愛を宣誓する様子と、美しい婚礼衣装に感銘を受けて、龍聖のために婚礼衣装を作って、婚礼の真似事をしたのが始まりだった。

その後、四代目竜王ロウワンが神殿を作り、今の『婚姻の儀』の形式が出来上がった。

神殿での誓約の際に、竜王の血で魔力を込めた指輪を龍聖に嵌めさせることで、竜王の魔力をまとった龍聖は、疑似的に契りを交わした状態になるため、互いに惹かれ合う香りが出なくなる。正確にはわずかに放出されているのだが、体が密着するほど近づかなければ影響を受けることはなくなる。これによって、神殿から北の城へ移動する際に、竜王が龍聖と連れ立っていくことが出来るようになるのだ。

ホンシュワンは、この指輪を使うことで、龍聖と二人で外の世界に行くことが出来ると考えたのだ。

「どうだろうか？」

ホンシュワンが、期待を込めた眼差しでカリエンをみつめるので、カリエンは頭をかきながらわざと難しい顔を作って考えるふりをした。

「う～ん……そうですね。一応確認は必要ですが、神殿での儀式だけならば、お二人の衣装も簡素な物なので、製作にそれほど時間はかからないかもしれません。その後の儀式を先延ばしにするのでしたら、豪華な方の衣装を作っている手を止めて、神殿用の衣装に集中させれば何とかなるでしょう。あとは特に問題になりそうなことはありませんから……まあ、兄上がリューセー様と婚前デートを楽しみたいということでしたら、反対するわけにはいきませんよね」

カリエンはそう言って、最後にニヤリと笑った。

翌日、緊急会議が招集されて、ホンシュワンはカリエンに話した内容を、シーフォン向けに少し修正して説明した。修正したのは、シーフォン達に地球壊滅の危機については詳細を教えていなかったからだ。月基地のことなど話しても理解させるのは難しいだろうと考えて、未曾有《みぞう》の災害によって大和の国が、荒野のような土地に変わってしまったと説明していた。今回はそれを踏まえて、龍聖が不《ふ》憫《びん》な状況にあることを説明したのだ。

神殿での儀式だけを先にすることについて、誰からも異論は出なかった。むしろ皆が龍聖に同情すると共に、龍聖を心から気遣うホンシュワンに敬意を表した。

シーフォン達が一丸となって協力する姿勢を見せてくれたため、その後婚姻の儀を早めるための段取りは、とんとん拍子で進められていった。

ホンシュワンは、皆の同意を得たので、サフルを呼んで同じように説明をした。もちろんサフルもその意見に同意した。

「陛下、ではお部屋の方はいかがなさいますか？　神殿での儀式の後は、リューセー様を王の私室へ移動させた方がよろしいですか？」

「いや、正式な儀式を執り行うまでは今のままでいようと思う。寝所は一緒に出来ないからね」

「かしこまりました」

「リューセーへの説明をよろしく頼むよ」

サフルは深々と頭を下げて請け負ったことを示した。


サフルから婚姻の儀を早めるという説明を受けた龍聖は、当然ながら驚いた。

「延期するかもしれないとは聞いていたけど、まさか早まるとは思いませんでした」

「今ご説明をしましたように、陛下はリューセー様を外の世界に連れていきたいとお考えです。リューセー様の願いを少しでも早く叶えたいというご配慮です。良かったですね」

サフルがニッコリと笑って言ったので、龍聖は少し赤くなって恥ずかしそうに頭をかいた。

「ホンシュワン様は本当に優しいですよね……僕も緊張せずにちゃんとホンシュワン様とお話をしたりしたいです」

龍聖はぐっと両手の拳《こぶし》を握り締めて、自分を鼓舞《こぶ》するように決意を示した。その様子が微笑ましかったので、サフルは思わずクスクスと笑った。

「お、おかしいですか？」

龍聖が赤い顔で困ったように抗議したので、サフルは右手で口元を押さえながら、小さく咳払いをした。

「申し訳ありません。そんなに気張らなくとも、きっとリューセー様と陛下ならば、すぐに打ち解けることが出来ますよ」

「ホンシュワン様は、いつも僕を気遣ってくれているから、問題は僕の方でしょう？　僕だってホンシュワン様と普通に話をしたりしたいんです。でもそんな風に思うのは恐れ多い気もして……あっ！　こんな風に思うのがいけないんですよね！」

サフルは微笑みながら、パンッと両手を叩いた。それに龍聖が目を丸くしていると、サフルが笑みを深める。

「リューセー様には神殿の儀式での作法を覚えていただく必要があります。それから儀式を執り行ってくださる神殿長様や、この国の宰相様、内務大臣様とも初めてお会いになりますから、ご挨拶の練習も必要です。覚えていただくことはたくさんありますよ」

「分かりました。がんばります」

龍聖は元気よく答えて、再び両手の拳をぎゅっと強く握り締めた。


龍聖がエルマーン王国に来てから二十日目のこの日、異例ではあるが、婚姻の儀の神殿での成約の儀式だけが、先んじて行われることになった。

「リューセー様、そろそろお支度をしないといけませんよ」

テラスで栽培箱をニコニコしながら眺めている龍聖に、サフルが少し呆れたような顔で声をかけた。

「はい、今行きます」

龍聖は元気に返事をして、小走りで部屋の中へと入っていった。

「毎日のルーチン……日課を崩すと精神的に良くないですから、野菜の世話をするのは許してください。それに毎日の変化を見るのは、本当に心が休まるんです」

龍聖は嬉しそうに笑った。蒔《ま》いていた大根と人参の種が芽吹いていた。いまは本葉も出て日々少しずつ成長を続けている。最初に芽が出た時などは、龍聖はとても興奮して一日中お祭りのような状態だった。

こんなに喜んでくだされば、陛下も本望だろうとサフルは微笑ましく眺めていた。

「もちろん分かっております。でもバタバタと支度をすることになったら、それはそれでリューセー様は緊張してしまうかもしれませんでしょう？　余裕をもってお支度をいたしましょう」

「そうだね……それで……衣装に着替えるのですよね？」

「はい、その前に禊《みそぎ》をいたします」

「みそぎ？」

龍聖は思わず首を傾げた。『禊』という言葉を知らないわけではない。しかし当然ながら経験をしたことがないので、単純に不思議に感じてしまったのだ。

「形式的なものですから、ご心配は無用です。この城の地下に『聖水の間』という部屋がございます。そこには地下から湧き出ている聖水がありまして……魔力を含んだ水ですので、普段使っている水とは異なります。その水を使って体を清めてから、衣装に着替えていただきます」

「へえ〜」と感心しているが、自分がこの世界に来た時に、一度その『聖水の間』にいたことがあることを龍聖は知らなかった。

サフルは龍聖を伴って浴室へ移動した。そこにはすでに聖水が運ばれてあった。

禊が行われて、龍聖は頭の先からつま先まで聖水を使って丁寧に洗われた。その後下着姿で浴室を出て、居間の中央に連れていかれた。下着もいつもの下着と違っていた。形そのものは一緒で、襟と袖のないひざ丈ほどの長衣だ。いつもの下着は生地が綿のような柔らかな白無地だが、今日の下着は、絹のようなつるりとした生地で、純白だが模様織りが施されている。

ソファなどの家具が片付けられて、広い空間が作られていた。床には絨毯の上に一枚、白い敷布が敷かれていて、衣装が綺麗に並べられている。

龍聖はサフルの指示に大人しく従って、侍女達がてきぱきと着せてくれる衣装を、興味深そうにみつめながら無言で立っていた。

ゆったりと幅のある白いズボンのような物を穿《は》いて、上衣もいつものように何枚も重ねられるのだが、婚礼衣装というだけあって、すべてが純白だった。飾りボタンも白で、フリルやリボンやレースなどの飾りつけは一切なく、一見するととてもシンプルで、見誤ると簡素にも見える衣装だった。だが生地がとても上質なことは、肌触りで分かる。すべての生地には、模様織りが施されていて、光の加減で模様が浮かび上がってとても美しかった。一番上にかけられたローブのような羽織物は、全面に銀糸で細かな刺繍が施されている。その美しさに目を奪われて、思わず溜息が漏れてしまった。

真っ白な衣装の上に、最後にかけられた長い金の首飾りが、ワンポイントのように輝いて見えた。細い金の鎖を何本も編むように束ねられただけで、大きな宝石などは何もついていない首飾りは、純白の婚礼衣装の清楚さを邪魔しないものだった。

椅子に座らされて、髪を整えられた。結んだり、髪飾りを付けたりなどはされなかったので、龍聖は少しだけ意外に思った。

「リューセー様の髪は、とても美しいので何も飾る必要などはないのですよ」

不思議そうな顔をしたのが、サフルに気づかれたようで、そっと耳打ちされて、龍聖は少し赤くなって「そんなことはないです」と小さく呟いた。

「準備は整いましたが、まだ少しお時間がありますので、何かお飲みになりますか？」

「いいえ、服を汚してしまいそうで怖いです。このまま待ちます」

龍聖は笑いながらそう言って、飲み物を断った。その間に周囲では、侍女達がすばやく色々な物を片付けている。やがて綺麗に片付けが済むと、侍女達が龍聖の前にずらり並んで立った。

龍聖専属の五人の侍女達だ。ふだんは交代制で、二人ずつが勤務しているので、このように五人全員が揃うのは、龍聖が初めてこの国に来た時に、紹介されて以来だった。

「リューセー様、本日はまことにおめでとうございます。リューセー様のお幸せを心からお祈りいたします」

かしこまった様子で、侍女達が一斉にそう挨拶をすると、深々と丁寧なお辞儀をした。龍聖は思いがけない祝福の言葉に、思わず満面の笑顔になる。

「ありがとうございます。これからもよろしくお願いします」

龍聖が侍女達にそう声をかけると、皆も笑顔になった。

それからしばらくして、カリエンが龍聖の下を訪れた。

「リューセー様、初めてお目にかかります。私はこの国の宰相を務めるカリエンと申します。竜王ホンシュワンの弟になります。本日はリューセー様をお迎えに参りました。まずはご婚姻の儀を無事に迎えられたこと、心からお祝いを申し上げます」

カリエンが丁重に挨拶を述べたので、龍聖は少しだけ緊張した顔で「ありがとうございます」と礼を述べた。そしてまじまじとカリエンをみつめる。

サフルから話は聞いていたので、弟がいることも、年齢が上であることも、すべて承知していた。しかしホンシュワン以外のシーフォンに会うのは初めてだったので、ついジロジロと観察してしまっていたのだ。

一番に目を奪われたのは、明るい鮮やかなオレンジ色の髪だ。シーフォンの特徴として、体毛が特殊で鮮やかな色であることは知っていた。しかし知識があるということと、実際に見るのではずいぶん印象が違っていた。

『ホンシュワン様の深紅の髪も美しかったけど、鮮やかなオレンジ色もすごいなぁ！　眉毛や顎ひげもオレンジ色だ……それに本当におじさんだった』

弟だけどおじさん……これも知識として分かってはいても、実際に会うと少し混乱してしまいそうだ。そして美形だった。

『シーフォンはみんな美形だって聞いていたけど本当なんだ。おじさんだけど美形……美おじ？　なんかすごいな』

龍聖がそんなことを考えているとは露知らず、カリエンはじっと見られているのを感じて、少し面《おも》映《は》ゆかった。

『リューセー様は少し緊張されているようだが、大丈夫そうだ。私を真っ直ぐに見て、兄上から聞いていたように視線を逸らすことはない。たぶん私の髪などが珍しくて、驚かれているのだろうな』

とりあえず極度の緊張がなさそうなことに安堵しつつも、初めて見る龍聖の幼さの残る容貌の美しさに目を奪われていた。

『母上にはあまり似ていないか……』

ぼんやりとそう考えていると、サフルが龍聖を立たせて、出発の準備に入ったので、気持ちを切り替えて兵士達に指示を送った。

龍聖はサフルに伴われて、初めて王妃の私室の外へ出た。廊下に出ると両端にずらりと兵士が並んで立っていた。カリエンは先に廊下に出て待っていたが、龍聖が現れると少し移動して一定の距離を保っている。

龍聖はこんなにたくさんの人達に会うのは、この国に来てから初めてなので、少し驚きつつもなんとか冷静さを保つことが出来た。段取りについては大まかにサフルから聞いていたからだ。

カリエンが先導する形で移動が始まった。前にも後ろにもたくさんの兵士が、龍聖を守るようにぞろぞろと歩いている。

龍聖はサフルに手を引かれながら、服の裾を踏まずに歩くことに集中していて、たくさんの兵士達を気にする余裕はなくなっていた。おかげであまり緊張することなく、神殿に辿り着いた。

「わあ……」

神殿の中に入ると、その厳かな雰囲気に圧倒されて声が漏れた。

高い天井と、正面の大きな竜の像が、それまでの城の雰囲気とは違う空間を作り出している。

龍聖は一瞬足を止めて、ポカンとした顔で周囲を眺めていたが、サフルが手を引いたので我に返って正面を見て歩き出した。

正面の竜の像の前には祭壇が作られていて、たくさんの蠟燭の灯が揺らめいている。その祭壇の前には、ホンシュワンが立っていた。

龍聖と同じように純白の衣装をまとったホンシュワンは、蠟燭の光に照らされた深紅の髪が幻想的な輝きを放っている。まるで一枚の宗教画のようだと、龍聖は心の中で溜息を零した。

ホンシュワンの側まで歩いていくと、サフルが手を離して離れていってしまった。龍聖は少し心細くなったが、自分を優しくみつめるホンシュワンの視線に気がついて赤くなった。

「それでは十三代目竜王ホンシュワン陛下と、リューセー様の婚姻成約の儀式を執り行います」

ふいに朗々《ろうろう》とした声で、始まりの宣言がなされたので、目の前に一人の男性がいたことに、そこでようやく気がついた。ずっとホンシュワンしか見えていなかったのだ。

『この方が神殿長様かな？』

目の前に立つ濃紺の法衣《ほうえ》をまとった男性は、四十代くらいに見える。長い水色の髪を、後ろで一つにまとめていて、やはり美形だった。

『すごい、神殿長様も美形だ』

龍聖は驚きつつ、少し気持ちに余裕が出来たのか、辺りに視線を送った。参列者の数は少ない。サフルから神殿の儀式に立ち会うのは、ホンシュワンの家族だけだと聞いていた。

男性が二人と女性が一人。ホンシュワンの弟と妹だろうと思った。

『あの藤色の髪の男性がシュウリン様で、濃い青の髪の女性がファイファ様かな……みんな美形だ……本当に美形しかいないんだ。それも僕の知っている美形とは違うよね。顔立ちが西洋人みたいな感じだから、ものすごく綺麗……あんなに綺麗な人ばかりだと、僕のことはどう見えているのかな？　いちおう……月基地では綺麗な方だと言われていたけど……自分でもちょっとはハンサムかな？　って思っていたけど……なんか全然次元が違うよね。ホンシュワン様は、僕の顔を見てがっかりしなかったのかな？』

「リューセー」

龍聖がぼんやりと考えごとをしている間に、どんどん儀式は進んでいたようだ。ホンシュワンにそっと声をかけられて、龍聖が我に返ってホンシュワンを見ると、優しい眼差しがみつめ返してきた。

「リューセー、左手を出してもらえるかな？」

ホンシュワンにそう言われて、龍聖は式の段取りを思い出した。赤くなって慌てて左手をホンシュワンへ差し出した。

ホンシュワンは手に持っていた杯の中に手を入れて指輪を取り出すと、差し出された龍聖の手をそっと触れるように取って、中指に指輪を嵌めた。するとわずかだがふわりと何か温かいものに包まれたような感覚がして、それと同時に先ほどまで微《かす》かに匂っていた良い香りがまったくしなくなった。

『あれ？　お香の香りかと思っていたけど、もしかして今のがホンシュワン様の香りだったのかな？　今までこんなに近くまで寄ったことがなかったから分からなかったけど……』

龍聖とホンシュワンの間には一メートルほどの距離があった。普通の体臭ならばほとんど感じない程度の距離だ。だから微かに香っていたのは、神殿内のお香なのかと思っていたのだ。

『甘い香りだったな……』

ぼんやりとまた考えていると、ふいに手を握られたので驚いて我に返った。

「儀式は終わったよ。早速だけど行こうか」

ホンシュワンが微笑みながら、龍聖にそう話しかけたので、いつの間にか儀式が終わっていたことを知った。神殿長が祝詞《のりと》のようなものを上げていた気がするけれど、全然聞いていなかったと思って、少し申し訳ない気持ちになった。でも色々と気になることを考えていたおかげで、ホンシュワンの側にいても緊張しなくて済んだので、結果的に良かったと思うことにした。

でも今改めて手を握られるほど近くにホンシュワンがいることを自覚して、少しばかり緊張が走る。

そんな龍聖には構うことなく、ホンシュワンは龍聖の手を引いて歩き出した。

「あの……ホンシュワン様、行くって……どこに行くのですか？」

「もちろん外の世界だ！」

そう言って爽やかに笑うホンシュワンの横顔を、龍聖は眩し気に目を細めながらみつめていた。

ホンシュワンは、龍聖を連れて中央塔の最上部に来ていた。半身である竜王の居室だ。今はホンシュワンが、シンシンの姿で飛び立つための部屋として使われている。

「リューセー、そこに置かれている客車に乗ってくれないか？　私が竜の姿に変わったら、その客車ごと外へ連れていってあげるから」

「あれに乗るのですか？」

ホンシュワンの指す先には、ゴンドラが置いてあった。屋根のない籠《かご》状の乗り物だ。吊り下げるための取っ手のような物が付いている。おそらくその部分を、竜の脚で摑むのだろう。

「本当は背中に乗せていきたいけど、君を一人で背中に乗せるのは心配でね。考えた末にこの方法で連れていくことにしたんだ。馬車の客車のような屋根や窓で囲んであるものもあるけど、こちらの方が景色を眺められていいかと思って……一度これで移動してみて、風が強くて寒いとか、何か不具合があれば別の客車を考えるよ」

ホンシュワンの話を聞きながら、龍聖が何度もゴンドラとホンシュワンを交互に見ているので、ホンシュワンは少し心配そうな表情になった。

「あれに乗っていくのは怖いかな？」

「あ、いえ、とても楽しそうだと思います。あの、それってつまり空を飛ぶのですよね？」

「ああ、そうだよ」

ホンシュワンの答えに、龍聖は満面の笑みを浮かべた。外の世界に行けるのも夢のようだし、竜と共に空を飛んでいくのも夢のようだと思った。

龍聖は空を飛ぶ乗り物に乗ったことがない。好奇心で胸がいっぱいになった。

「もう乗っても良いですか？」

「ああ、もちろんだよ」

龍聖は駆け足でゴンドラの側まで行き、乗り込むための小さな扉を開けて中に入った。中は四人ぐらいが乗れる広さで、椅子が向かい合わせで二つあり、屋根はないが壁が少し高めになっている。立つと壁が胸の少し下あたりまであり、さらに一段高く手すりが付いているので、身を乗り出そうとしない限りは、落ちる心配はなさそうだった。椅子に座ると、龍聖の場合は肩の少し上まで壁があるので、目線は遮られないが、少し下の風景を見ようと思えば、首を伸ばす必要があった。

「リューセー様」

後から遅れてサフルがやってきた。龍聖の乗るゴンドラに駆け寄ると、抱えていたバスケットを龍聖に手渡した。

「お飲み物と菓子が入っております。外で陛下とお召し上がりください」

「わあ！　ありがとう」

龍聖が受け取って嬉しそうに礼を述べたので、サフルも微笑み返して「いってらっしゃいませ」と告げた。サフルはホンシュワンの方を向いて一礼をすると、ゴンドラから離れて壁際へと移動した。

ホンシュワンはそれを見届けると、目を閉じて意識を集中させた。

『シンシン、頼むよ』

『分かった！　任せろ！』

ホンシュワンの体は眩《まばゆ》い光に包まれて、どんどん光は膨らんでいき、やがて黄金の竜へと姿を変えた。

「龍神様」

龍聖は、黄金竜を見ると、つい龍神様と呼んでしまう。シンシンは『シンシンって呼んでよね』と言ったのだが、龍聖にはグルグルと唸り声にしか聞こえない。

『今度私から言っておくよ』

ホンシュワンがシンシンを宥めるように言った。シンシンはググッと唸ってから、前脚でそっとゴンドラを摑んで持ち上げた。グラリと揺れたので、龍聖はとっさに手すりをしっかりと握り締める。

シンシンは、龍聖の乗るゴンドラに注意しながら、上から垂れる鎖を口で引っ張って、外への扉を開けた。

ガラガラと大きな金属の滑車が回る音が響き渡り、正面の壁と思われた部分が左右に開いていく。

「すごい！　大きな開閉扉だったんだ」

龍聖は興奮した様子で、それらを興味深く眺めていた。風が吹き込んでくる。シンシンが羽を広げたので、いよいよ出発だと分かった。

龍聖は振り返ってサフルに手を振った。サフルも手を振ってくれているのが見えたと思ったら、ドスドスという足音を響かせて、シンシンが勢いよく走りだした。次の瞬間、ふわりとした浮遊感を感じたので、龍聖は一瞬目を閉じてしまった。吹き付ける風が先ほどとは違う。顔には眩しい日差しが当たっている。そう感じて恐る恐る目を開けると、信じられないことに空を飛んでいた。

「わあ！」

龍聖は思わず立ち上がって歓声を上げていた。その場で三百六十度見渡すために周ってみる。

「お城だ！」

初めて城の全景を見ることが出来た。険しい岩山に、めり込むようにして建つ巨大な白い王城は、とても美しいと思った。三つの大きな塔が建っている。恐らく真ん中の一番大きな塔から飛び立ったのだろう。

「僕の部屋はどこなのかな？」

目を凝らしてみるが、同じような造りのテラスがいくつも見えてどれだか分からなかった。

近くでギャギャッギャアギャアと騒がしい声がしたので、改めて周囲を見回すと、近くの空にはたくさんの竜が舞っていて、こちらを取り囲むようにして集まってきていた。

「わあ！　こんなに竜がたくさん……すごい、すごい！」

どんどん集まってくるので、次第に過密状態になって、竜同士が諍いを起こし始めてしまった。するとシンシンが、オオオォォォォッと咆哮を上げる。空気がビリビリと震えるほどの力強い咆哮に、一瞬で竜達は大人しくなった。散り散りに散っていくのを、龍聖は笑いながら眺めている。

「怒られちゃったね」

龍聖はそう言いながら、去っていく竜達に手を振った。ふと視線を下げると、エルマーン王国の全景が見えた。王城の裾野に、扇型に広がる城下町の街並み、東西南北に伸びる街道、緑の草原や丘、畑、郊外に点在する集落、森、湖、どれもとても美しかった。

「テラスからの眺めとはまた違うね」

龍聖は飽きることなくいつまでも見ていられると思った。

「すごいなぁ……こうしてみると、本当にこの国は、丸く周囲を岩山に囲まれているんだ。自然の要塞だね」

そう感心していると、次第に高度が下がっていることに気づいた。

「降りるのかな？」

龍聖は椅子に座り直して手すりに摑まった。怖くはないけれど、自分がもしもうっかり落ちそうになってしまったら、ホンシュワン様に心配をかけてしまうと思ったのだ。

黄金の竜はゆっくりと高度を落としていき、やがて草原の真ん中に降り立った。そっとゴンドラを地面に置いて、龍聖の無事を確認すると、再び大きな光と共に竜からホンシュワンへと姿を戻していった。

「リューセー、怖くなかったかい？」

ホンシュワンがゴンドラに駆け寄ると、龍聖は頰を上気させて瞳を輝かせながら、辺りを見回しているところだった。

『大丈夫そうだね』

シンシンがホンシュワンに語りかける。

『とても嬉しそうで良かった。シンシン、安全飛行をありがとう』

ホンシュワンはシンシンに返事をしながら、ゴンドラの扉を開けた。

「ホンシュワン様、ここはどこですか？」

ホンシュワンに手を差し伸べられて、龍聖はその手を取りながらも、視線はせわしなく周囲を見回し続けている。観るものすべてが新鮮な驚きに満ちているという様子だ。

「王国の中だよ。ここは草原地帯だ。湖も近くにあるので、以前はこの辺りにロンワン……王族の別邸がいくつも建っていたようだけど、老朽化により取り壊されてから、新しい別邸は建てられていないね」

ゴンドラから降りた龍聖は、踏みしめる草の感触に驚き、興奮してその場でジタバタと足踏みをしている。ホンシュワンは一瞬驚いたが、そのはしゃぎように思わず笑いだしてしまった。

「え！　あ！　わぁ！　す、すみません……お話の腰を折ってしまって……あの、それでなぜ別邸は建てられなくなったんですか？」

龍聖ははしゃぎながらも、ちゃんと話を聞いていたようで、恥ずかしそうに顔を赤らめつつ、慌てて尋ねかけてきた。ホンシュワンはクスリと笑ってから、少しだけ首を傾げた。

「正確な理由は分からないけれど……いくつか考えられる理由があって……まずひとつは、王族の数が増えてきたので、建てるのならばいくつも建てなければならなくなって、警備上の観点から維持が難しくなった。十代目リューセーの発案で、博物館を造ったり、観光名所を造ったりしたおかげで、我が国への他国からの来訪者が増えてしまってね。それは良いことではあったんだけど、我が国には守らなければならない秘密があるからね。いい客ばかりとは限らないから、国内の警備を強化する必要があったんだ」

ホンシュワンはそう言いながら、辺りをぐるりと見回した。

「君が気にするといけないから、言わないでおこうかとも思ったんだけど……むしろ知っておいた方が、この国のことを知る上での学びになるから教えておくよ」

ホンシュワンが前置きのように言ったので、龍聖は不思議そうに首を傾げた。

「今日はここへ君を連れ出すにあたって、周辺には警備の兵士を大量に動員しているんだ。婚姻の儀を行うから、今日一日は関所を閉鎖しているんだけど、それでも念には念を入れてのことだ」

それを聞いた龍聖は、とっさに周囲を見回した。辺りに見えるのは広々とした緑の草原と、その先に見える森、もしくは遠くに望む広々とした畑くらいだ。兵士の姿を見つけることは出来なかった。

「見える範囲にはいないよ」

ホンシュワンにそっと指摘されて、龍聖は赤くなって俯いた。

「それから、十二代目……私の父はとても兄弟が多かったんだ。十六人もいた。そしてとても仲良しだった。それぞれが別邸を建てるだけでも大変な数になるというのに、誰かが別邸で休暇を過ごすとなると兄弟みんなが集まってしまって、城の中が手薄になってしまうから、それを回避するため……という説もある。他には……面白い話だと、九代目リューセーと、十一代目リューセーが、家出をして別邸に引きこもったことがあったから無くしたという説もある」

「家出ですか！　え？　なんで？」

龍聖が驚いて目を丸くしている。

「夫婦喧嘩が原因らしいけど……まあそんなに深刻な話ではなくて、痴話喧嘩ってことみたいだけどね」

ホンシュワンは、肩を竦めながらおかしそうに言ったので、龍聖も安堵したように息を吐いて笑いだした。

「ここは竜王の家族が、年に一度ピクニックに来る場所でもあるんだ」

「家族でピクニックですか！　素敵！」

龍聖は思わずぴょんっと跳ねていた。

「私達も子供が生まれたら毎年来よう」

ホンシュワンが優しく言うと、龍聖は「はい！」と元気よく答えたものの、その意味を後から理解したのか、みるみる耳まで赤くなり俯いてしまった。ホンシュワンには、他意はないので龍聖がなぜそのような反応になったのかは分からない。まだ緊張しているのかな？　と思ったくらいだ。

「あの……少し走ってきてもいいですか？」

龍聖が俯いたままもじもじとしながら言った。

「ああ、もちろんだよ。私も一緒に走ろう」

「え？　あ、は、はい」

龍聖は、ホンシュワンと一緒にいるのが少し面映《おもは》ゆくなってきたので、気持ちを落ち着けるために離れようと思って言ったのだが、一緒に走ると言われたのは想定外だった。しかしそれを断るわけにもいかずに、一緒に走ることになった。

龍聖はいそいそと一番上に羽織っていたローブを脱ぎ始めた。

「リューセー、何をしているのだい？」

「あ、あの……とても綺麗な衣装なので汚してしまったらいけないと思って、全部は脱げないけどせめてこれだけでもと……」

龍聖はさすがに全面銀糸の刺繡が施されたローブに、泥や草の汁が付くのはまずいと思った。こんなことならば、汚れても良い服に着替えてくれば良かったと後悔する。ちなみに汚れても良い服とは、栽培箱の世話をする時に着ている服だ。あれも十分綺麗でいい服なのだが、サフルに「土いじりをするから、汚れても良い服に着替えたい」と頼んで用意された物だ。じゃぶじゃぶと何度でも水洗いが出来る丈夫な布だから、汚れても大丈夫ですよと言われた。龍聖の思っていた服と違ったけれど、王族が着る作業着なんて、そもそもないのだろうと観念した。

「リューセーは、物を大切にするんだね」

ホンシュワンは感心したように言って、自分も一番上に着ていたローブを脱ぎ始めた。それを無造作にゴンドラの壁に引っかけたので、龍聖は慌ててそれを回収して、自分のローブと一緒に丁寧に畳んで、ゴンドラの椅子の上に置いた。

「じゃあ行こうか？」

「はい！」

龍聖はその場で何度か足踏みをして、草を踏む感触を確かめた。気持ちいい。きっと走ったらもっと気持ちいい。どんどん気持ちが高揚《こうよう》していく。

タッと勢い良く踏み出した。それは月基地にある運動施設で走る時の感覚と全然違っていた。コンクリートの上に特殊ラバーをコーティングした疑似地面や、人工芝が貼られた疑似草原とは全然違っていた。

本物の土の地面は硬いけど柔らかい。どんなに強く踏み込んでも足の裏が痛くない。さらに柔らかな下生えの草がクッションとなっていて、蹴ると体がぐんと跳ね上がる。風を切って走るのが、こんなに気持ちいいとは知らなかった。風の中に草の匂いが混じっている。吸い込むと肺の中がとても気持ちよくなって、いくらでも走れるような気分だった。

「リューセーは足が速いな！」

隣を並走するホンシュワンが、息を弾ませながら声をかける。龍聖はすっかりホンシュワンのことを忘れていた。

『わあ!』

心の中で思わず悲鳴を上げた。ホンシュワンのことを忘れて走るのに夢中になるなんて、なんてことをしてしまったのだろうと酷く焦った。だが駆ける足を止めることは出来ない。

丘の斜面を駆け下りていると、勢いづいてさらに速くなる。隣ではホンシュワンも楽しそうに走っている。

『いいのかな……このまま走って……』

チラリとホンシュワンに視線を向けると、ホンシュワンも頬を紅潮させて息を弾ませながら楽しそうに走っていた。深紅の長い髪がなびいて、少し走りにくそうにも見える。

『王様が走ってる……王様が楽しそうに全力疾走している。これって珍しいよね? 初めて見るのは僕だけじゃないよね?』

そう思ったらおかしくなってきて、ぷっと噴き出していた。走りながら笑いを堪えるのは苦しくて、大きく口を開けて笑った。明るい龍聖の笑い声が空に響き渡る。それを見たホンシュワンも、嬉しくなって一緒に笑い出した。

笑いながら走って、気がついたら目の前に美しい湖が広がっていた。

二人は足を止めて、その場でぜえぜえと荒い息を吐く。額には汗が浮かんでいた。どっと疲れたがそれが酷く心地よかった。

「こんなに走ったのは初めてだよ」

ホンシュワンが肩で息をしながらも楽しそうに言った。

「僕もです」

龍聖も肩で息をしながら嬉しそうに答えた。二人は顔を見合わせて笑い合った。ホンシュワンは、汗をかいて頬を染めてくったくなく笑う龍聖の顔に、胸がきゅんとときめいた。これで何度目だろうか？　と、ホンシュワンが自分の胸を押さえながら考えていると、シンシンの笑い声が聞こえたような気がした。

「どうかなさいましたか？」

ホンシュワンが急に胸を押さえたので、龍聖が心配そうな顔で尋ねた。

「あ、いや、なんでもないよ。まだ心臓がバクバクいっていると思ってね」

ホンシュワンはそう言って笑って誤魔化した。龍聖はその言葉を素直に受け止めて、自分の胸を押さえて「本当だ」と笑っている。

ホンシュワンは、そっと手を伸ばして、龍聖の額の汗を自分の服の袖で拭った。龍聖は突然のことに驚いて固まっていたが、すぐに状況を把握して真っ赤になって動揺した。

「ホ、ホ、ホンシュワン様……そんな……服が汚れますよ！」

「リューセーの汗では汚れないよ。とても綺麗な汗だ」

「そういうことではありません。汗には水分だけじゃなくて、塩分とかカリウムとか乳酸とか尿素とかも含まれているんですよ！　それに肌を拭いたら皮脂も付いちゃうし……」

焦った龍聖が、早口で捲し立てた言葉のほとんどが、ホンシュワンには理解出来なかったが、なんだかそういう言い方が、母に似ていると感じて少し驚いてしまった。

「ああ、そうか……君も研究者だったね」

「え？」

ホンシュワンがとても穏やかに、そして少し楽しそうに言ったので、龍聖は不思議になって焦っていたことも忘れて、呆けたようにホンシュワンをみつめた。その目はとても優しい金色だった。

「私の母も研究者だったから、急に専門的な言葉を羅列したりしていたんだよ。今の君の言い方が少しだけど母に似ていてね。そういえば君も植物を研究する研究者だったと思い出したところなのさ」

「ああ……あ、いえ、僕は先代の龍聖様ほどの天才ではありませんから……」

龍聖は恥ずかしそうに少し目を逸らした。

「リューセー、私は別に母と君を比べて言ったわけではないんだ。ただ君の仕草《しぐさ》のおかげで、母のことを思い出しただけだ。君には君だけの魅力がある。誰とも比べられるものではない。でも私が言葉足らずで君に嫌な思いをさせてしまったのならば、本当に申し訳ないと思う」

龍聖は思わずまたホンシュワンの顔を見てしまった。とても申し訳なさそうな顔をしている。美しいその顔が少しばかり暗く沈んで見えた。

「いえ、そんな……大丈夫です。別に嫌な思いなどしていません。むしろ僕で先代龍聖様を思い出してもらえたなんて光栄です。だって僕は……」

龍聖は何かを言いかけたが、はっと表情を変えて口をつぐんだ。

「どうかしたのかい？」

「いえ、あの……あっ……湖！　これが湖なんですか⁉　すごい！」

話題を変えようとして、ふと周りに目をやると、青く澄んだ湖面が目に映った。どこまでも広がる水面に、驚きの声を上げる。

ホンシュワンは何かを言いかけた龍聖のことが気になったが、湖を前に興奮する姿に気を取られてしまった。

「ああ、これが湖だよ」

「向こう岸が見えないくらいに大きいのに？　海じゃないんですか？」

龍聖は湖の畔まで歩み寄って、その場にしゃがむとそっと手で水を掬った。

「わっ！　すごく冷たい！」

「ん？　そうかい？」

ホンシュワンも歩み寄って龍聖の隣にしゃがみこんだ。同じように水を手で掬って「ふむ」と小さく唸った。

「彼？」

「これは……彼がいるんじゃないかな？」

ホンシュワンは湖の水面をじっとみつめた。

「イースヤ！」

ホンシュワンが大きな声で呼びかけると、しばらくして湖の中央にブクブクと泡が浮かび始めた。やがて水面が揺れて、ふいにザザーッと水柱が上がった。

「わあ！」

水柱が消えた後には、一頭の竜が水中から頭を出していた。青い竜だった。光の加減で鱗《うろこ》が白っぽく光って綺麗だった。

「その竜がイースヤですか？」

「そうだよ、彼は珍しい氷竜《ひょうりゅう》なんだ」

「ひょうりゅう」

初めて聞く言葉に、龍聖は首を傾げながら聞き返した。

「ああ、氷の竜で氷竜だ。水竜の上位種なのだけど、数が少ないんだ。いや、少ないというか今は彼一頭しかいない。氷竜は水竜から時々生まれて……彼の場合は、父母共に水竜の家系で、父の方の血筋には、割とよく氷竜が生まれるんだ。気性はとても穏やかで争いを好まない。でも怒らせると、周囲を一瞬にして凍りつかせるんだよ」

ホンシュワンの言葉に、龍聖が驚いた顔で竜とホンシュワンを交互に見るので、ホンシュワンは楽しそうに目を細める。龍聖の行動がいちいち可愛いと思っていた。

「凍らせるんですか？　すごい！　すごいね！」

龍聖は大きな声で竜に呼びかけた。竜はじっと龍聖をみつめ返して首を傾げている。

「彼の半身は、キーユと言って、医局で働いていて薬草の研究を……ああ、リューセーと話が合うかもしれないね」

「僕と？」

「ああ、この竜の半身であるキーユという男は、薬草から作る薬の研究をしていてね、君は薬草には詳しいのかな？」

「少しは知識がありますけど、僕の場合は主に野菜の研究だったから……でも薬草はとても気になる分野です」

龍聖の瞳がキラキラと輝き始めた。ホンシュワンは満足そうに笑みを浮かべる。

「城下町の外になるのだけど、医局が管理している薬草園があるんだ。元々は四代目リューセーが、城内に作った小さな薬草園だったのだけど、それを医局が引き継いで守り続けてきたんだ。今では広い敷地に、たくさんの種類の薬草を栽培しているよ」

「それはぜひ見に行ってみたいです！」

龍聖は頬を上気させて興奮気味に言った。拳を握り締めている。

「キーユに案内してもらうと良い。そのうち彼を紹介するよ。とても穏やかな人だ。ただし……怒らせると怖い」

ホンシュワンはそう言ってニッと笑ったので、龍聖は目を丸くしたがすぐにクスクスと笑いだした。

二人が笑い合っていると、ザザーッと大きな水音がした。龍聖が再び湖の方へ目を向けると、先ほどの青い竜が、ゆっくりと岸の方へ泳いでいくのが見えた。二人のいる場所とは反対の岸に向かっている。それと同時に、湖の至る所から次々と竜が三頭顔を出した。それぞれが一度二人の方を見てから、ゆっくりと移動を始める。

湖の中からたくさんの竜が出てくるのを、龍聖は口をポカンと開けて眺めていた。

「後から出てきたのは水竜達だ。彼らは時々ここに来て湖の底で昼寝をするんだよ」

ホンシュワンが説明をしてくれるが、龍聖はあまりの驚きに話が頭に入ってこない。竜達が岸に上がって、羽を広げて身震いしながら水を払っているのを、ただ呆然とみつめるしかなかった。

「大丈夫？」

驚き固まってしまった龍聖の顔を覗き込んで、ホンシュワンがクスリと笑いながら尋ねる。龍聖はゆっくりと息を吐いて、パチパチと何度か瞬きをして、大きな黒い目で湖を凝視していた。

「あんなにたくさんの大きな竜が潜《ひそ》めるくらいに、この湖は深くて大きいのですね」

「ああ、そうだね……でも四頭もいたんじゃ、さすがに少し水位が下がってしまったようだけどね」

ホンシュワンに言われて、龍聖が視線を下げると、水際が少し遠ざかって見えた。それに驚きつつも、岸辺で身繕いをしている水竜達へ視線を向ける。

水竜達は氷竜に比べると、薄い青色をしていた。遠目でも氷竜が一目で分かる。そこへバサバサと羽音が聞こえて、別の水竜が三頭、新たに舞い降りてきた。それと交代するように、先ほどの四頭が空に飛び立っていく。

「ここは水竜達の憩いの場所なのですね」

「他の竜も水を飲みにやってくるのだけどね」

「本当にここは海ではないのですか？」

龍聖が信じられないという顔で尋ねたので、ホンシュワンは微笑みながら「違うよ」と答えた。

「海はもっともっと大きい……比べ物にならないくらい」

「もっともっと？　想像がつきません」

「そのうち連れていってあげるよ」

「本当ですか⁉」

わーいと両手を上げて喜ぶ龍聖を、ホンシュワンは微笑ましく眺めていた。前よりはホンシュワンの顔を見てくれるようになったし、ずいぶん緊張も解けているように見える。やっぱり部屋で面会するよりも、外に連れ出して正解だったなと思った。

「そろそろゴンドラの所まで戻ろうか。喉が渇いただろう？」

ホンシュワンが立ち上がってそう言ったので、龍聖も立ち上がって「はい」と元気よく答えた。

「お菓子もあるし、ピクニックしましょう！」

龍聖はとても嬉しそうに言った。


ホンシュワンは、その後も龍聖を外に連れ出した。さすがにしょっちゅうというわけにはいかず、頻度としては月に一、二度程度だったが、間に部屋での面会や会食などを挟んで、龍聖との交流を深めていった。

国内では森や農家の畑に連れていき、博物館の見学にも行った。そして国外にも連れ出した。まずは荒野を見せた。果てしなく続く赤い大地に、龍聖はとても驚くと共に興味を示した。

周囲に人影も何もない所を探して、少しだけ荒野に降りてみた。王国の外では護衛がいないためあまり地上に降りないようにと、カリエンからは釘を刺されていたのだが、ただ空から眺めるだけでは、龍聖の体験にならない。何よりも竜の姿のままでは、龍聖に説明をしてやることも出来なかった。

十分に周囲を警戒しながら、龍聖の乗ったゴンドラを下ろして、ホンシュワンも姿を戻した。

「少し月のことを思い出しましたけど……まったく植物がないというわけではないのですね」

龍聖は近くに生えているサボテンのような多肉植物を観察しながら言った。

「ああ、その植物のように、荒野独自の乾燥に耐えられる植物が、ここでは生き延びている。それに一年のうちひと月近くの雨期があるんだ。毎日ほんの一刻ほどだが雨が降って、この乾いた大地も少しばかり潤うから、その時に一斉に色々な植物が芽吹くんだ。その時にしか咲かない花もあるみたいだよ」

「それはぜひ見てみたいです……空から見ると、いくつも道が通っていました。途中に家のような建物も見えましたけど、住んでいる人もいるのですか？」

龍聖は思い出すような素振りをしながら質問を投げかけた。大きな道の途中に、ぽつんと一軒だけ建物が見えたので気になっていたのだ。

「それはたぶん休息所だね。我が国から東へ真っ直ぐに伸びている街道は、荒野の端の村から我が国まで、馬車で休みなく進んでも二日はかかるんだ。普通に休憩を取りながらだと三、四日はかかる。だから真ん中辺りに休息所を造ったんだ。井戸を掘ってあるから、そこで水を補給して休めるようにね。他国との外交を積極的に進めていた四代目ロウワン王が、一般の商人達の来訪が少ないことを苦慮して、もう少し我が国に来やすくなるようにと造ったんだよ」

ホンシュワンの説明を何度も頷きながら聞いているが、龍聖は今一つ理解しきれていない様子に見えたので、ホンシュワンは目を閉じて、周辺に意識を集中させた。

「ホンシュワン様？　どうかなさったのですか？」

「いや……うん、今なら問題なさそうだ」

ホンシュワンは一人で納得したように頷いて、そのまま有無を言わさずに、ひょいっと龍聖を抱き上げた。

「え？　ええ!?」

突然のことに龍聖は混乱してしまって、口をパクパクと開閉させながら言葉が何も出なくなっていた。

「ちょっと行ってみよう」

ホンシュワンはそう言って、背中から金色の羽を顕現《けんげん》させるなり、ふわりと宙に飛び上がった。

「えっ！　あっ！　え？　ホ、ホンシュワン様！　羽が！」

慌てふためく龍聖を見て、ホンシュワンはクスクスと笑った。なおも上昇していき空を飛んでいる。

「驚かせてすまないね。こうやって空を飛ぶことも出来るんだ。でもあまり高くは飛べないのと、長距離飛行が難しいのもあって、君を外に連れ出す時は、シンシンの姿で行くしかないんだ。こっちの方が、こうして君の顔を見ながら話が出来ていいんだけどね。竜の姿だと話が出来ないだろう？」

『仕方ないじゃないか！』というシンシンの抗議の声が聞こえたが、ホンシュワンは笑顔で無視をした。どうせ龍聖には聞こえないからだ。

「さっき辺りを探ったら、休息所に生き物の気配がなかったので、ちょっと行ってみることにしたんだよ。まあ、カリエンに知られたら怒られちゃうんだけどね」

ホンシュワンは、いたずらっ子のような表情をして笑いながら目配せをしたので、真っ赤な顔で動揺していた龍聖も、思わず笑っていた。

「怖くないかい？」

「はい、大丈夫です。ホンシュワン様を信じているので、全然怖くないです」

頬を染めながらも、龍聖はホンシュワンの顔をみつめてそう言った。最近はホンシュワンの顔を真っ直ぐに見ることが出来るようになっていた。緊張もほとんどしなくなっている。龍聖の変化は顕著で、ホンシュワンを安堵させると共に、お互いに少しずつ愛が育《はぐく》まれているのを感じ取っていた。

「ほら、見えてきた。君が言っていたのはあれのことだろう？」

「はい、そうです……あれ？　上からだと分からなかったのですが、あの建物は屋根だけで壁がないのですね」

「よく気がついたね。そうなんだよ」

ホンシュワンは、建物の側まで行くと、ゆっくりと地面に降り立って、胸に抱いていた龍聖をそっと下ろした。

龍聖は火照った頰を、そっと手で押さえながら、改めて目の前の建物を眺めた。石造りの頑丈そうな建物だ。近くで見ると思っていたよりも大きい。壁がなくて大きな石柱が、何本も等間隔に並んでいて屋根を支えている。屋根は平らで石で出来ていた。一枚の石板ではなく、何枚もの長方形の石板を並べて造られている。床も石造りで、地面よりも一段高くなっている。壁がないせいもあって、傍から見ると机のような形に見えた。

広さはかなりあり、二十人くらいは休むことが出来そうだ。中に足を踏み入れると、少しばかりひやりと涼しく感じる。日差しが当たらないだけで、ずいぶん気温が変わるようだ。

「涼しいですね。これなら十分に休息が出来そうです」

「最初はちゃんと壁のある建物だったようなんだ。だけど野盗がここを根城にすることが度々あってね。追い払ってもきりがないから、壁を取り払ってしまったんだ。今でも毎日定期的に、警備隊のシーフォンが見回りに来ているんだよ」

建物の脇には、屋根の付いた井戸と、馬をつなぐ柵が作られている。龍聖は井戸の側まで歩いていきながら、ふとあることに気がついて、いきなりしゃがみこんでしまった。

「リューセー、どうしたんだい？」

ホンシュワンが驚いて駆け寄ると、龍聖は地面に生えている草を触っていた。

「この辺りには草が生えているんですね。荒野独特の草のようには見えませんけど……柔らかい葉の普通の野草です」

龍聖に言われて、ホンシュワンも初めて気がついたように辺りを見回した。

「そうだね。井戸を中心に、この辺りにだけ生えているようだ」

ホンシュワンの言葉を聞いて、龍聖は立ち上がると井戸に近づき中を覗き込んだ。井戸はそれほど深くない。五、六メートルほどだろうか？　このような荒れ地で水脈に辿り着くには、もっと何十メートルも掘らなければいけないように思っていたので、少しばかり意外だった。

「この井戸はずっと昔からあるのですか？　水は涸《か》れないのですか？」

「その井戸は我が国にある井戸と同じなんだ」

「我が国にある井戸……ですか？」

龍聖が首を傾げて尋ね返したので、ホンシュワンは頷いて説明を始めた。

「まだ習ってないのかな？　我が国の城や城下町にある井戸は、すべて水竜の宝玉を使って水を作っている井戸なんだ。他国の者の目があるから、深く掘った井戸のような体裁をしているけどね。井戸の底にはそれぞれ水竜の宝玉が置かれていて、宝玉から水が絶え間なく作られ続けているんだよ。一応我が国の地下には、水脈があるのだけれど……ほら、城の地下の聖水のように、水脈を掘り当てればいくらでも湧いて出るんだが、城下町の至る所に上手く水脈を探し出して井戸を掘るのは大変だからね。それに地下の聖水で分かるように、我が国に流れる水脈は、竜王の間から流れ落ちたものが多いから、魔力が多く含まれている。我が国の大地が肥沃《ひよく》なのも、魔力を含んだ水のおかげと言えるんだ。魔力の多い水を、普通の人間であるアルピン達が日常の飲食などに使うのは、あまり良くないかもしれないからね」

ホンシュワンの話を聞いて、龍聖は深く納得をしていた。だが目の前の地面を触り続けている。まだ疑問が残っているようだ。ホンシュワンはそんな龍聖を見守りながら、連れていく先々で色々なものに興味を示して、いつも楽しそうに笑う姿を見るのが自分の幸せになっているなと思っていた。

色々な表情の龍聖を見ることが出来た。話もたくさんするようになった。龍聖との間の壁が、ずいぶん取り払われたように思う。当初の目的は、ホンシュワンに対して酷く緊張をする龍聖と、交流を深めることが出来れば……というものだった。もちろんその目的は達成しているのだが、ホンシュワンが龍聖と共にいて、笑顔を見たり素直な言葉を聞くたびに、なぜかひどく胸が痛むことが増えた。

さすがのホンシュワンも、胸が痛くなる理由には、とうの昔に気づいている。愛しいと思う気持ちが、日々大きくなっていることにも気づいている。龍聖の方が、ホンシュワンのことをどう思っているのかは分からないが、慕ってくれているのは間違いないと思うし、もう『神様のような存在』ではなく、『恋人のような存在』くらいにはなっているのではないだろうか？

「この水竜の宝玉から湧き出ている水には魔力は含まれていないのですか？」

ホンシュワンが、愛しさをこめて龍聖をみつめながら、ぼんやりとそんなことを考えていると、龍聖が顔を上げてそう尋ねたので我に返った。思わず頬が熱くなってしまい、誤魔化すように考えているふりをしながら顔をそらした。

「宝玉から放出される魔力の量は調整が出来るんだ。竜王の間で使われている宝玉はすべて魔力を放出するようになっている。でも井戸で使う宝玉は、出来る限り魔力が出ないようにしてあるんだ。それでも微量には出ていると思うけれど、害はないはずなんだ」

龍聖は話を聞きながらまた考え込んでいる。今は研究者目線になっているようだ。

「この井戸はここに何百年も前からあるのですよね？　わずかに魔力を含んだ井戸の水が、少しずつ大地にしみ出していて、このように野草を育む土に変化していったのかもしれませんね。ほら、ここの土は赤いけど柔らかいです。手で簡単に掘ることも出来ます。でも荒野の地面は、岩盤のように固くなっていますよね？」

龍聖の指摘に、ホンシュワンは驚くと共に深く納得がいった。

「リューセーの観察力は素晴らしいね」

「え！　そ、そんなことはないです。でもこういうものを見て、何か発見をするのはとても楽しいです。すべてはホンシュワン様のおかげです」

赤い顔をして、目まで潤ませて、ホンシュワンをみつめながら一生懸命に話す龍聖を見ていると、ホンシュワンは心臓が早鐘のように鳴り、つい抱きしめてしまいそうになる。

さっき胸に抱いて空を飛んでいた時、最初は無自覚についやってしまったが、飛んでいるうちに龍聖から微かに甘い香りがしてきて、まずい状況に気がついた。いくら指輪をしていても、抱きしめるほどに触れ合えば、魅惑の香りに惑わされかねない。

意識してしまったらだめだ……と、ホンシュワンはブルブルと激しく頭を振った。

「ホ、ホンシュワン様？　どうかなさったのですか？」

「あ、いや、虫が……ね」

ホンシュワンは、とっさに顔の前を手で払う素振りをして誤魔化すと、平静を装ってにっこりと微笑んだ。

「そろそろ戻ろうか」

「はい」

ホンシュワンは、ゴンドラの場所に戻るまで、心を無にすることにした。

『もう北の城の儀式をしちゃったら？』

シンシンにからかうように言われて、ホンシュワンは少しだけ「そうしようか？」と考えてしまった。

『いやいや、まだ……まだリューセーが……』

ホンシュワンが慌てて自分の考えを否定すると、シンシンの笑い声だけが聞こえた。


「もう北の城に行かれたらいかがですか？」

既視感を覚える言葉を、カリエンから投げられて、ホンシュワンは書類を書いていた手を止めて、驚きの顔を向けたまま固まっていた。

「え？　まだいつするのか決めてないんですか？」

今日はシュウリンもいるので、二人がかりでホンシュワンと対峙《たいじ》出来ると、カリエンは少し強気になっていた。

ホンシュワンが龍聖を外に連れ出すようになってから、龍聖のことばかり考えて上の空で、仕事が手につかなくなるのではないか？　そしたらさっさと北の城へ行くように言ってやろうと思っていたのだが、ホンシュワンは一日デートに出かける時間を作るために、以前よりもさらにすごい速さで、どんどん仕事をこなし始めたので、何も言えないどころかさらに振り回されて頭を抱える日々だった。

「もうずいぶん仲良くなられたように見受けられますが、まだだとお考えですか？」

「この前二人で中庭を散歩していたでしょう？　神殿での成約の儀式に立ち会っていたものだから、私もついまだ正式に婚姻を結ばれていないということを忘れていました」

「私の方には、シーフォン達からなぜお披露目の宴をやらないのかと、文句を言ってくる者までいます」

「陛下はもう十分にリューセー様のことを好きになっていらっしゃいますよね？　リューセー様は陛下のことを好きではないと思っていらっしゃるのですか？」

「何が問題なんですか？」

二人がかりで畳みかけるように意見すると、ホンシュワンの表情がどんどん渋いものに変わっていった。完全に不機嫌そうな表情に変わったところで、カリエンは『ちょっと言いすぎたかな？』と慌てて口を閉ざした。カリエンが黙ったことで察したシュウリンも、無言で仕事を再開する。バイレンだったら空気を読まずに調子に乗って言い続けていただろうと思うと、彼がいなくて良かったとカリエンは安堵する。

しばらく沈黙が続いて、執務室の中の空気が張り詰めてきたので、カリエンはフォローのために何か話題を変えるべきか、それとも婚姻の儀についてまだ先でもいいと言っておくべきか、どうしようかと悩んだ。すると、ホンシュワンが皆に聞こえるほどの盛大な溜息を漏らした。

「ちょっと休憩しよう」

いつもはカリエンが言う台詞なのだが、ホンシュワンが立ち上がってそう言いながら、すでにソファの方へ歩き出したので、カリエンとシュウリンは視線を交わして頷き合い「そうですね」と同意して立ち上がった。

ソファに向かい合わせになって座り、侍女達がお茶の用意をする間、じっと沈黙して待った。侍女達が去った後も沈黙が続いたが、ホンシュワンはカップを手に取りゆっくりとお茶を飲む。ホンシュワンのカップがカチャリと小さな音を立てて皿に置かれたところで、カリエンもカップに手を伸ばした。沈黙に耐えられなかったのだ。

「次は海に連れていこうと思うんだ」

ホンシュワンのいつもの穏やかな声がそう言った。カリエンもシュウリンも愛想笑いを浮かべて「そうですか」とだけ答えた。今は怒っているように見えないが、さっき十分不機嫌にさせてしまったので、もう「先に北の城へ行ったらどうですか」なんてことは言えなくなった。

『これは兄上の作戦だな』とカリエンは思って、平静を装ってお茶を飲みながらも、ホンシュワンの頭の良さに感服している自分が嫌になった。あのやりとりの後で、カリエン達がそれ以上言えなくなったことを分かった上で、わざと言っているのだ。

『まあ仕方ない。次の次でまた忠告すれば良い』

カリエンはそう自分に言い聞かせて、焼き菓子を口に運んだ。シュウリンも同じことを考えているのか、同時に焼き菓子に手を伸ばしてきた。気持ちを落ち着けるには、甘いものを食べるのが一番だ。

「漁場にしている周辺の島ならば、リューセーを連れていっても構わないだろう?」

続くホンシュワンの言葉に、カリエンは菓子を喉に詰まらせそうになって、慌ててお茶で流し込んだ。

「それは……コホッ……島に降りるということですか？」

「もちろんだ」

「それはいけません」

カリエンは断固拒否の姿勢で、きっぱりと反対した。ホンシュワンは黙り込んで、じっとカリエンをみつめている。

「陛下、国外に行く場合は、下に降りないという約束をしたはずです。お忘れですか？　空を飛んでいくだけならば……と、国外へリューセー様をお連れすることを承諾いたしました。まさかすでに約束を破っているわけではないですよね？」

カリエンはじっとホンシュワンを厳しい眼差しでみつめ返す。ホンシュワンは、目を逸らさずに表情も一切変えなかった。実はすでに、荒野と雪山で龍聖を地上に降ろしている。雪山では、初めての雪に大はしゃぎした龍聖が、とてもとても可愛かった。

ずっと見たいと言っていた海にも、早く龍聖を連れていって、波打ち際で遊ぶ龍聖を見たいと思った。安全面を考えると、昔から漁場にしている西の海にあるいくつかの無人島がいいのだが、出稼ぎで働いているアルピン達がいて、龍聖を降ろしたことがカリエンに確実にバレてしまう。

今まで言うタイミングを窺っていたのだ。

「西の漁場ならば、アルピン以外は誰もいないから大丈夫だろう」

「もしもリューセー様に何かあったらどうなさるのですか？」

「何かって……何もないよ。危ないことはしない。波打ち際で遊ぶだけだ。私も側についているし大丈夫だ」

「そういうことを言っているのではありません」

カリエンは額を押さえて溜息をついた。カリエンの問いに対して、答えを曖昧にしたのは明らかに確信犯だろうと思った。たぶんもうどこかで龍聖を下に降ろしている。

「陛下、宰相がリューセー様を地上へ降ろすことに反対しているのは、何も外敵を警戒してのことだけではありません。病気に感染することを警戒しているのです。我々シーフォンは人間の病気にかからないため、長年病気に関しては無頓着でした。この世界の人間達が発展させた医術を学んで、我が国民であるアルピンの病気に対応してきました。しかしこの世界の医術は、まだそれほど発展していません。病気の種類を特定するのがせいいっぱいで、何が原因で病気になるのかという仕組みが、解明されていませんでした。症状を緩和させる薬は作られましたが、病気そのものを治癒することは出来なかったのです」

シュウリンが、内務大臣から医局の研究者としての顔に変わって話を始めた。額を押さえていたカリエンは、黙ってシュウリンに任せることにした。

「それは知っている。我が国でも四代目リューセー様が薬草園を作り、大和の国の知識によって、我が国独自の様々な薬を作ってきた。他国の薬よりも効能の優れた薬もあり、我が国から薬の製法を提供したこともある。それに母上がいらしてからは、飛躍的に我が国の医学が向上したことももちろん知っている。病気の原因まで解明し、母上の書いた医学書は、世界に革命をもたらしたくらいだ」

急にシュウリンから責められて、ホンシュワンは少し驚いたが、冷静に返事をした。ホンシュワンは、そこまで医学に関しては詳しくないが、母である十二代目龍聖が研究していた様々な事柄については、概《おおむ》ね知っているつもりだ。龍聖は顕微鏡を作り、それによって病気の原因である細菌というものを解明して、細菌を撲滅《ぼくめつ》する薬まで作り出した。それにより、死病と恐れられ七代目龍聖の死因となった労咳《ろうがい》や焦熱病《しょうねつびょう》も、治すことが出来るようになったのだ。

病気の原因には、細菌よりももっと小さな『ウィルス』というものがあり、それを見つけるためには『電子顕微鏡』というかなり高度な倍率の顕微鏡が必要なのだが、この世界の文明ではそれを作ることが出来ないらしく、魔道具を使ってなんとか作れないかと、生涯を懸けて試行錯誤していたらしい。結局作ることは叶わず、「もっと治せる病がたくさんあるのに」と、母は最期まで悔しがっていたと、シュウリンから聞いたことがあった。

「病気の感染は、人から人というだけではありません。虫や動物を介して感染することもあります。狂犬病や破傷風など速毒性のある病気もあります。たとえ陛下が側にいて注意しても、自身に影響がなければ、虫刺されなどには気がつかないでしょう？　我々と同じ体になっていないリューセー様を、外に連れ出すということはそういう危険があると言っているんです」

それは考えてもみない話だったので、ホンシュワンはとても驚いて言葉をなくしてしまった。呆然とした顔で固まっていたが、やがて視線をシュウリンに向けた。

「リューセー様を外の世界に連れていくという話は、宰相とお二人で話し合って決められたとのことなので、それ自体は構わないのです。私が後からその話を聞いて、今言ったような懸念材料を宰相に訴えました。だから宰相が陛下に『下に降りなければ』と条件をつけたのです。私から陛下にきちんと話すべきでした」

シュウリンは神妙な面持ちで深く頭を下げた。ホンシュワンは戸惑いつつも、頭を下げるシュウリンに顔を上げるように言おうとしたが、シュウリンの隣に座るカリエンも並んで頭を下げた。

「シュウリンに言われるまで、私も考えていませんでした。ただ私の場合は外敵への懸念ももちろんありましたので、病気やけがの心配だけではなく、総括的にリューセー様を地上に降ろさない方が良いと判断して、危険を回避するためにという大枠な注意になってしまいました。私の配慮が足りませんでした。ですが改めてお願いいたします。どうか島へ降りることはおやめください。私から言えるのは、一刻も早く北の城へ行かれた方が良いということです。リューセー様が我々と同じ体になれば、海で遊ぶことも出来ます。どうかご再考ください」

二人からここまで言われて、それに逆らうような愚策をホンシュワンが取るはずもなかった。答えはすでに決まっている。正式に婚姻の儀を行う。それしかない。それでも即答を躊躇させるのは、龍聖を傷つけてしまわないだろうかというその一点だけだ。

「分かった……二人ともすまなかった。私が浅慮だった。病気のことなど少しも頭になかった。正式な婚姻の儀については……一度リューセーと話をしてから決めたいと思う」

ホンシュワンは深く反省をした様子で、頭を下げながら少し沈んだ表情で二人に告げた。カリエンとシュウリンは顔を見合わせて、互いに何か言いたいことはありそうなのだが、ホンシュワンの気持ちを尊重する形で、今はこれ以上は言うつもりがない……という意思表示を確認し合った。

「分かりました。お二人でよくお話しになってください」

「カラージュ様がお見えです」

カリエンが話をまとめる言葉を言ったのと、侍従が客の訪れを告げたのが同時だった。三人はなぜか同時に溜息をついていた。なんとなく互いに気持ちが張り詰めていたせいだろう。第三者の登場で気が抜けてしまったのだ。

ホンシュワンが侍従に向かって頷いたので、侍従が扉を開けようとノブを回した途端に、待ちきれないという様子でカラージュが入ってきた。

「陛下！　フェルンホルム帝国とアヴァティ王国が戦争を始めました」

開口一番の言葉に、ホンシュワン達の間に緊張が走った。

「フェルンホルム帝国……またか……」

ホンシュワンは苦々し気に呟いた。

「アヴァティ王国って、帝国の属国ではなかったか？　なぜ戦争になった？」

カリエンが不可解だというようにカラージュに尋ねた。

アヴァティ王国はフェルンホルム帝国の近隣諸国の一つで、百年ほど前に関係が悪化し一触即発状態だったが、戦争を回避するためにアヴァティ王国は帝国の属国に下っていた。

「帝国の所業に、堪忍袋《かんにんぶくろ》の緒が切れてアヴァティ王国の国民が立ち上がったらしいです」

カラージュは、三人が座るソファまで歩いてきて、シュウリンの隣に座った。侍女がカラージュの分のお茶を持ってくる。

「皇帝が代わってから、帝国の所業は目に余りますね」

シュウリンが眉根を寄せながら言うと、皆も同意するように頷いた。

「だがアヴァティ王国と我が国とは国交を結んでいない。我が国と関係のない国の仲裁は出来ない。我々は別に正義の使者ではないから、申し訳ないがすべての国々を助けることは出来ない」

ホンシュワンが仕方ないというように呟いた。エルマーン王国は、人間の国と国交を結ぶようになって以来、人間の国同士の争いを仲裁してきた。竜は人間にとって脅威の存在であり、そこにいるだけで存在感を示すことが出来る。

エルマーン王国と国交を結ぶための条件は、竜の力を望まないことだ。エルマーン王国は非戦争国であることを公にしている。だから自国が戦争をしないのはもちろんのこと、国交のある友好国が戦争を始めた場合に、援軍を求められても一切加担しない。ただし戦争が始まる前に相談してくれれば、仲裁に入ることは出来る。

その方針を長年貫いてきた。

長い歴史の中で平和を築いてきたが、世界を見れば戦争は絶えることはない。規模の大小はあるが、毎年どこかが戦争をしている。

戦争をしないエルマーン王国と国交を結ぶには、様々な条件があり、友好国の中に戦争をする国はほとんどない。だが戦争というのは、二つ以上の国があって起こるものだ。どんなにこちらが戦争をしたくないと言っても、相手が聞く耳を持たなければ戦争が起こってしまう。だから友好国の戦争回避のために、仲裁に入ったことは何度かあった。

その一方で、エルマーン王国に戦争を仕かけてくる国はほとんどない。それだけ竜の存在が脅威だということだ。たまに「竜使いというが、戦争を怖がる竜などたいしたことはない。ただのトカゲだ」などと侮《あなど》る国も現れるが、いざ竜の実物を前にすると戦意を喪失してしまうことが多い。

「戦争が始まったのはいつだ？」

「三日前だ」

カリエンの問いにカラージュが即答したが、それを聞いて皆が溜息と共に首を振った。

「フェルンホルム帝国とアヴァティ王国では、国力が違いすぎる。二日ともたないだろう。もうすでに戦争は終わっているはずだ」

カリエンはそう言って、眉根を寄せながらお茶を飲んだ。少し冷めていて気分まで冷え込みそうだと思いながら飲み込んだ。

カリエン達は、敗戦国の末路を憂えていた。フェルンホルム帝国は、属国には寛容であるが、帝国に反抗した国に対しては容赦ない。敗戦国の名残を一切排除して、帝国のものに塗り替えるかの如く、町や村をすべて焼き払い、王侯貴族はすべて斬首、戦争に参加した人々や兵士は皆殺しにして、残りの民はすべて奴隷にする。

「だがアヴァティ王国の国民が立ち上がるほどとは、何があったのだろうか？　フェルンホルム帝国は亜人種弾圧など確かに目に余るところはあるが、アヴァティ王国国民は普通の人間だったはずだ。帝国は属国に対して、それほど厳しい政策は行っていなかったように思うのだが……」

ホンシュワンが腕組みをして、納得がいかないという様子でそう言った。

「新皇帝は選民思想がかなり強い方だと聞いています。アヴァティ王国の民は、バルバラ人……茶色の髪に褐色の肌が特徴です。そのため帝国人より、常日頃から見下す態度をとられていたようです。帝国民が立ち上がった原因の一つは、ひと月ほど前に帝国と属国の間で行われた定例会議の場で、帝国の外交官がアヴァティ王国の国王に対して、とても無礼で侮辱的な言動をしたことらしいのです」

「確かにあの国は以前から選民思想があったようだが、そこまであからさまに酷くはなかっただろう？　やはり新皇帝の影響なのだろうか？」

カラージュの説明に、ホンシュワンは眉根を寄せた。フェルンホルム帝国とは国交を結んでいないので、ある程度の情報はあっても、皇帝に直接会ったことはない。

十年前に前皇帝が崩御《ほうぎょ》して、新皇帝が帝位についた。後継問題では国を二分するほどに揺れたようだが、それほど血を流すこともなく、第二王子が新皇帝となった。

新皇帝アルデベルト・フォン・フェルンホルムは、王家の血筋であるカートラ人が、人間種の中で最も高貴な種族だと豪語している。カートラ人の特徴は肌が白く、金髪、緑眼、彫りが深く、耳が大きい。体格も男女共に背が高く骨太でがっしりとしている。

彼らが提唱する『カートラ人最高種族説』とは、千年前カートラ人の青年が、北の山に巣くうヒドラという魔獣を倒し、それを英雄として称えた神が、褒美に娘を嫁として下賜《かし》した。そしてカートラ人は人間種の中でも最も優れていると神が認めたというものだ。英雄と神の娘の間に生まれた男子が、フェルンホルム帝国の初代皇帝となり、以降皇族は神の血を受け継ぐ高貴な一族だと帝国史で謳っている。

もちろんホンシュワン達は、千年前にそんな事象がなかったことを知っているし、神はそんなことをしないということも知っているから、呆れるような作り話だと思っている。

しかしこの世界、特に中央大陸に数多《あまた》ある国々の中で、千年を超える歴史のある人間の国は、ひとつとしてない。だから建国千年と主張するフェルンホルム帝国の怪しい歴史に、異を唱える国はないのが現状だ。

「来年が建国千年に当たるらしく、盛大に建国祭を開くつもりのようです。我が国にも招待状が届きましたが、断りの返事を送っています」

カラージュが澄ました顔でそう言ったので、カリエン達はニヤリと笑った。

「断られるとは思っていないだろうから、皇帝陛下はご立腹なのでは？」

からかうようにカリエンは言ったが、カラージュは首を竦めてみせた。

「ご立腹だとは思いますが、そもそも国交もなく、何の縁もない我が国に、招待状を送ること自体が筋違いというものでしょう。新皇帝になってから勢力を急速に伸ばしていますが、あくまでも周辺諸国と、政治的なやりとりをするにとどまっています。今回はアヴァティ王国と戦争になりましたが、先に手を出したのはアヴァティ王国側ですし、帝国が軍事侵攻を進める動きは今のところありません。我が国とも遠いですし、特に危険視するほどのことはないと思われます」

「だが我が国の友好国が被害に遭うかもしれない。常に情報は得るようにしておいてくれ」

カラージュの説明に、皆が頷きつつも、ホンシュワンは少し厳しい表情で、フェルンホルム帝国の監視を指示した。


その日、ホンシュワンは龍聖の下を訪れていた。

少し二人だけで話がしたいからと、龍聖をテラスに誘い、サフル達を遠ざけた。

二人並んでテラスの端に立ち、眼下に広がる街並みを眺めていた。ホンシュワンは、何も言わずにただ景色を眺めるばかりだが、龍聖の方はわざわざ人払いまでしての話とはなんだろう？　と内心ドキドキとしていた。

「リューセー」

「はい」

「この国にはもう慣れたかい？」

「は、はい」

改まって言われて、龍聖はどう答えるのが正しいのか少し迷ってしまった。

「気がついたらこの世界に来て半年以上が経ちました。僕が住んでいた所とは、あまりに何もかもが違いすぎて、戸惑うことも多かったし、知らないことも多かったけれど、新しく知ることは、とても楽しいことばかりで……ホンシュワン様にもたくさん色々な所に連れていってもらったし……サフルとも良い関係を築けていると思うし……何よりこの月日をあっという間に感じたということは、この国に馴染んできているのだと思います。僕なりの解釈ですけど……」

龍聖は少し照れたように頬を染めて笑いながら、最後にそう付け加えた。ホンシュワンは、じっと龍聖をみつめながら話を聞いている。こうして隣に立ち、話をしている間も、龍聖は緊張しなくなったし、顔を見て話をしてくれるようになった。よく笑うし、表情もころころと変わる。

時々視線を逸らされるのは、以前のようなものではなく、ホンシュワンのことを意識しての行為だと、分かるようになった。

「私のことはどう思っている？」

「え!?」

龍聖が飛び上がるほど驚いて、真っ赤な顔でホンシュワンを見た。ホンシュワンが優しい眼差しでみつめると、恥ずかしそうに目を逸らしたが、再び恐る恐るという感じで視線を合わせる。

「どういう……意味ですか？」

「そのままの意味だよ。君が私のことをどんな風に思っているのか知りたいんだ」

とても直球の質問だったので、龍聖はますます困ったように、赤い顔のままで視線をうろうろとさ迷わせた。

「ちなみに」

ホンシュワンがそう口を開いたので、龍聖はビクリと反応しながら、ホンシュワンの顔を見た。ホンシュワンはとても穏やかな顔をしている。

「私は君と初めて会った時、とても可愛い人だと思った。ずっと会いたいと思っていたリューセーに会えたから嬉しかった。だけど正直に言えば、私自身がまだ婚姻を結ぶ相手に、どんな思いを抱けばいいのか分からなかったんだ。きっと愛すればいいのだろうと思うのだけれど……まだ君に対してはそんな気持ちではなかった。好きだと思うが、それは恋慕の情には程遠いものだった。これから君のことを知れば、好きになるかな？　と思っていた」

ホンシュワンはとても優しくゆっくりとした口調で語った。龍聖はなんだか魔法の言葉を聞いているみたいで、ふわふわとした心地になりながら、ホンシュワンの優しい金色の目から視線を逸らすことが出来ずにいた。

ホンシュワンもまた漆黒の瞳に吸い込まれてしまいそうな気持ちになりながら、自分の思いを龍聖に伝えようとしていた。

「だけどそんな私が、君のことを好きになり、君のことしか考えられなくなるのに、それほどの時間はかからなかった。君のその黒い瞳が、キラキラと輝く様を見て、もっと見たいと思った。君の綺麗な笑顔を見て、もっと笑ってほしいと思った。もっとずっと君を見ていたいと思った。今なら迷わず言えるんだ。私は君のことを愛している」

ホンシュワンの告白に、龍聖は気が遠くなりそうになった。とても優しい声なのに、胸に鋭く突き刺さり焼き尽くされるような気持ちになった。胸が熱くて苦しい。顔が火照って湯気が出そうだ。聞き間違いかな？　と思ってしまって、思わずすがるような目を向けてしまった。

「リューセー、君のことを心から愛している」

ホンシュワンがもう一度言った。聞き間違いではなかった。

「リューセー、君の気持ちを聞いても良いかい？　別に無理をする必要はないんだ。正直な気持ちを言ってもらって構わない。まだ愛してなくても、好きかどうか分からなくても構わない。大丈夫、前にも言ったけど私は君の言動で怒ったりすることはない。正直に言ってほしいと言ったのは私だ。君が正直に言った言葉ならば、すべて受け止めるつもりだ」

龍聖は一瞬息を止めた。言いたい言葉はたくさんあるが、何から言い出せばいいのか分からない。考えると言葉が出てこない。言いたいけれど言えない。胸がきゅっと痛くなった。

「僕……」

それだけ言うのがせいいっぱいだった。浅く息をしてごくりと唾を飲み込んだ。涙目になってホンシュワンをみつめると、ホンシュワンは黙って微笑んでいる。自分の言葉を待っているのだと思うと、さらに何か言わなければと焦ってしまう。龍聖はぐるぐると目が回る思いがした。

『何か言わなければ……』

龍聖は胸元をぎゅっと握り締めた。

「好き……」

次にようやく出た言葉はそれだった。ホンシュワンの瞳が揺れて、驚いたように大きく見開いている。

「好きです」

龍聖はがんばってそう言った。一度言葉を口に出せば、なんだか息が出来るようになった気がした。胸に溜め込んでいるものをすべて吐き出したら、もっと楽になるだろうか？　そんなことを思いながらさらに続けた。

「ホンシュワン様のことが好きです。ずっとお慕いしてました。月にいた時に……目の前に金色の竜が現れて、龍神様が迎えに来てくれたって思ったら嬉しくて……本当に嬉しくて……たぶん僕が生きてきた中で、一番嬉しくて……だから龍神様の世界へ行くことに、何も迷いはありませんでした。最初は夢の中にいるようで……この世界はすべてが美しくて、幸せで……でもそんな日常の中で改めてホンシュワン様に会ったら、なんかすごく緊張しちゃって……自分でもどうしようもないくらいに緊張しちゃって……それでホンシュワン様に嫌われたかもって不安で……」

真っ赤な顔で一生懸命に語っていた。体が震えている。別に寒いわけでも怖いわけでもない。もしかしたらこれは武者震いなのかもしれない。胸の中にある言葉をすべて吐き出すうちに、体が熱くなって力が湧いてくるような気持ちになった。

「だけどホンシュワン様は、いつも変わらず優しくて……僕はその金色の瞳が大好きです。綺麗な赤い髪も大好きです。少し低くて柔らかな声も大好きです。僕の手をしっかりと握ってくれる大きな手も大好きです。月基地を脱出する前に、ホンシュワン様が僕に魂精を分けてほしいっておっしゃって、手を握ったでしょう？　あの時とても温かくて優しい手だと思いました。でもその後はずっと側に近づくことも出来なくて……ホンシュワン様と僕の距離が離れて、なんだかホンシュワン様をとても遠い存在に思ったのが……僕が緊張してしまった原因だと思うんです。だから神殿での儀式の後、ホンシュワン様が僕の手を握ってくれた時、すごく安心したんです。ああ……あの時と同じ温かくて優しい手だって……」

龍聖は夢中になって話していた。もう溢れ出す言葉を止められなくなっていた。真っ直ぐにみつめるホンシュワンの瞳は、逸らされることはなくずっと優しく龍聖の視線を捉えている。言葉の一つ一つを大事に聞いてくれている。

頭の片隅で『ちょっとしゃべりすぎじゃないかな？』と思ったが、どんどん胸が弾んできて、最後まですべてを吐き出さないと止まらないなと感じた。

「初めて外に出て草原を走った時、ホンシュワン様もすごく一生懸命に走っていて……王様も走るんだって思ったら嬉しくなって、ホンシュワン様がもっともっと近く感じられて……僕はいつしか外に出かけられる喜びよりも、ホンシュワン様に会えることの方が、嬉しくなっていたんです。いや……でも、そうじゃないな……ただ外に出るのが嬉しいんじゃなくて、ホンシュワン様と一緒だから嬉しかったんです。僕はずっとホンシュワン様の隣にいても良いですか？」

最後まで言い切ったら、すっきりした気持ちになった。胸の痛みも、息苦しさもなくなった。目の前にはとても優しい笑顔のホンシュワンがいる。

「もちろんだよ。私のリューセー……結婚してくれるかい？」

「はい！」

二人は嬉しそうに笑い合った。ホンシュワンは龍聖を抱きしめたかったが、今は出来ない。抱きしめてしまったら自分がどうなってしまうか分からない。指輪の効果も関係なくなってしまいそうだった。ぐっと我慢していると『だからさっさと北の城へ行けばよかったのに』というシンシンの声が聞こえた。


北の城での婚姻の儀は、ホンシュワンの告白の日から五日後に決まった。カリエン達が全力で調整してくれたので、早めの日程を組むことが出来たのだ。

「リューセー、北の城は岩山の中に造られた城だから、ゴンドラを下ろせる場所がないんだ。だから今回は、竜の背中に乗ってほしいんだけど、大丈夫かい？」

「はい、シンシン様がちゃんと安全に飛んでくださると思うので大丈夫です」

『シンシン様だって！』

シンシンが嬉しそうに言っているのを無視して、ホンシュワンは龍聖に頷き返した。

「サフル、リューセーが、私の背中に乗るための補助をしてほしい」

「かしこまりました」

後ろに控えていたサフルが、しっかりと請け負ったので、ホンシュワンは安心したように微笑みながら龍聖の頭を撫でた。

「それじゃあ、行こう」

ホンシュワンは龍聖達から離れると、光と共に竜の姿へ変わった。龍聖はもう見慣れたはずだが、何度見ても竜に変わるところを見るのが好きだ。竜からホンシュワンに変わるところも同じくらい好きだ。ホンシュワンの龍神様としての神々しさを感じられると思う。

「シンシン様、よろしくお願いします」

龍聖が笑顔で声をかけると、シンシンはブンブンと尻尾を振ってから、前脚を曲げて頭を床につけた。踏み台を抱えたサフルが、そこへ駆け寄っていき、首の横に踏み台を置いた。

「リューセー様、こちらからお乗りください」

「え？　どんな風に乗ればいいの？」

龍聖もサフルの下までやってきたが、上を見上げて首を傾げる。背中はとても高い所にあった。

「こちらの踏み台を使って、まずは首の上に登ってください。そこから背中に向かって歩いていかれたらよろしいですよ」

「なるほど」

龍聖はサフルが指し示す道順を目で追って確認しながら何度も頷いた。

「高いところは大丈夫ですか？」

サフルが少し心配そうに尋ねた。

「平気です。大丈夫！　それじゃあ行ってきます」

龍聖はサフルに笑顔で手を振って、踏み台にひょいっと飛び乗った。そこから背伸びをして、首にある硬いとげのような鱗を掴んで「よいしょ！」と言いながらよじ登った。なんとか首の上に乗ることが出来たので、龍聖は満足そうに「よしっ」と小さく呟いて、とりあえず辺りを見回した。

「思っていたより高いなぁ」

背中の方向を確認して、服の裾をたくし上げると、トゲトゲの間を慎重に歩いて進んだ。下ではサフルがハラハラと心配そうに見ていた。

『ねえ、これってオレがリューセーを口に咥えて、背中まで運んであげた方がよくない？』

『初めて竜の背中に乗るんだよ？　それなのに君に噛みつかれそうになるなんて、怖がらせてしまったらどうするんだい。サフルも驚いて卒倒してしまうよ』

シンシンの提案を、ホンシュワンは呆れた様子で却下した。

『じゃあ、君が背中に羽を出して、竜を抱いて飛んだら？　ほら、荒野でやったからリューセーも慣れているだろうし』

『あんな姿をアルピン達が見たらびっくりするだろう？　サフルだって見たことないんだ。大騒ぎになってしまうよ』

ホンシュワンが溜息交じりに言うので、シンシンが楽しそうに笑った。

『なんか色々と難しいね』

『ああ、今までは君と一心同体なのはとても便利だと思っていたけど、リューセーが来てからはなんだか不便に感じることがあるよ』

『それは君だけじゃない？　空を飛ぶ時にリューセーと一緒にいたいだけでしょ？』

シンシンはからかうように言ったが、ホンシュワンはそれを気にする様子もなく逆に反論した。

『もしも私と君が別々の体だったら、君の言葉をリューセーに通訳してあげることも出来るのにね。リューセーと話してみたいだろ？　さっきみたいにリューセーが話しかけても、君の言葉はリューセーに分からないじゃないか』

『うっ……それは……』

シンシンは反論されて二の句が継げなかった。少し悔しそうにしていたが、何かに気づいて体を動かした。

『リューセーが無事に背中に乗ったよ。結構運動神経が良いんだね』

『足も速いよ』

二人は笑い合った。

『さて、出発しよう』

シンシンはググッと喉を鳴らしてゆっくり立ち上がった。首を後ろに回して、龍聖の様子を確認する。龍聖は背中の真ん中あたりに座っていた。

「シンシン様！　しっかり摑まっているので大丈夫です」

龍聖は背中の中心に背びれのように生えている大きなとげをしっかり摑んで、シンシンに向かって手を振った。シンシンは頷いてグルルッと喉を鳴らす。

前に向き直ると羽を大きく広げた。

「サフル！　行ってきます！」

龍聖は元気に手を振った。サフルはシンシンから離れて、壁際まで下がっている。まだ心配そうな顔をしているが、龍聖に向かって手を振り返した。

サフルの心情を思えばついていきたいだろう。普通ならば、竜王の背中に共に乗ってくれる王がいるので、心配などしない。何度かホンシュワンと出かけた外出の際は、ゴンドラに乗っていたので、それも心配はなかった。

「陛下……シンシン様……どうかリューセー様をよろしくお願いします」

サフルは祈るように両手を胸の前で合わせながら、飛ぼうとしている黄金竜の背中を見送った。

「わ〜！」

空に飛び立った瞬間、龍聖は思わず歓声を上げていた。ゴンドラに乗っていた時とは、全然違う体感だった。シンシンの背中が、羽を動かすたびにうねるように動く。硬い鱗の下には筋肉があるのだな……と思いながら、鱗をなでなでと触った。

風がとても気持ちいい。思っていたよりも強くはなかった。てっきり何かに摑まっていないと風で飛ばされてしまうと思っていた。

「不思議……あとでホンシュワン様に尋ねてみよう」

龍聖はわくわくした気持ちで、周囲の景色を眺めて楽しんでいた。

『リューセーはなんだか冒険にでも行くみたいな感じだけど、何しに行くのか分かってるの？』

シンシンが少し呆れ気味に言ったが、ホンシュワンは楽しそうに笑っている。

『リューセーはいつだって冒険気分なんだよ』

シンシンは黙り込んでしまった。ホンシュワンは完全に、リューセー馬鹿になっていると思ったからだ。幸せそうだから別に構わないのだが……。

『ところで降りる時はどうするんだい？　足場が悪いから一人で降りるのは難しいと思うけど』

『それを君に相談しようと思っていたんだ。岩山に着陸する少し前に入れ替わってほしいんだ』

『え!?　リューセーが背中に乗っているよ!?』

シンシンがとても驚いている。だがホンシュワンは、それも想定内のようでいつもと変わらぬ穏やかな口調で、シンシンを宥めるように説明を始めた。

『私と君が入れ替わる時に、光の粒子になって私と君が合わさった状態に一度なるだろう？　その時に私の体の形が出来るまで、君の方でリューセーの体を支えていてほしいんだ。それで君が私の中に消えてしまう前に、私の腕の中にリューセーを抱かせてほしい。君なら出来るんじゃないかと思ってね』

ホンシュワンの話を聞いたシンシンは、しばらく考え込んでいた。沈黙が流れる。

『まあ……出来ると思うけどね』

『じゃあ、頼むよ』

『ホンシュワン、君は一発勝負で怖いことをしようとしているって分かってる？　もしもオレがリューセーを落としちゃったらどうするの？』

『君がそんなヘマをするわけがないだろう？　信じているからさ』

ホンシュワンは本当に信じているという口調で言ったので、シンシンは黙ってしまった。

『君のそういうところだよ』

ポツリと恨めし気にシンシンが呟いた。

『なにが？』

『弟達が嘆きながら振り回される要因』

『なんのことだい？』

シンシンは呆れたように溜息をついた。

『今度ゆっくり話すよ……ほら、北の城に降りるよ』

『じゃあ、さっきの件、お願いするよ』

『了解、じゃあ行くよ』

シンシンの体の周りを光が包む。

「え？　なに、これ……」

それまでシンシンの背中に座って景色を眺めていた龍聖は、突然のことに何が起きているのか分からずに混乱した。体が浮いているような感覚だが、光に包まれて上下左右も分からない。混乱して何も出来ないままでいると、サーッと視界が開けたと思ったら、ホンシュワンの腕の中にいた。

「ホンシュワン様⁉」

龍聖は驚いて目を丸くする。ホンシュワンの髪や体の輪郭《りんかく》が、まだほんのり光を帯びていて、ふわりとホンシュワンの白い衣装の裾が広がった。

トンッと着地して、ホンシュワンの体から完全に光が消えていった。

「驚かせてすまない。北の城に着いたよ」

ホンシュワンは、そう言いながら、そっと龍聖を下に降ろした。

「あ、ありがとうございます……」

「さあ、城の中に入ろう」

首を傾げる龍聖をよそに、ホンシュワンに手を取られて岩場を下りていくことになった。少しばかり下りると、岩を削って気持ち程度の道が作ってある場所に出た。緩やかなスロープになっているその細い道を歩いていくと、岩の壁に唐突に鉄の扉が付いている場所が現れた。ホンシュワンが鍵を開けて扉を開いた。

「ここがお城なんですか？」

「そうだよ。初代竜王ホンロンワン様が、岩山の中をくりぬいて住居にした……城というより自然の砦《とりで》という感じだね。今はもちろん誰も住んでいないし、儀式の時にだけ使っているから、関係者以外は立ち入り禁止になっている。暗いからちょっと待ってね」

ホンシュワンが先に中へ入り、壁にかけてある手提げランプを手に取った。台の部分に触れると、ポウッとランプに明かりが灯った。

「さあ行こう」

ホンシュワンは再び龍聖の手を握って歩き始めた。

暗い廊下をランプの明かりを頼りに二人で歩いた。少し行くと突然広い部屋に出た。

「ここは城の大広間だ。当時はここで会議をしたり、集会を開いたり、皆で宴を開くこともあったようだ。その頃はシーフォンもたくさんいたから、とても賑やかだったと思う」

広間を過ぎると再び廊下になった。大人二人が並んで歩くと狭く感じる。天井が低いせいか圧迫感を感じた。

「真っ暗だろう？　窓はあるんだけど……」

ホンシュワンが足を止めて、右側の壁の一部を手で探って、何かを外すような素振りをした。すると眩しい光が入ってきたので、龍聖は思わず目を細めた。

「一応、これが窓なんだけどね……ガラスも何もない窓。原始的だろう？　明り取りと換気のための穴って感じだよね」

そう話すホンシュワンの手には、木の板があった。

「普段は開けっぱなしだったみたいだけど、雨の時はこの板で蓋をしていたんだ」

ホンシュワンは板を元に戻した。再び真っ暗になる。ホンシュワンはランプを持ち直して歩き出した。

「左側が住居だ。ここが最上階で、下に二階層ある。当時はこの城に二千人のシーフォンが住んでいたんだ」

ホンシュワンに案内されながら、延々と続いているように感じる長い廊下をひたすら歩く。やがて突き当りに着いた。そこには大きな鉄の扉があった。

「この先が竜王の間だ。竜王とリューセーしか入ることが許されない神聖な場所だ。ああ、一応表向きはね……実際は清掃などで侍女達にも入ってもらったりしているんだけど……」

ホンシュワンは説明をしながら扉の鍵を開けて、ゆっくりと重そうな鉄の扉を開いた。扉の隙間から眩しい光が漏れ出てきて、扉を開き切るとその眩しさに目がくらんでしまった。

「わあ……」

目が慣れてきて、目の前に広がる景色に、思わず感嘆の声が漏れた。ホンシュワンに手を引かれて中へと入っていく。

そこは天井も壁も床も、すべてが真っ白な部屋だった。とても広くて駆けっこが出来そうだと思った。天井もとても高い。上を見上げると、天井自体が白く光っている。

「あの明かりは魔道具ですか？」

光る天井を指さして龍聖が尋ねた。

「いや、魔道具ではなくて宝玉が埋め込まれているんだ。天井や壁や床の白い石のようなものは、すべて石化した竜の骨で作られている。石化した竜の骨は、含有魔力のせいでそれ自体がうっすらと光を放っている。暗い所でうっすらと見える程度なんだけど、それと宝玉から放たれる光との相乗効果で、こんなに明るいんだ」

龍聖は、ホンシュワンの話を聞きながら、珍しそうにしゃがんで床を触ったり、辺りをきょろきょろと見回したり、せわしなく動いている。

「水路がある……植物も育っているんですね」

すごいと言いながら、楽しそうにしている龍聖を、微笑ましくみつめていたが、やらなければならないことを思い出して、ホンシュワンは近くのテーブルに置かれている荷物を取りに向かった。

ホンシュワンが歩き出したので、龍聖も慌てて後についていく。ホンシュワンは、荷物を抱えて再び奥へと歩き出した。

「それはなんですか?」

ずいぶん大きな荷物だと思って、龍聖は首を傾げながら尋ねた。

「私達が使う寝具だよ」

それを聞いた龍聖は、慌てた様子でホンシュワンの持つ荷物に手をかけた。

「僕が持ちます」

「私が運ぶから大丈夫だよ」

「でもそんな……ホンシュワン様は王様なのに」

「この部屋はともかく、これから行く奥の部屋は、本当に竜王しか入ることが出来ないから、ベッドの用意も自分でしないといけないんだよ」

ホンシュワンがそう言って笑ったので、龍聖は困った顔でおろおろとしながらついていくしかなかった。

広間の奥には二つの扉があった。その一つの前まで行くと、抱えていた荷物を下ろして、龍聖の左手を取った。

「指輪をここの窪みに押し当てるんだ」

そう言って、ホンシュワンは二つある窪みの一つに、自分の指輪を押し当てた。龍聖も真似をして指輪を押し当てた。するとガチャリと鍵の開く音がした。ホンシュワンが取っ手を引くと、重そうな石の扉がゆっくりと開く。ホンシュワンは再び荷物を抱えて中に入っていった。

龍聖も後に続いて入った。中は意外なことに狭かった。龍聖の部屋の寝室と比べると半分くらいしかない。大きなベッドが一つあるだけで、他には家具など一切なかった。

ベッドのヘッド側に、大きな砂時計と赤く光る宝玉がある。部屋の中を照らす赤い光は宝玉のものだった。

ホンシュワンは荷物を解いて、マットレスを寝台に敷いている。龍聖もシーツを広げて手伝った。

二人がかりでベッドの用意を済ませると、ホンシュワンが部屋を出ようと言った。

「あの……寝ないのですか？」

龍聖はベッドに腰かけて、不思議そうな顔で尋ねた。部屋を出ようとしていたホンシュワンは足を止めて、困った顔で龍聖を見た。

「寝るって……リューセーは、ここで何をするか分かっているんだよね？」

「はい、分かっています。だって儀式をするためにここに来たのですよね？」

「そうだけど……」

ホンシュワンはしばらく立ち尽くしていたが、溜息をついてベッドの側まで歩いてきて、龍聖の隣に腰を下ろした。

「少し話をしようかと思ったんだ」

ホンシュワンが困った顔のままでそう言ったので、龍聖は首を傾げた。

「何か僕に言っておかなければならないことがあるのですか？」

「いや、そうじゃなくて……君も私も心の準備が必要かなと思ったんだ」

すると龍聖は、少し考え込んだ。俯いたままポツリと呟いた。

「僕、時間を置くほど色々と考えてしまって、出来なくなりそうな気がするんです。度胸がなくなるというか……別に怖くはないけど、恥ずかしいでしょ？　ここに来るまで、暗い廊下をホンシュワン様と手をつないで歩いてきたから、すごくドキドキしたし、これから儀式をするんだなって気持ちが固まっていたんです。だから僕は今からでも大丈夫です」

そう言って顔を上げた龍聖は、耳まで赤くなっている。ホンシュワンは両手の拳を握り締めた。

「覚悟が出来てなかったのは私の方だね」

そう言って苦笑して、また溜息をついた。

「私はまったく経験がないから、どうなるか分からないよ？」

「僕も同じだから大丈夫です」

顔を見合わせた二人は、思わず噴き出していた。

「じゃあ……とりあえず口づけをしてみても良いかな？」

「は、はい」

龍聖は姿勢を正して、ぎゅっと目を閉じた。ホンシュワンはその様子に笑みを零して、そっと顔を近づける。恐る恐る唇を重ねた。ホンシュワンの唇に触れた龍聖の唇はとても柔らかだった。少し顔を離した。すると龍聖が目を開けて、ホンシュワンと目が合うと、真っ赤になって再びぎゅっと目を閉じた。

ホンシュワンはまた唇を重ねた。触れ合う部分が熱く感じる。柔らかな龍聖の唇を食《は》むようにそっと包んで軽く吸う。少し甘く感じた。

「どうだろう？」

唇を離してゆっくり龍聖から離れた。真っ赤な顔が愛しい。

普通に尋ねたつもりが、少しばかり声が上ずってしまった。緊張していたみたいだ。体が火照っている。

「き、気持ち良かったです」

龍聖はほうっと息を吐きながら答えた。瞳が少し潤んでいる。

「じゃあ、もっと口づけても？」

言葉とはうらはらに、その先もしたい、指輪を外して龍聖と結ばれたいという感情が湧き上がる。それを理性で抑えつけようとしていたら、目の前で龍聖が、左手の中指から指輪を抜き始めた。

「リューセー」

「始めましょう」

龍聖はそう言ってニッコリと笑った。心なしか両手が震えている。少しは怖いのだろう。でもホンシュワンよりも勇気がある。ホンシュワンはそう思って自分に苦笑しながら、自らの指輪も外した。

心地よい香りが鼻腔をくすぐる。頭の中がしびれて、体中の血が沸騰《ふっとう》した。そこからは少し記憶があいまいになった。

ホンシュワンは両手で龍聖の肩を摑んで抱き寄せると唇を重ねた。深く浅く貪るように唇を食む。龍聖の細い腕が、ホンシュワンの首に回された。そのままベッドに倒れこむ。

夢中で口づけを繰り返し龍聖を求めた。龍聖もぎこちなくそれに応える。両手でまさぐりながら、龍聖の服をはぎ取っていく。婚礼衣装が簡素ですべて前開きなのは、この時のためなのだろう。着替えに慣れていないホンシュワンでも、それほど苦労することなく、龍聖の服を脱がすことが出来た。

龍聖の胸に直に触れた。初めて触れるその体は、とても柔らかくて肌が滑らかだった。その形を確かめるように、両方の掌が龍聖の首元から、鎖骨、胸を経て腹の方へ移動していく。何度か撫でまわして、胸の突起に触れた。感じやすいのか、龍聖の体がビクンと跳ねる。

「あ……」

唇を解放したわずかな隙間に、小さく声を漏らした。その可愛い声が聞きたくて、口づけをやめて首筋に唇を這わせる。

「あぁ……んっ……いや……」

龍聖が可愛い声で喘いだ。ホンシュワンの体がさらに熱くなる。首筋に舌を這わせて耳朶を甘く噛むと、龍聖の可愛い声がまた漏れる。もっとその声が聴きたくて、わざと感じるところばかり探して愛撫した。

龍聖が見悶えて体を左右によじらせた。ホンシュワンの腹に何度も当たるのは、硬く立ち上がり下穿きの薄い布を持ち上げている男の印だ。ホンシュワンは手を伸ばして、苦し気な龍聖の下腹部を解放してやった。甘い香りが濃さを増す。

龍聖のそれは自身から溢れだした蜜で、びしょびしょに濡れている。右手で包むように掴むと、龍聖の腰が跳ねて、手の中に熱い迸《ほとばし》りを放つ。

「あぁぁ……あぁ……やだ……ホンシュワン様……」

龍聖の泣きそうな声がした。

ホンシュワンは宥めるように、優しく口づけて口を塞いだ。龍聖の放つ濃い香りが、ホンシュワンの頭を痺れさせていく。朦朧《もうろう》としながらも、本能が龍聖を求め続ける。

右手は龍聖の陰茎を、何度もしごき続けた。そのたびに龍聖の体が震えて甘い声が漏れる。溢れ出る蜜を、龍聖の白い股に撫でつけてさらに奥の窪みを指で撫でまわした。時折指先が窪みの中に入っていく。

ホンシュワンの本能が、それが秘めたる場所だと教えてくれた。そこが目的の場所だ。

体を起こして着ている服を、乱暴に脱ぎ捨てる。興奮して息が乱れている。視線は龍聖から離れない。白い体がうっすらと朱を帯びている。そのすべてを我が物にしたいという欲望が、胸の中で猛り狂っていた。わずかに残る理性が、こんな自分を初めて見ると驚いている。そして龍聖を傷つけてはならないと、猛る欲望を少しでも鎮めようと奮闘していた。

両手で龍聖の両足を掴み膝の裏に手をまわして持ち上げる。すると腰が浮いて秘所が露になった。足を左右に開かせながら、膝を龍聖の体の方へ押しやり、無防備な秘所に舌を這わせた。

「あぁっ！　やぁっあっ……ホンシュワン様……あぁっ……」

龍聖が身を捩《よじ》るが、ホンシュワンは構わず窪みに舌を這わせて、舌先でそこをほぐすように愛撫する。執拗にそこを責め立てて、窪みが口を開くまで愛撫し続けた。

小さな口が開くのを確認して、龍聖の足から手を離した。その後孔に指を差し入れる。少し抵抗があったが、ゆっくりほぐしながら挿入していき、人差し指の根元まで入るようになった。中はとても熱かった。内壁が蠢《うごめ》いている。指の腹で中を擦りながら、抽挿《ちゅうそう》を繰り返して後孔を拡張していった。

龍聖が眉根を寄せて喘いでいる。苦しそうに見えて少しかわいそうになった。

「リューセー、苦しいのかい？」

声をかけると、龍聖が薄く目を開けてホンシュワンを見た。ふるりと小さく首を横に振る。

「大丈夫」

震える声でそう答えた。

「痛いのかい？」

「痛くは……ないです。でも……なんか……ぞわぞわして……変な気分」

龍聖はなんとか気持ちを言葉にすると、笑みを浮かべた。

ホンシュワンは、後孔をほぐし続けた。指が三本入るようになったので、いよいよ本懐を遂《と》げることにした。自身の昂《たかぶ》りも限界近くまで来ている。腹に着くほど硬くそそり立ったそれは、陰嚢がきゅっと上がって、今にも爆発しそうになっている。鈴口から溢れだす汁に白いものが混じり始めて限界を教えていた。

はやく繋がりたいといきりたつ昂りを、なんとか押しとどめて、龍聖の腰を両手で掴んだ。二人の香りが一気に濃くなるのを感じた。龍聖もホンシュワンの甘い香りを嗅いで、体が熱くなっている。

本来は異物を入れる用途のないはずの後孔が、何かを受け入れる期待で疼《うず》いていた。

ホンシュワンは腰を落として、昂りの先を後孔に押し当てた。両手で双丘の柔らかな肉を掴んで、後孔を左右に広げる。そしてグイッと昂りを押し入れた。

「あっ……んんっんっ……」

龍聖が体を弓なりに反らして、苦し気にきつく眉根を寄せた。声を出すのを我慢するように、歯を食いしばっている。熱い塊が体の中に押し入ってくるのを感じた。最初に後孔をこじ開けられるような痛みを覚えたが、それ以降の痛みはなかった。その代わり肉を割るように入ってくる肉塊の大きさに、下腹が圧迫されるみたいな苦しさを感じていた。

ホンシュワンはゆっくりと腰を進めて、龍聖の中に侵入していく。繋がっているという感覚が、痺れを伴う快楽になっていた。

腰を動かすたびに龍聖が体をのけぞらせて、声にならない声を上げる。それが苦痛によるものなのか、快楽によるものなのか、ホンシュワンは測りかねていた。表情を見ると眉間にしわを寄せているが、顔をゆがめるほどではなく、頰を上気させて目を閉じている。

出来るだけゆっくり抽挿を繰り返して、龍聖の体に負担がかからないように気遣うが、ホンシュワン自身はすでに余裕がほとんどなかった。爆発寸前の昂りが、爆発するきっかけを求めて悶々としている。今の緩い抽挿では刺激が足りない。

ホンシュワンは、龍聖の腰を掴んで自身の体に引き寄せると、ぴったり自身の腰が龍聖の臀部に密着するほど深く挿入した。

「あああぁ……あっああっ……」

龍聖が大きく喘いだ。ぎゅうっと後孔が締まって、ホンシュワンの昂りを締め付ける。龍聖の陰茎が弾けて、腹の上に白い飛沫を飛ばしている。体が震えるように痙攣《けいれん》して、やがて弛緩した。ホンシュワンの陰茎を締め付けていた力が抜けて、抽挿しやすくなった。

前後に細かく腰を揺さぶって、亀頭の先を内壁にこすりつける。それはとてつもない快楽を呼び起こした。夢中で腰を揺さぶり、快楽に身をゆだねた時、一気に昂りが爆発した。頭の芯が痺れて真っ白になる。

「ああ……くぅっ……」

ホンシュワンの口からも思わず声が漏れた。

「ああ……ホンシュワン様……ホンシュワン様……」

体の中に注ぎ込まれる熱を感じて、脱力していた龍聖が泣くような声で、何度もホンシュワンの名を呼んだ。今、本当にホンシュワンのものになったのだと、龍聖は頭の隅で思っていた。

急に靄《もや》が晴れたように、意識がはっきりとしてきた。香りがしなくなったのだ。ホンシュワンも龍聖も、興奮して乱れた息遣いのまま、夢から覚めたように互いをはっきりと認識した。

龍聖は腰を抱え上げられて変な体勢になっていることに気づいたが、後孔から中に入っている大きな異物感が、ホンシュワンのペニスなのだと、今更ながら自覚して羞恥で顔が熱くなる。

『僕、本当にホンシュワン様とセックスをしているんだ』

そう思ったら信じられない気持ちと、目の前にある現実とで、少しばかり混乱してしまった。

『ホンシュワン様の体がとても綺麗だ。筋肉がついていて、お腹が六つに割れてる……かっこいいなぁ』

龍聖は恥ずかしいけれど目が逸らせなくて、思わずうっとりと見入ってしまった。

ホンシュワンもまた目が覚めたように、はっきりとした意識の中で、組み敷く龍聖の姿に見入っていた。細くて華奢《きゃしゃ》な体だが、手足が長くてすらりとしなやかだ。傷一つない白い肌に、ホンシュワンが付けた赤い痣《あざ》が点々と浮かび上がっている。

まるで白紙に汚れを付けてしまったような気分になってしまい、なんとも申し訳ない気持ちになった。

龍聖がじっとこちらを見ていることに気づいた。

「リューセー、大丈夫かい？」

声をかけると、少しの驚きと、戸惑いと、羞恥を浮かべた顔で「はい」と控えめに答えが返ってきた。

ホンシュワンは安堵の息を漏らして、ふと今の体勢に気づいて慌てて龍聖の中から自身を引き抜いた。

「あっ……ああ……」

龍聖は思わず声が出てしまい恥ずかしそうに、両手で顔を覆い隠している。

ホンシュワンは、抱えていた龍聖の腰を下ろしてやると、掛布を引き寄せて龍聖の体にかけてやった。それに気づいた龍聖は、そっと顔を隠した手を退けながら、恐る恐るホンシュワンに視線を向けた。

「もう……良いのですか？」

龍聖の問いに、ホンシュワンが微笑みながらも首を傾げたので、龍聖は恥ずかしそうに言葉を探した。

「その……今の一回だけで……良いのですか？　僕なら……その……まだ大丈夫ですけど……」

お尻は少しジンジンとした鈍い痛みのような感覚があるが、思っていたより痛みはなかった。何か大きなものが入っていたという異物感が残っているだけだ。たぶん後孔は傷一つなく無事だろう。倦怠感はあるが、体力は残っているのでもう一回くらいやってもいい。さっきは朦朧としていたから、はっきりとした意識の下で、セックスをしてみたいという興味もある。龍聖はそんなことを、悶々と考えていた。

「全然大丈夫じゃないよ」

ホンシュワンは困ったような笑みを浮かべながら、掛布の上から龍聖の足をぽんぽんと叩いた。

「え？」

龍聖は目を丸くする。

「私と交わり、君は竜王の伴侶となった。これから君の体は、我々竜族と同じような体質に変化し、そして私の子供を授かることが出来る体に変わっていくんだ。今はまだ自覚がないかもしれないけれど、少しは痛みを伴うかもしれない。たぶんもうすぐ抗えない眠りに陥ると思うから、この部屋で体が変わるまでゆっくり寝てほしい。そばにいるよ」

ホンシュワンは、まるで子供をあやして寝かしつけるように、優しくそう語りながら隣に横たわって、そっと龍聖の頭を撫でた。

その優しい声と撫でてくれる大きな手が心地よくて、龍聖は目を閉じていつしか眠りに落ちていった。

ホンシュワンは、龍聖が眠ったのを見届けると、自身も目を閉じた。今頃になって酷く羞恥に苛《さいな》まれる。香りのせいで朦朧としていたけれど、意識がまったくなかったわけではない。自分の獣のような一面を知って、とても恥ずかしくなっていた。

今だって、龍聖にはああ言ったけれど、ホンシュワンの方こそ全然大丈夫ではなかった。陰茎がずっと萎《な》えることなく半分勃ち上がったままだ。ちょっと刺激を与えれば、完全に勃起してしまうだろう。

「可愛いなぁ」

安らかな寝顔をみつめて思わず呟いた。そしてこのまま寝てしまおうと、ぎゅっと目を閉じる。

『リューセーが目覚めたらちゃんと伝えよう』

言わなければいけない言葉を、頭の中で反芻《はんすう》しながら眠りに落ちていった。


「あっ……あっ……あっ……ダメェ……いっちゃう……いっちゃう……」

龍聖は激しくゆさゆさと揺さぶられながら、泣きそうな声で喘ぎ続けていた。もう何度快楽の頂点に達したか分からない。ホンシュワンとのセックスは、とても気持ちよくて溺《おぼ》れてしまいそうだった。

いや、もう溺れてしまっているだろう。時間も忘れてずっと交わり続けているのだから。

最初に交わった後、龍聖は丸一日眠っていた。目が覚めたらとてもすっきりしていて、何かが変わった気がした。

「額に花のような痣が浮かんでいるよ。本当のリューセーになった証だ」

ホンシュワンにそう言われて、まだ実感はないけれど自分はもう変わってしまったのだと思った。

二人で一度部屋を出て、広間にあるテーブルに向かい合って座り、水を飲んだり、果物を食べたりしながら、しばらくの間二人で会話を楽しんだ。

「リューセー、改めて言わせてほしい。私は君のことを心から愛している。君のことを生涯愛し続けるし、君を何者からも守ると誓うよ。これからはお互いに何でも話すようにしよう」

ホンシュワンが、真面目な顔でプロポーズのようなことを言ったので、龍聖は恥ずかしかったがとても嬉しかった。

互いの家族の話もした。

「里心はつかないのかい？　家族に会いたくなる？」

ホンシュワンが心配そうに尋ねたので、龍聖は少しばかり考えて笑顔で首を振った。

「月基地に残したままだったら、家族を心配して思い出すかもしれないけど、地球で……あんなに綺麗な場所を与えてもらったんだから、きっと大丈夫……僕の家族ならきっと元気で幸せにやっているって思うから、僕は平気です」

それは嘘ではない。本心だったので、迷いのない笑顔でそう言ったら、ホンシュワンも安心したように微笑み返してくれた。

ホンシュワンは、次は近いうちに海に連れていってあげると言ってくれて、他にもドワーフの国に連れていきたいとも語った。

「ドワーフ!?　おとぎ話の中の人と思っていたけど、本当にいるんですか？」

「ああ、本当にいるよ。シーフォンの武官達が使っている剣は、ドワーフ作のミスリルの剣だ。ドワーフの王は、とても豪快で面白い人だから、きっとリューセーも好きになるよ」

龍聖はキラキラと瞳を輝かせて前のめりになって聞いていた。

「エルフは？　エルフはいるんですか？　獣人とかも？」

「もちろんいるよ。大陸の南に獣人だけの国もあるし、人間と共存している獣人もいる。半獣半人というか、獣人が人と交わり合って代を重ねて、獣人の特徴を残した人間という新しい種族だけで、国を興《おこ》した者達もいる。エルフはリズモス大森林地帯という広大な森の中で、今も集落を作り暮らしているけど……彼らはとても気難しくて、外界との関係を断っているんだ。我々シーフォンとも、まあ色々とあって仲良くはしていない。だから残念ながら会わせることは出来ないんだ。ごめんね」

申し訳なさそうに謝るホンシュワンに、龍聖はそんなことはないと首を振った。

「この世界はそういう不思議で溢れているのだなって分かっただけで、とてもわくわくします！」

満面の笑顔で言われて、ホンシュワンも思わず笑顔になった。

「ところで……あの……そろそろ……寝ますか？」

「え？」

龍聖が少し赤い顔で、言葉を選びながらそんなことを言うので、なんだか既視感を覚えた。これは龍聖に言わせるのではなくて、自分が率先して言わなければいけないことではないのだろうか？　と思ったが、ホンシュワンとしては龍聖の体も気になっている。

「リューセー、体の方は大丈夫なのかい？」

「体は大丈夫です。ここはホンロンワン様の宝玉で魔力が満ちているから、懐妊もしやすくなるんですよね？　そのための儀式なのでしょう？　三日も籠ってのことだから、すごく大事なことだと思うんです。出来る限りやりましょう」

龍聖がグッと両手の拳を胸の前で握る仕草をして言ったので、ホンシュワンは苦笑して「そうだね」と頷いた。

そうして二人はその後、部屋に籠ってずっと交わり続けて今に至る。

「はぁっ……んんっ……」

ホンシュワンが龍聖の中に射精して、腰の動きをゆるゆると緩めた。残滓《ざんし》まですべて注ぎ込むように、ゆっくりと抽挿しながら引き抜いた。龍聖の後孔は、赤く腫れている。小さく開いた口から、トロリと白い精液が溢れ出た。何度も注ぎ込んだのだから、龍聖の中はホンシュワンの精液でいっぱいかもしれないと、ホンシュワンはぼんやりとそれをみつめながら考えて、龍聖を自分で満たしたという満足感に、少し後ろめたさを感じた。

「少し休もうか」

ホンシュワンは、龍聖の隣に横たわり、頬や額に口づけをした。龍聖もそれに応えるように口づけを返す。

「僕ってちょっと淫乱かな？」

『淫乱』なんて言葉は、昔の官能小説か猥褻《わいせつ》な映画で使うくらいで、普通は使わないものだと思うのだが、今の龍聖がこの感情を表現するには、一番ぴったりとくる言葉だったので言ってみた。セックスに夢中になって、一日中ずっとやってばかりいるのだから、淫乱なんじゃないかと思ってしまう。

「君は淫乱じゃないよ」

ホンシュワンが穏やかな口調で答える。

「だけどいっぱいセックスしたいって思うのはそうじゃないのかな？」

「生殖本能は誰にでもあるのだし、子孫を残すための行為は自然なことだよ。この部屋は特別な部屋だから、性欲も活性化しやすいのだと思う。君が淫乱だというのならば、私も淫乱だ。今だって全然萎えることがなくて困っているくらいだ」

ホンシュワンの言葉に、自然と龍聖の視線が下へと向く。確かに硬く元気に勃ち上がったままの立派な陰茎がそこにあった。

「僕のは生殖機能がなくなったから射精出来ないけど、なんか前より敏感になっている気がするんです。ちょっと触られるだけで、ものすごく気持ちよくなっちゃって……あっ！　ホンシュワン様！　触ったらダメ！　あっあああっ……」

ホンシュワンがいたずらに触っただけで、龍聖は身悶えながら甘い声を上げた。

そうなるとホンシュワンも、じっとしてはいられない。まだ萎えていないやる気満々の昂りがあるのだ。龍聖に覆いかぶさり組み敷くように腰を摑んで、そのまま挿入をした。激しく突き上げると、そのたびに龍聖が甘い声を上げる。

ホンシュワン自身も、龍聖の言葉ではないが、本当に自分がおかしくなったのでは？　と思うくらいに、今は性欲しか頭になくなっている。このままずっとここで、龍聖と乱れた生活を送っても構わないと思ってしまう。

しかしそんな時間も有限だ。部屋に置かれた大きな砂時計の砂が、すべて落ちてしまった。

二人は体を綺麗にして、久しぶりに服を着て、迎えが来るのを広間で待った。

侍女を四人連れたカリエンが、迎えにやってきた。カリエンは二人の様子を見て、上手くいったのだなと安堵した。

二人はとても豪華な衣装に着替えさせられた。頭に王冠まで載せられたら、動揺してしまうのも無理はなかった。

「あなたは今日から正式な王妃殿下になったのです。どうぞ我が国と我が王を、末永くお支えください」

カリエンが恭しく礼を尽くしたので、龍聖はさらに動揺してしまった。ホンシュワンは笑っている。

「君は君のままでいいんだよ」

ホンシュワンは優しくそう言って、龍聖の頬を撫でた。

なんだかいちゃいちゃとし始めた二人を見て、カリエンは咳払いをして邪魔をすると「時間がありません、参りましょう」と催促した。

二人は竜王の間を出て、来た時と同じように手をつないで北の城の廊下を歩いた。カリエン達がすべての窓を開けてくれていたので、帰りはランプも必要なく歩くことが出来た。

外に出て青空を見上げながら、龍聖は大きく伸びをした。

「やっぱり外は気持ちが良いですね」

「そうだね」

ホンシュワンは返事をしながら、ひょいっと龍聖を抱き上げた。

「ホンシュワン様？」

「そろそろ、様を付けるのをやめてほしいって言ったよね？」

「……慣れるまではご容赦ください」

龍聖は赤くなって恥ずかしそうに言い訳をした。そんな龍聖が可愛いので、ホンシュワンは笑って許すことにした。

背中から羽を出して、ぴょんっと岩場から遥か崖下に向かって飛び降りた。一瞬落下しかけたが、すぐにふわりと浮かび上がり、パタパタとそのままゆっくり地上へ降りていく。

「ほら、見えるかい？　すぐ近くに馬車が用意してあるから、そこから城まで馬車で帰って、国民達に君をお披露目するんだよ」

「パレードですか！　え？　僕どうしよう……緊張しちゃうかも……」

「大丈夫だよ」

二人でそんな話をしているうちに地上に着いていた。そこから二人で歩いていこうなどと言っていたら、何かを叫びながらこちらに駆けてくる人がいることに気づいた。

「ああ……シュウリンとバイレンだ。バイレンは初めてだよね？　声が大きいから驚かないでほしい。気は良い奴なんだ」

ホンシュワンが説明をしていると、遠くから「陛下！」と叫ぶ声が聞こえる。どんどん近づいてくると、声が大きくなってうるさかった。

「陛下！」

「陛下！」

二人はゼエゼエと肩で息をしながら、とても驚いた顔をしていた。

「やあ、二人ともここまで出迎えご苦労様、せっかくなら馬車も連れてきてくれればよかったのに」

ホンシュワンのいつもの穏やかな口調に、二人はそれどころじゃないとばかりに、すごい剣幕でホンシュワンに詰め寄った。

「今、一体何をされたのですか！　崖から飛び降りましたよね！」

「なんてことをしているんですか！　怪我はないですか？　大丈夫ですか？」

二人がかりで捲し立てられて、さすがのホンシュワンも耳を塞いで顔をしかめている。龍聖は驚いて、ホンシュワンの後ろに隠れた。

「二人とも落ち着いてくれ、リューセーが怖がっているじゃないか」

「これが落ち着いて……あっ……これは失礼いたしました」

シュウリンとバイレンはようやく我に返って、気持ちを落ち着けるとその場にひざまずいて恭しく礼をした。

「リューセー王妃殿下、正式なご婚礼をお祝い申し上げます」

「リューセー王妃殿下、初めてお目にかかります。バイレンと申します。国内警備長官を務めております。心からお祝いを申し上げます」

二人に挨拶をされて、龍聖はホンシュワンの陰から出てくると、ニッコリと笑って「お祝いの言葉ありがとうございます。よろしくお願いします」と返事をした。

「それで？　今何をしたのかご説明をお願いしてもよろしいですか？」

シュウリンが気を取り直して、再びホンシュワンに詰め寄ったので、ホンシュワンは微笑みを浮かべて「見てたのか」と小さく呟いた。

「あれは……崖から飛んだんだよ」

「飛び降りたも、飛んだも変わらないでしょう！　何をなさっているのですか！」

珍しくシュウリンがマジギレしている。シュウリン達のところから少し距離があったし、こっちを見ていないと思ったのだが計算違いだった。

「違うよ。飛び降りたんじゃない。飛んだんだ。私は空を飛べるんだよ。知っているだろう？」

「それは……竜王シンシンと入れ替わったらの話でしょう？」

「いや、この体でも飛べるんだ。長距離は無理だけど」

羽のことは有耶無耶《うやむや》にして、このまま言い張ろうと思った。チラリと龍聖と視線を交わしたら、龍聖も察してくれたようだ。

「はい、ホンシュワンは飛べますよ。今もゆっくりふわりと下へ降りてくださったので、僕は少しも怖くありませんでした」

龍聖がニッコリと笑って援護射撃をしたので、二人はなんとか納得したようだった。

「リューセー様までそうおっしゃるのなら……」

「そうだな！　ホンシュワン、お前なら何でも出来ると思ったぞ」

二人がそう言ったので、ホンシュワンと龍聖は顔を見合わせて微笑んだ。

「では馬車まで参りましょう」

四人は並んで歩きだした。シュウリンが先頭に立って案内し、バイレンが後ろから護衛するように歩いた。

ホンシュワンが北の城の方を振り返り「リューセー、あれを見てごらん」と指さした。

龍聖が振り返って、ホンシュワンの指す方を見ると、北の城のある山の中腹付近に、滑車で吊り下げられた大きな籠のような物があり、さっきの侍女達が乗っていて、カリエンの竜が鎖を引いて、ゆっくりと降ろしているのが見えた。

「あれは昔、北の城に住んでいた頃、城に勤めるアルピン達をああやって下から城の中に上げたり降ろしたりしていたんだ。当時のものより丈夫に改良しているけど、今もアルピンを城の中に入れる時はあれを使っているんだよ」

「へえ……ん？　あれはなんですか？」

龍聖が北の城のふもとに、石像がいくつも並んでいることに気がついた。

「あれはこの国を守った二十六人の英雄の墓だよ」

「あ……習いました。二代目ルイワン王の治世で、唯一他国の侵略を受けたのですよね」

「そうだよ……尊い犠牲だ」

「今度お墓参りをしても良いですか？」

「ああ、付き合うよ」

二人が仲良く手をつないで、ずっと話をしているので、シュウリンとバイレンは『オレ達はいない存在なんだな』と思いながら歩いていた。

二人が無事に馬車に辿り着くと、待っていたシーフォンや兵士達がなにやらざわめいていたが、予定通り城までのパレードを行うことになった。

「陛下が崖から飛び降りるのを、最初に見つけたのは兵士なんですよ」

馬車に乗る時に、そっとシュウリンが教えてくれた。

皆でホンシュワン達の到着を待っていたのだが、城から外に出てきたところにいち早く気づいた兵士がいたようだ。「陛下とリューセー様だ」と喜びの声を上げようとしたら、そのままホンシュワンが飛び降りたので、大騒ぎになったらしい。白と金で飾った衣装なので、遠目にも二人と分かったのだろうが、良いのか悪いのか、背中の羽は見えなかったようだ。

二人を乗せた馬車は、ゆっくりと城へ向かって進んだ。前後には歩兵の兵士五百人と、騎乗した武官のシーフォン二十人が護衛として参列する。

城下町のずいぶん手前から、道沿いにはたくさんのアルピン達が並んで、二人への祝福の声をかけてきた。城下町に入ると、建物の二階や三階から花びらをまく人々や、沿道で青や緑の布を振る人々で溢れ返っていた。

「もう君の好きな色が、国民に知れ渡っているようだよ」

ホンシュワンにそう囁かれて、人々が手に持って振っているのが青や緑の布である理由が分かって驚いた。

「みなさんありがとうございます！」

龍聖は大きく手を振って、皆の歓声に応えた。とても嬉しかった。とても綺麗だと思った。世界が輝いて見えた。

城に到着するとサフルが出迎えてくれた。そして戻る部屋は今までの部屋ではなく、王の私室だと言って案内された。そこは龍聖の想像以上に広い部屋で、少しばかり混乱してしまうほどだった。

「え？　本当にここにホンシュワンと二人で暮らすの？　百人くらい暮らせるんじゃないの？」

「百人は多すぎると思いますが……お子様がお生まれになれば、ご家族も増えますし、専属の侍女も十五人います。お子様が生まれましたら、乳母を三人つけることになりますし、お子様の成長に合わせて養育係も必要になります。割とたくさんの人がこちらで働きますから、広くても寂しくはありませんよ」

サフルに部屋の中を案内されながら説明を受けた。

「書斎はこちらの陛下の書斎しかありませんが、リューセー様には、王妃の私室がありますから、あちらは今後も自由にお使いいただいてよろしいですよ」

「えっ！　今まで使っていたあの部屋を、引き続き使って良いの？　だけどここがこれだけ広いのだから、別にあちらの部屋は使わないいんじゃないかな……」

龍聖は困惑した様子で首を傾げている。

「歴代のリューセー様は、ご自分の趣味などに利用されていらっしゃいましたよ。先代のリューセー様は、研究の資料や道具でいっぱいだったそうですし、他にも自分専用の機織《はたお》り機を置いていらした方や、絵師を雇って絵を描かせて飾っていらした方や、一人になりたい時に籠ったりするために使っていた方もいらっしゃいました」

「一人になりたい時？」

「お子様がたくさんおいでだと、なかなかお一人になることは難しいようでしたから……」

龍聖は話を聞きながら、過去の龍聖達が、それぞれこの国での生活を満喫していたのだなと分かって、なんだか嬉しくなっていた。

「リューセー様も植物の研究などに使われたらいかがですか？」

「そうだね……うん、そうするよ」

その日は夕方から、シーフォン達との宴が開かれた。たくさんのシーフォン達に会って話をして、龍聖はようやくエルマーン王国に来たのだと、改めて実感することが出来た。

これから新しい日々が始まるのだと思うと、とても気持ちが高揚するのだった。


金色の竜が西の空に向かって飛んでいた。その背中には龍聖《りゅうせい》の姿があった。目指すのは西の漁場……龍聖がずっと行きたいと願っていた海だ。

正式な婚姻の儀を行ってから三月が経《た》っていた。なかなか日程の調整がつかずに、ようやくの実現となった。龍聖の興奮具合はただ事ではない。

シンシンの背中で踊ったりしないかと、ちょっと心配するくらいだ。そしてホンシュワンの方は、少しだけ不満そうである。

不満の原因は、後方からついてきているバイレンとカラージュだ。本当は護衛としてバイレンだけが来るはずだったのだが、バイレンだけだと空気を読まずに二人の邪魔をしそうなので、誰か止める人を頼んだ結果カラージュが来ることになった。ホンシュワンとしては、二人ともいらないのだが……。

「海だー！」

風に乗って龍聖の歓喜の声が、後方のバイレン達にも聞こえてきた。バイレン達は思わず顔を見合わせて笑った。シンシンはゆっくりと高度を下げていった。

「わあ！　わあ！　これが海!?　え？　本当に？」

龍聖は海が見えた時からずっと一人で興奮状態だ。

『オレの言葉が分かるなら、リューセーの話し相手をしてあげるのになぁ』

シンシンが溜息と共に呟《つぶや》いた。

『私はあんなにはしゃいで、背中から落ちないかとそればかり心配しているよ』

ホンシュワンは胃が痛くなる思いで呟いた。

『あと少しだから、ほら降りるよ』

シンシンがそう言って、たくさんある小島の一つに向かってどんどん降下していく。地面の近くに来たところで、シンシンとホンシュワンが光と共に入れ替わり、龍聖を無事に抱き上げて砂浜に着地した。

そっと龍聖を下ろすと、龍聖は砂の感触に驚いた。

「うわあ！　すごい！　さらさらで足が沈む！」

「月の砂とは違うかい？」

「うん、違うと思うけど……そもそもこんな足で直に砂の感触を確かめられなかったから……裸足になっても良いですか？」

「いいけど怪我をしないようにね」

「はい！」

龍聖は靴を脱いで、砂浜を歩いて喜んでいる。

「これ全部海ですか？」

龍聖は辺りを見回して叫んだ。水平線が見えるなんて初めての経験だった。湖を見て驚いた龍聖に、海は比較にならないよと言っていたホンシュワンの言葉を思い出す。海は湖の何倍くらいなのだろう？　なんて思っていたけれど、何倍どころの話ではなかった。

波が寄せては返すのを、不思議そうにじっと見ている。

「どうして海の水はこんな風に動いているのですか？」

「波のことかい？　どうだろう？　母上なら即答出来たんだろうけど、私にはなぜ波が起きるのか分からないよ」

ホンシュワンが首を竦《すく》めて笑った。

「海の中に入っても良いですか？」

「良いけど浅いところだけだよ。私も一緒に行こう」

ホンシュワンも靴を脱いで、龍聖と手をつないで波打ち際まで行った。

「わあ！　冷たい！　わっ！　水が引く時に足元の砂を持っていかれる……わあ！　気持ちいい！」

波の動きに合わせて、ずっと驚き続けている。いつまでも飽きることなく波と遊ぶ龍聖を、いつまで見ていても飽きないなとホンシュワンは思ってニコニコとしていた。

それを眺めるバイレンとカラージュは、少しばかり呆れ顔だった。

「もうかれこれ一刻以上はああやっているけど、リューセー様は全然飽きないみたいだね」

「陛下もずっとニコニコしている。あんなに上機嫌な陛下は、なかなか見ないな」

それから二時間ほど過ぎたところで、ホンシュワンが少し休憩をしようと言ったので、二人は海から上がって砂浜の先の草の生えている場所まで戻った。

「この辺りの地面は土があるんだね」

龍聖は早速植物に関心が行ったようで、地面と草を触りながら熱心に見入っている。

「陛下、リューセー様、お飲み物です」

カラージュが二人にタオルを渡しつつ、お茶の入ったコップを差し出した。

「あれ？　氷ですか？　冷たくて美味しいです」

龍聖がお茶に氷が浮かべてあることに気づいて、一口飲んでから嬉しそうに笑った。

「珍しいね。イースヤが氷を提供してくれるなんて」

「イースヤ……あ、あの湖にいた氷竜ですね……珍しいのですか？　氷竜って氷を作れるのではないのですか？」

二人の言葉を聞いて、カラージュがクスクスと笑った。

「イースヤは気分屋ですからね、半身のキーユもこういうことにはあまり協力的ではないし……リューセー様、氷竜は自身が氷を生み出すわけではなく、水分を凍らせることが出来る竜なのです。池の水を凍らせることが出来ますし、雨や空気中の水分を凍らせることも出来ます。それから動物の場合は体内の血液を凍らせて倒します」

「じゃあ戦ったら最強ですね！　海は？　海は凍らせられますか？」

龍聖が瞳を輝かせて言ったので、ホンシュワンが微笑みながら首を振った。

「ただし凍らせられるのは、対象の体積が自分の体よりも小さいものに限られるんだ。竜同士なら自分より小さい相手しか倒せない。海はもちろん無理だし、我が国の湖も無理だね」

龍聖は「へえ」と感心しながらホンシュワンの話を聞いている。

「氷竜は暑いのが苦手だよな？　よく湖に潜《もぐ》っているのを見かける」

バイレンも話に加わってきた。

「あ！　だからあの時も潜っていたんですね」

龍聖がパチンと手を叩いて納得したように言った。

「リューセー様は、イースヤに会ったことがあるのですか……そうか、だから氷を提供してくれたのかな？　出発前にキーユが氷を持ってきたのですよ。向こうは暑いだろうから、涼むのに使ってくれと……飲み水を凍らせているから、口に入れても大丈夫だと言っていました。一応、我々が毒見をしているので間違いありません」

「キーユさんとも一度だけ話したことがあります。お披露目の宴会の時に、いつか薬草園を見学させてほしいとお願いして、少しだけ薬草の話もしました。それとイースヤに偶然会ったことと、とても綺麗な竜ですねって話をしました。イースヤって綺麗でしょ？　群青《ぐんじょう》色のような深い青で、うろこの表面に薄く白が混ざっていて、光の具合でとても綺麗に白く光るんですよ」

嬉しそうに語る龍聖の話を聞いて、その場の全員が「それでかぁ」と何かに納得した顔で頷《うなず》いている。

龍聖だけが、よく分からないようで不思議そうに首を傾げていた。

「リューセー、イースヤは気分屋だとさっき言っていただろう？　氷竜は暑さが苦手でね、でも別に暖かい所で暮らせないわけではなくて、普通なら大気中の水分とかを凍らせて、自分の周りを涼しくすることが出来るから、暖かい所でも平気なのだけど、エルマーン王国は荒野の中の国だから、暑い上に空気が乾燥していて水分が少ない。だからよく湖に一頭だけでいることが多い。半身のキーユは医局員だから、見回りとか遠征とかで、他の竜と隊列を組んで外を回る必要がない。そのせいもあるのか、他の竜とも仲良くしていないし、半身以外の人間にも無関心だ。だから当然、氷を作ってくれとお願いしに行っても、なかなか湖から出てきてくれないんだ」

龍聖はまた「へえ～」と言いながら聞いていた。

「でもホンシュワンが呼んだら出てきましたよね」

龍聖がすごい！　という顔で言ったので、それを微笑ましく思ったのか、カラージュとバイレンが思わずニコニコしながら「竜王ですからね」と突っ込みを入れた。

「あっ！　氷が欲しいなら、氷竜の宝玉で作れないのですか？　城の中の便利な物は、すべて竜の宝玉を使っているんでしょ？　氷竜が珍しくても、今まで何頭かいたのならば、宝玉があるんじゃないんですか？」

龍聖はひらめいたとばかりに言ったのだが、皆が残念そうな顔で首を振った。

「リューセー、残念ながら、氷竜の宝玉から氷を作ることは出来ないんだ。色々試したけどね。なぜか水を作ることは出来るんだけど……元々氷竜は水竜の上位種で、水竜からたまたま生まれるという稀《まれ》な存在だ。だから元は水竜だけど突然変異で氷竜になったと考えるのが正解なんだと思う。何もないところからは氷を作り出せないというのもそれなら頷ける。水竜の水を作り出す力……魔力なんだけど、それを氷竜は水を凍らせる力にしているのだと思う……まあとにかく氷竜については謎が多いんだ」

ホンシュワンの話を聞いて、龍聖は「ふうん」と言いながら、コップの氷を口に含んだ。冷たくて美味しい。

『この氷はイースヤがわざわざ僕のために作ってくれたのかな？　でも飲み水を凍らせたってことは、キーユさんが用意してくれたのかな？　それとも二人で？　どちらにしても二人とも親切だな。今度お礼を言わなくちゃ』

海をみつめながらそんなことを考えているうちに、口の中の氷は溶けてなくなってしまった。

「氷なくなっちゃった……」

龍聖がぽつりと呟いたので、カラージュが慌てて持ってきた荷物から、氷の入った入れ物を出した。

「氷ならまだありますよ！　だいぶん溶けてしまいましたが」

「ありがとうございます」

コップに氷を入れてもらって、龍聖は幸せそうに笑った。氷をまた口に含んで、海を眺めながらぼんやりした。バイレンが組み立ててくれた簡易テントのおかげで、日陰に海風がとても心地いい。海を眺めながら冷たい氷を食べるなんて、贅沢じゃないだろうか？　とぼんやりしながら思った。

急に静かになってしまった龍聖を、三人はどうかしたのかと様子を窺《うかが》う。はしゃぎすぎて疲れたのだろうか？　とバイレンは思い、氷竜のことを考えているのかな？　とカラージュは思った。

「どうかしたのかい？」

ホンシュワンは直接龍聖に尋ねる。ホンシュワンは、北の城で龍聖に『これからはお互い何でも話すようにしよう』と誓った。だから何でも思ったことは話すし、相手のことで何か思うことがあれば言うようにしていた。

「なんか僕って、世界一幸せなんじゃないかな？　って、考えてました」

龍聖の発言に、ホンシュワンは優しい顔で頷き、バイレンとカラージュは驚いて目を丸くした。

「だって僕、この世界に来て、嫌な思いなんて一度もしたことないんです。みんな優しくて親切で、もうすぐ一年になるけど、良い思いしかしたことがないんです。僕がやりたかったこと、行きたかったところ、見たかったもの、全部叶えてもらってて……こうやって日陰で海風に当たって、氷を食べながら海を眺めるなんて、こんなことが出来る人っていますか？　いませんよね？　僕、世界で一番の幸せ者ですよね？」

カラージュは目を丸くしたまま絶句していた。想像を絶するような過酷な環境で生まれ育ち、その上家族とは離れて誰も知る者のいない異世界に一人で連れてこられて。そんな龍聖だから周りも、せめて何不自由なく過ごしてほしいと願っている。こちら側には龍聖に来てもらうことで、余りあるほどの恩恵がある。龍聖の家族も加護を得ることが出来る。だが龍聖自身には果たして何かの益はあるのだろうか？　と、カラージュは、龍聖の身の上を聞いて以来考えることがある。

それなのに龍聖は、自分が世界で一番幸せだと言う。日陰で氷を食べながら海を見るというなんでもないことを、世界一幸せだと言う。この世界のすべてが美しいと言う。

龍聖と一緒にいると、どんどん自分のことが恥ずかしくなっていく気がした。

隣ではバイレンが泣いてるし……。

「リューセーが世界一幸せだと思うのならば、そんなリューセーを愛して、共にいることが出来る私も世界一幸せなんだね」

ホンシュワンが龍聖の手を握って頬を撫でながら、何の迷いもなくさらりとそう言った。

「リューセー、君の見る世界はとても美しい。私はいつも君と同じ景色を見ていたいと思っている。

今の私にはまだリューセーと同じものが見えていないけれど、見えたらきっと本当に世界で一番の幸せ者になれる気がするよ」

カラージュは、ホンシュワンの言葉に衝撃を受けた。あまりにもその通りだと思ったからだ。さっきまでカラージュが考えていたことの答えのような気がした。リューセーと一緒にいて、自分が恥ずかしくなってしまうのは、眼《まなこ》が曇っているからだろう。龍聖の目に輝いて見えるものは、自分の目には映ってもいなかったものばかりだ。

そしてそんな龍聖に寄り添うホンシュワンが、以前とは少しばかり変わったように見えた。

頭脳明晰で、歴代最高の力を持つ竜王は、彼に出来ないことなどないように思えるし、たぶん本人もそう思っているだろう（自覚はないかもしれないが）。彼もまた自分達のような常人には見えていないものを、いつもみつめている。それはあらゆる物事のずっと先の部分だ。いつも未来を見据えている。だから何気ない日常のちょっとしたことが見えていなかったりする。たとえそれを指摘されても、未来を見ている彼にとっては取るに足らないことで、見えていなくても支障はないと、あっさり聞き流していただろう。

でも龍聖のおかげで、足を止めて見るようになった。それまで気づきもせず通り過ぎていた道端に咲く小さな花を、龍聖が美しいと言えば、足を止めて興味を持って見るようになった。

ホンシュワンのリューセーとして、ぴったりの人が来てくれたのだなと、今心から分かって、カラージュはとても安堵していた。

隣でなぜか泣いているバイレンが酷くうっとうしかった。

ホンシュワンはいつもと変わらぬ心地よい目覚めで朝を迎えた。ホンシュワンが先に目覚めるか、龍聖が先に目覚めるか、今のところは五分五分だった。

ホンシュワンとしては、先に目覚めて龍聖の寝顔を眺めるという、幸せな朝のひと時を送りたいのだが、毎回そうはいかないのが残念なところだ。

「おはよう」

そう言って覗《のぞ》き込んでくる可愛い笑顔が目の前にある。今日は負けてしまったようだと、残念な気持ちをそっと胸の中にしまった。

「おはよう、リューセー」

龍聖の首の後ろに手をまわして引き寄せると、チュッと軽く口づけを交わした。

「早起きだね。何をしていたんだい？」

まだ少し眠気の残る顔で、一度大きくあくびをしてから尋《たず》ねた。このまま龍聖を抱きしめて微《まど》睡《ろ》むのも良いと思う。

「ホンシュワンの寝顔を見てた」

「私の寝顔を？　面白かったかい？」

「綺麗だな〜って思って見てた」

龍聖はそう言って、ふふふっとほくそ笑んだ。それを見たホンシュワンは、何かを察したように口の端を上げて、龍聖の頬をつねった。

「痛いっ！　もう……ホンシュワン、何をするのさ」

そんなに強くつねってはいないので痛くはないはずだが、少し焦った顔で龍聖の頬を撫でた。

「すまない。痛かったか？」

「嘘、嘘！　痛くはありませんでした」

龍聖はニッと笑って甘えるようにホンシュワンの胸に頬を摺り寄せた。ホンシュワンは龍聖を強く抱きしめて羽交い絞めにする。

「朝からいたずらっ子だな……それで何を企んでいるんだい？」

「企んでないよ……ただちょっと……」

「ただちょっと？」

龍聖がもったいぶるようになかなか言わないので、ホンシュワンは首を傾げる。

「右手を出して」

「右手を？」

ホンシュワンは不思議に思いながら、右手を上げた。するといつの間に着けられたのか、手首にブレスレットのような物が着けられている。糸で編まれたようで、青と緑と白の綺麗な模様をしていた。

「これは？　君がくれたのかい？」

「うん、サフルにお願いして糸を貰って編んだんだ。僕、結構こういうのが好きで……無心になって編めるからさ……向こうの世界の一部の地域で、お守りとして身に着けていた物だったんだ。ミサンガっていうんだ。願いを込めてずっと身に着けておいて、これが自然に切れた時に願いが叶うって言われてる。色とか着ける場所によって意味があるみたいなんだけど、これはそういうのは関係なく、僕の好きな色で作ったんだ。ホンシュワンの無事をいつも祈ってる……ほら、外交とかで出かけることがあるからね」

少し照れながら龍聖が説明をするのを聞きながら、ホンシュワンは驚きと嬉しさで、右の手首に着けられたミサンガを凝視していた。

「あのね、今日が何の日か知ってる？　一年前に僕がこの世界に来た日だよ」

「あ……そうか」

ホンシュワンは言われるまですっかり忘れていた。そんなに経ったのかという思いと、まだそんなものなのかという思いで、とても複雑な心境だった。

「君がここに来て一年というのと関係があるのかい？」

「うん、その……お礼」

「お礼？」

「僕を連れてきてくれてありがとう。僕を大切にしてくれてありがとう。僕を幸せにしてくれてありがとう……そんな色々なお礼。全然大したものじゃなくて悪いけど……でもそんなに大袈裟《おおげさ》なことじゃないでしょ？　僕が来て一年の記念なんて……だから大袈裟にならないもので感謝を伝えたかったんだ。王様が身に着けるような物じゃないと思うから……外しても構わないよ」

「リューセー……」

ホンシュワンは腕の中の龍聖を再び強く抱きしめて、口づけを交わした。

「リューセー、君が来てくれて感謝しているのは私の方だよ……それなのに私は何も用意していない」

「そういうのは本当に気にしないで！　僕が勝手にやったことだし、何かお返しが欲しくて贈るわけでもないから……これは僕の感謝の気持ちだから、受け取ってもらえるだけで嬉しいんだ」

それは本当に嬉しそうな笑顔だったので、ホンシュワンは愛しくて堪《たま》らないと、抱きしめている腕を離せなくなった。

「リューセー、大切にするよ。いつも身に着けていよう。これを見るたびに君のことを思う。一日中ずっと君のことばかり考えてしまいそうだ」

「お仕事には集中してね。カリエン様が困ってしまうから」

「リューセー、私が仕事に集中する方が、カリエンを困らせるって知っていたかい？」

「ああ、前にそんなことを言ってたね」

二人は笑って、幸せそうに口づけ合った。


サフルの隣に侍女達が横一列に整列していた。皆、何事か？　と不思議そうにしている。

龍聖が王の私室で働く皆を集めて並ばせたのだ。

「えっと……お仕事の手を止めさせてごめんなさい。実は一年前の今日、僕はこの世界に来ました。一年間僕は何の不自由もなく過ごすことが出来て、本当に幸せです。それはサフルを始め身の回りの世話をしてくれた皆さんのおかげです。いつも一生懸命に働いてくれてありがとうございます。僕から皆さんに感謝を込めて、このブーケを贈りたいと思います」

「その花は……」

龍聖はそう言ってテーブルの上に置いた籠《かご》から、小さなブーケを取り出した。その花を見た瞬間、皆の間からざわめきが起きた。

龍聖はテラスの栽培箱で、野菜の他に花も育てていた。

王の私室のテラスは、とても広かったので以前の倍以上の栽培箱を置くことが出来た。龍聖が毎日我が子を慈しむように、植物の世話をしていたことは、侍女達全員が知っている。

そういえば今朝、花が一本もなくなっていたことを、皆が不思議に思っていたのだ。当然サフルも気づいていたが、植物の育成方法にくわしくないので、龍聖が植え替えか何かをしたのかな？と思った程度で尋ねたりはしていなかった。

「みんなの人数で分けたら、こんな小さなブーケになっちゃってごめんね。でも僕が丹精込めて育てた花だから、感謝の気持ちが詰まってます」

龍聖はそう言いながらサフルの前に来た。

「サフル、初日からずっと僕のために色々とがんばってくれてありがとう。サフルがいなかったら、僕は何も出来ない人になっていたと思います。今でもサフルがいなくなったら、僕は何も出来ない人になっちゃいます。だからこれからもずっと僕の側《そば》にいてください」

龍聖はブーケを差し出して感謝の言葉を告げた。

「リューセー様」

サフルは今にも泣きそうな顔をしている。

「私の方こそ、いつもリューセー様の笑顔に救われております。感謝いたします」

ブーケを受け取り大切そうに胸に抱きながら頭を下げた。

「サフルはものすごくよく僕のことを見ているからさ、これを隠れて作るのにとても苦労したんだよ？　夜明け前に起きて花を摘《つ》んでから作ったけど、置き場所に困っちゃって……寝室に置いてたけど、見つからないかドキドキしちゃった」

その話を聞いて、サフルと一部の侍女が、あっという顔をした。寝室の窓辺に布がかけられた状態で置かれていた何かがあった。龍聖の字で「栽培に使う物が入っています。触らないでね」と書かれたメモが上に載せてあったので、誰も触れずにいたのだ。

龍聖は侍女達にも一人一人、感謝の言葉を告げながら渡していく。侍女達は皆感動して涙していた。

「今日お休みの人達には、出てきた時に渡すから心配しないでね」

龍聖は全員に渡し終わると、改めて皆の前に立ち「それではこれからもよろしくお願いします」と笑顔で言った。侍女達も深々と頭を下げて「よろしくお願いします」と答えた。

侍女達は貰ったブーケが萎《しお》れないように、控室で大事に水に差しておいた。その後自宅に持って帰りドライフラワーにして、家宝として大切にしたのは言うまでもない。


カリエンは察していた。

朝からホンシュワンがとてもご機嫌で、その上仕事中に何度も何度も、右手に着けているブレスレットのようなものを見たり、カリエン達にわざと見えるようにしたりしている。

これは聞いてあげなければいけない事案だと、すぐに察することが出来た。

『以前の兄上は行動が分かりにくかったけど、最近の兄上はとても分かりやすい行動を時々してくれ

るので助かるな……リューセー様の影響かな？』

カリエンはやれやれと思いながら立ち上がり、手元にあった書類を持ってホンシュワンの所に向かった。

「陛下、少しご相談があるのですが……おや？　その腕に着けているものはどうなさったのですか？　綺麗ですね。布ですか？　いつも陛下が身に着けられている装飾具とは装いが違っていたので、つい目が行ってしまいました」

我ながらずいぶん演技が上手くなったのではないか？　などと思いながら、カリエンは澄ました笑顔でホンシュワンをみつめた。ホンシュワンは、そんなカリエンの顔をチラリと見て、一瞬嬉しそうな顔をしたが、それを隠すように平静を装って、右手に着けているミサンガを掲げてみせた。

「これは今朝、リューセーから貰ったんだ。リューセーの手作りだぞ？　あちらの世界のお守りでミサンガというそうだ。リューセーが糸で編んだんだぞ。なんでも今日でちょうど一年になるそうだ。何が一年か君は分かるかい？」

「一年ですか？　さて？　何かありましたか？」

カリエンは分からなくて首を傾げながら考えた。それを見てホンシュワンは、ますますご機嫌になった。自分が覚えていないのに、もしもカリエンから即答されていたら、きっとショックを受けただろう。

「う～ん……ちょっと分かりませんね……一年前の今頃だと……とても忙しかったような……ああ、兄上が行方不明になったのがその頃ではなかったですか？」

「惜しいな……リューセーが、ここに来たのがちょうど一年前の今日らしい」

「あ〜」

カリエンはなるほどとばかりに、バンッと自分の太腿を叩いた。

「そういうことですか……では記念にということですか？」

「いや、そういうことではないらしい。記念というより、この一年間の感謝を込めて、私に贈ってくれたんだ。だから何も返さなくていいと言われた。私としては、何か贈り返したいのだが、それではリューセーの気持ちを無下《むげ》にしてしまいそうだから、どうしたものかと考えていたんだ」

ホンシュワンは困ったという顔をしながらも、喜びを隠し切れないようで、ミサンガをみつめては笑みが零《こぼ》れている。

「これはリューセーの好きな色なんだぞ」などと、聞いてもいないことを呟いている。

「それならばちょうど良かった。私がご相談しようと思っていたことが、役に立つかもしれません」

そう言って持っていた書類を、ホンシュワンの前に置いた。ホンシュワンは、その書類を手に取ってさっと目を走らせた。

「薬草園の整備と、植物研究施設の建設に関する要望書？　キーユからのものだね」

「はい、現在の薬草園を整備して、栽培区域の拡張と、それに伴い新たに植物研究施設を建設し、植物研究部門を新設したいという提案です。現在キーユは医局に在籍しており、医局での新薬の研究と、薬草園の管理を兼任しています。キーユは植物研究部門を立ち上げることで、医局の一研究員としてではなく、植物研究部門長として新薬開発に取り組みたいと希望しています。そしてリューセー様に相談役になっていただきたいと願っています」

ホンシュワンはカリエンの説明を聞きながら、改めて書類に目を通した。そしてしばらく考え込んだ。

「キーユが医局で一研究員として新薬開発の研究をするのと、植物研究部門を新設して新薬開発をするのと、どう違うというんだい？　この要望書を見る限りだと、専門施設が出来ることで研究がしやすくなることと、人員を独自に確保出来ることのようだけど……理由としては少し弱い気がするんだが……今のままでは人員は増やせないのかな？　いや、もちろん薬草園を大きくすることに反対はしないけれど、他の部署から何か言われると思うから、私自身が即決したくなるような判断材料が欲しいかな……なんでもかんでもリューセーを関わらせれば、私が快諾すると思われたら困るからね」

それまでの雰囲気から一変して仕事の顔に変わった。口調はいつもと変わらぬ穏やかさだが、口をはさむ隙もないくらいに淡々と質問を交えながら意見を述べていく。

カリエンは慣れているので、黙って聞いていた。この要望書が提出された時に、ホンシュワンはすぐに了承してはくれず、色々と細かく指摘してくることは予想出来た。なぜなら了承が貰えそうな場合こそ、色々と細かく聞いてくるのがいつものホンシュワンのやり方だ。ダメな時は何も言わずに却下される。

だから事前にキーユから、要望書の内容についての説明を聞いておいた。恐らくそれで了承を得られるだろう。

「陛下、まずキーユについてですが、以前より薬草園に異動したいとの希望は出ていました。薬草園には現在管理棟と作業舎しか建物はありません。管理棟は事務所と資料室があるくらいで研究が出来る部屋も設備もありません。そのためキーユの異動は保留にされていました。キーユが異動を希望する理由は、医局にいると必然的に研究以外のこともしなければならないからです。医師の補佐役としての仕事です。これはキーユに限らず、他の研究者も条件は同じで、医師の仕事が忙しくなり、人手が足りなくなると、研究者は医師の補助をしなければならないのです。しかしキーユは、薬草園の管理も兼任していましたので、研究に時間を割けないことに不満があったようです」

カリエンの説明を、ホンシュワンは少し納得出来ないのか、首を時々傾げながら聞いていた。

「各人の仕事の配分は、医局長が采配しているのではないのか？　キーユが本来の仕事に専念出来ないような仕事の配分ならば、医局長と話し合って調整出来るのではないか？」

「それが……」

カリエンは苦笑しながら頭をかいた。苦笑するということは、何か人的な問題か、異例な何かがあるのかと、ホンシュワンは注視する。

「仕事の配分については、医局長も考慮してキーユの助手として、管理副官に起用した者を薬草園の専任にしました。それでまあ一件落着したはずなんですけど……ところで陛下はリューセー様が、中庭の一角で畑のようなものを作っていらっしゃるのはご存じですか？」

「ああ、一緒に中庭を散歩した時に見せてもらった。土の改良実験のようなことをしていると言っていたかな？　知識はあるけど、今まで土に触ったことがなかったから、色々とやってみたいことがあると言って、とても楽しそうだったよ」

龍聖の話になると、ホンシュワンの雰囲気がとても柔らかくなる。無意識なのだろうが、視線は右手のミサンガに行っていた。

「キーユは中庭でそれを目にして驚愕したそうです。それでリューセー様が、医局を訪問した際に色々と詳しい話を聞いて、彼の研究者としての情熱が再燃したらしく……新薬の開発には、そもそも薬草の研究が不可欠だったと気づき、初心にかえって徹底的に薬草を研究したいと熱弁しております。リューセー様の植物の知識の豊富さを手放しで称賛していました。リューセー様に相談役になってもらいたいというのは、キーユ個人としては弟子になりたいくらいのようで……今の薬草園の改良には、どうしてもリューセー様の知識を必要としているようです」

ホンシュワンは書類をみつめたまましばらくの間無言で考え込んでいた。カリエンはホンシュワンの返事をじっと待つしかない。しばらくしてホンシュワンが、左手を書類から離して、右手のミサンガを指でなぞり始めた。ホンシュワンのまとう雰囲気に少し変化があり、これはもうほぼ了承なのだろうと察して、カリエンは元々提案するつもりだったことをだめ押しで告げた。

「陛下、以前よりリューセー様が薬草園を視察したいと言っていらした件ですが、こちらもようやく準備が整いましたので、近々リューセー様をご案内してもよろしいですか？」

カリエンの提案に、ホンシュワンははっとした顔でカリエンを見た。

「準備が出来たのか？」

それはホンシュワンも待っていた話だ。龍聖はずっと畑や薬草園に行ってみたいと願っていた。だが畑や薬草園がある場所は、城下町の外れではあるが、周辺に住居などもある。ホンシュワンが散歩のように気軽に連れ出すわけにはいかなかった。シンシンの巨大な体では近くに降りることが出来ない。たとえ着地の間際に、ホンシュワンの体に変わったとしても、シンシンの巨大な羽が巻き起こす強い風は、畑の作物に甚大《じんだい》な被害をもたらしかねない。

それに何よりも悪目立ちしすぎる。竜王と龍聖が来たということは、城下町からも確認出来てしまう。他国の者達が一目見ようと押し寄せるかもしれないという危険がある。

だからと言って、畑や薬草園を視察するたびに、関所を封鎖して他国の者を外に出すわけにもいかない。もちろん一度見に行くだけならば、それでも構わないのだが、ホンシュワンも龍聖も、それを望んでいなかった。

自分達の個人的な外出のために、関所を閉鎖することなど出来ないと考えていた。

「はい、薬草園の周りに高い塀を造りました。もちろん塀の上には乗り越えられないように、放雷針を設置しています。出入り口となる門は二か所で、警備兵を常駐させます。また移動用の特注馬車も作りました。客車の屋根や壁には、竜王の鱗《うろこ》を内部に仕込んでおり、どのような攻撃にも耐えられるほど頑丈にしました。窓にはこのほど開発した強化ガラスを使用しておりますので、多少の打撃にも耐えられます。リューセー様には薬草園まで馬車で移動していただくつもりです」

カリエンが言った塀の上に設置した放雷針というのは、先代龍聖が開発した防衛のための罠だ。雷竜の宝玉を使った魔道具で、放雷針かそれに接続させた鉄線に人が触れると、電流が流れて感電させるものだ。すでに城ではいくつかの場所に設置してある。

ホンシュワンは頷いて書類を置いた。まだサインはしないようだ。

「少しリューセーと話をしてみるよ。ああ、薬草園には本当に行きたがっていたから、行く前提で日程を調整してもらって構わない。話をするのは、相談役のこととか色々ね、私はあまり植物の研究とか分からないから、リューセーが何をしたいと思っているのかを聞いておこうと思う。それによって今後どうするかを決めたい」

「分かりました。ですが薬草園の視察については、リューセー様の都合が付けば、日程の調整の必要はなくいつでも行くことは出来ますけれど、どういたしますか？」

「え？　私の日程調整が必要だろう？」

「陛下のご同行は予定しておりません」

カリエンにすっぱりと却下されてしまって、ホンシュワンは目を丸くして驚いている。せめて『ご一緒されるのですか？』と聞くくらいならばともかく『予定しておりません』と、ホンシュワンの意向を無視して完全却下だ。あまりのことに絶句してしまった。

そんなホンシュワンを見て、カリエンは笑いを堪《こら》えながら宥《なだ》めるように話を続けた。

「陛下、これは薬草園の視察です。リューセー様は植物学者であり、この世界の植物に大変興味を持っておいでです。ご自分で希望されて視察なさるのですから、現場で働く者達と専門的な話を交わされることでしょう。案内は管理官であるキーユが務めます。ですから陛下が付いていく理由がないのです。これは散歩ではありませんし、陛下の案内も必要ありません。陛下が行くことによって、さらに警護態勢が厳しくなってしまいます。ここはリューセー様のためにも我慢なさってください」

カリエンから言い聞かされて、ホンシュワンは少しだけ不満そうに眉間を寄せたが、すぐに気を取り直して冷静な顔に戻ると「分かった」と呟いて、要望書を引き出しの中にしまった。

「先ほども言ったように、薬草園の相談役の件については、私の方でリューセーと話をしてからの返事になる。視察の方はサフルに直接確認を取ってくれ」

ホンシュワンは淡々とした口調で言うと、別の書類を手に取って読み始めた。話はもう終わりということだ。カリエンは「かしこまりました」と言って一礼をすると、自分の席に戻ろうとして足を止めた。

「薬草園の視察が叶ったのは陛下のおかげですから、これをリューセー様からの贈り物への返礼としたらいかがですか？」

カリエンがニッコリと笑って言ったので、ホンシュワンは不本意そうにしながらも「そうだね」と溜息交じりに答えた。


その日の夜、王の私室に戻ったホンシュワンを、龍聖が笑顔で出迎えた。

「ホンシュワン、おかえりなさい！」

「ただいま、リューセー」

二人は抱きしめ合って軽く口づけを交わした。

「ホンシュワン、ありがとう」

「ん？　なんだい？」

「薬草園に行けることになったってサフルから聞いて……警備の関係上難しいかもしれないって、前にサフルが言っていたから、まさか本当に行けると思わなくて……本当にありがとう」

満面の笑顔でそんなことを言われたら、カリエンの策に嵌るのも不本意だが、おもいっきり乗っかることにするしかないと思った。

「リューセーがここに来て丁度一年という時に間に合って良かったよ。私からのお礼だ」

「もう……またホンシュワンから貰っちゃったね……僕はいつもホンシュワンに甘やかされっぱなしだな」

「もっと甘えてもいいんだよ」

ホンシュワンがそう言って、龍聖の頬に口づけたので、龍聖はくすぐったいというように首を竦めながら笑った。

ホンシュワンの着替えを龍聖も手伝って、その後夕食を一緒にとった。

今日一日、龍聖がしたことを報告してくれるのを聞きながらの食事は、毎日とても楽しくて美味しく感じる。そしていつも美味しそうに食事をする龍聖を見るのも楽しみの一つだった。

朝食の時も、以前は体が重く感じるからという理由で、果物だけかスープくらいしか食さなかったのだが、龍聖が来てからは、朝も同じ物を食べるようになった。

そもそもホンシュワンは、龍聖の魂精《こんせい》だけで生きていけるので、食事はしなくてもいいはずだった。しかし賓客との会食や、外遊先での宴など、人前で食事をする機会があるため、日ごろから食事をする習慣をつけて、味覚などを養っておく必要があるとして、子供の頃から家族と共に食事をしてきた。

ホンシュワンにとってそれは義務で、身に着ける素養の一つのように捉えていた。だから料理に対しても特別に好き嫌いなどの好みはなく、それほど興味もなかった。ただ家族で賑《にぎ》やかに食事をするという、その雰囲気が好きだった。

でも今は食事を美味しいと感じる。それは龍聖が、満面の笑顔で「美味しい！」と言いながら毎回食事をするからだ。一緒に食事をするだけのホンシュワンでさえ、そんな風に影響を受けているくらいだ。料理人達はきっと、毎日命を懸けて調理していることだろう。こんなに毎日笑顔で美味しいと言ってもらえるならば、自分のすべてを懸けて、毎食を全力で作りたくなるはずだ。

気がつくとここの侍女達はみんな、いつも笑顔で働いている。愛想笑いなどではない。みんながとても楽しそうに、幸せそうに笑っているのだ。きっと龍聖につられてしまうのだろう。

『ここにいる侍女の半分以上は、私がまだこの部屋で一人でいた時から仕えていたけれど、別に笑顔で働いてはいなかったな』

そう考えると、執務室で働いている侍従や侍女も、特に笑顔ではない。みんな真面目な顔で真剣に働いているという印象だ。

「リューセー、君は魔術師みたいだね」

「え!? 僕が？ なぜ？」

急にそう言われて、デザートのムースを幸せそうに食べていた龍聖が、目を丸くして驚いている。

「いや……これ、僕の分も食べるかい？」

ホンシュワンがムースを龍聖の方へ差し出したので、龍聖はなぜか少し赤くなってふるふると首を振った。

「そんな……僕、そんなにおかわりがしたそうな顔していた？」

龍聖の反応に、ホンシュワンだけではなく、サフルも思わず噴き出したが、必死に笑いを堪えながら「おかわりはありますよ」と言った。


食事を終えた二人は、ソファへ移動してお茶を飲みながらくつろいだ。ちなみに龍聖は結局ムースのおかわりを貰った。

「リューセー、少し聞きたいことがあるんだけどいいかい？」

「はい、なんですか？」

龍聖はホンシュワンに寄りかかりながら、ニッコリと笑って返事をした。そんな龍聖の頭をホンシュワンが優しく撫でる。

「リューセーは、薬草園にとても行きたがっていたけど、薬草にも興味はあるのかな？　何か研究したいことがあるのかい？」

「それは……もちろん薬草にも興味があります。最初に四代目龍聖が作った薬草園ですよね。四代目が書き残した薬草図譜は何度も読みました。日本の……大和《やまと》の国の薬草と、こちらの世界の薬草で、まったく同じ物や似ている物などを細かく図解したものです。その後医局の方々が受け継いで、品種も増えていると伺って、ぜひこの目で見たいと思ったんです」

龍聖は頬を上気させて、少し興奮気味に答えた。甘えるように寄りかかっていたはずだが、話に熱が入ると体を起こして、両手の拳《こぶし》を握り締めている。その上説明口調になっているせいか、言葉遣いが少し丁寧に戻っている。最近はずいぶん砕けた感じで話をするようになったのに、こういうところが研究者なのかな？　と、母のことが頭にちらついた。

「研究したいこともあります。ただそれは薬草だけに限ったことではないので、薬草園とは少しだけ関係なくなってしまいますが……植物全般にかかわる研究です」

「それは……君が中庭に作っていたものと関係あるのかな？」

ホンシュワンの指摘が、かなり的確だったのか、龍聖の瞳がキラリと光ったような気がした。さらに頬を赤らめて、熱のこもった眼差《まなざ》しをホンシュワンに向けてきた。

「そう！　すごい！　以前見せたことを覚えていてくれたんだね！」

龍聖は、わーいと嬉しそうにホンシュワンに抱き着いた。ホンシュワンが抱きしめ返そうとしたが、すっとすぐに体を起こして、再び熱弁する姿勢に戻っていた。

「あれは『腐葉土《ふようど》』と言って、有機肥料を作っているんです。今、この国では、家畜の糞尿で堆肥《たいひ》を作っているみたいなんですけど、堆肥よりももうちょっと優しい感じの肥料です。土の改良研究をしたいと思ってて、この世界の植物と土の関係を調べたいんです……そしていつかは、荒野に緑を戻せたらと」

最後に少し恥ずかしそうに目を伏せて、とても大切な言葉のように付け加えた。ホンシュワンは龍聖のその言葉に、その表情に、胸を打たれた。目の覚めるような思いだ。それがいつから龍聖が心に秘めていた願いなのかは、ホンシュワンも知らなかった。もしかしたら荒野に連れていった時からかもしれない。あの時井戸の周りに生えた草を、とても興味深そうに観察していた龍聖の姿を思い出した。

「なんか大それた願望だけど……月ではそれが叶わなかったから、ここで出来るだけのことはやってみたいんです」

龍聖はまだ目を伏せたままだ。何か思うところがあるのかと、ホンシュワンは黙って見守った。

「この一年、たくさんのことを学ばせてもらって……この国が、歴代の龍聖の知恵と、シーフォンやアルピンのみんなの努力で、とても豊かで平和な暮らしを築いてきたのだと分かった。それで大和の国にもたらされていた加護は、この国が豊かに繁栄したことの見返りなんじゃないかと思ったんだ。龍聖がこちらの世界で幸せになったら、大和の国も豊かになるって、僕達は代々そう教えられてきた。それは間違いじゃなくて……こちらの世界と繋がってる龍神池《りゅうじんいけ》を通じて見返りが加護としてもたらされていた。だけどあの災害で龍神池を失って、あの地に残った守屋《もりや》家は全滅してしまって……遥か遠く離れた月で、守屋家は生き残って僕が生まれた。龍神様の加護を失ってしまったと思っていたけど……でもそうじゃなかった」

龍聖は目を伏せたまま静かに語った。そして胸にそっと手を当てて目を開けると、じっと真っ直ぐにホンシュワンをみつめた。

「僕の曾祖父は、先代龍聖のクローンなんだ。僕は龍聖の直系の子孫なんだよ」

ホンシュワンはとても驚いた。母である龍聖が、ホンシュワンに残した手紙で、クローン体のことは知っていた。ホンシュワンには到底想像も出来ない技術なのだが、確実に龍聖の血筋を残すという意味では、最も有効な手段なのだろう。そしてもう一人の母（クローン）の子孫が、目の前にいる龍聖だったなんて、驚きを隠せなかった。

「先代龍聖は紛れもない天才だった。クローン体である曾祖父もまたとても優秀だったと聞いてる。だけどまったく同じにはならなかった。天才にはならなかったんだ。月基地で曾祖父は色々な功績を残して……だから月基地の人々から守屋家は支持されて、リーダーとして皆を率いる立場になったんだ。僕は曾祖父を尊敬していたし、同じ龍聖に連なるものとしての自負もあった。曾祖父のように優秀になりたいと思って、たくさん勉強したし、興味のある植物学を熱心に学んだんだ。僕、こう見えて、結構優秀だったんだよ？」

龍聖はニッと笑いながら、照れくさそうに頬をかいている。ホンシュワンは微笑み返して「知っているよ」と優しく頷いた。

「だけどこちらの世界に来て、先代龍聖が書き残した書物や研究資料を読んで、彼が発明し開発した様々な魔道具も実際に見て……本当に天才だと思った。僕とは比べようもないくらいの天才……曾祖父の何倍も天才だった。驚いちゃったよ」

龍聖はそう言って少し困った顔でエヘヘと笑った。ホンシュワンは何も言わずに微笑みかけながら、龍聖の頭を撫でた。

確かに母は天才だと思う。ただホンシュワンからすると、そもそもあちらの世界の文明が、自分達の想像を凌駕《りょうが》しているので、母のやることなすことが、天才たる所以《ゆえん》のものというだけではなく、それを超越してホンシュワン達には未知の領域だと思っていた。だが同じ大和の民である龍聖の口から『本当に天才』と言われると、やはりあの人は規格外だったのか……と、改めて思わされた。

「あっ！　別にどーせ僕は……なんて、ひがんだりしているわけじゃないからね。むしろ誇りに思ってる。クローンとはいえ、僕はあの天才龍聖の子孫なんだって！　それに天才が為《な》した偉業は、すごいと感心はするけど、到底僕には真似出来ないことだから、ひがむ気にもなれないよ。ただ歴代の龍聖が、その知恵でこの国を豊かにしてきたように、僕にも何か出来ることがあればしたいなって思っているだけ……それにね、曾祖父がなぜ先代龍聖と同じになれなかったのかが、この世界に来て僕もようやく分かったんだ」

龍聖は少し自慢げにいつものキラキラとした眼差しでホンシュワンをみつめた。その顔を見て、龍聖が言ったのは本心で、別に先代龍聖みたいにがんばらなければというような焦りや、同じにはなれないというひがみなどは、一切感じられなかったので、そっと表情に出さずに安堵した。

「何か明確な理由があったのかい？」

ホンシュワンが尋ねると、龍聖は一瞬あっ！　と何かに気づいたような表情に変わり、再び困り顔で笑った。

「明確な……と言われちゃうと、ちょっと確信はないから困るんだけど……僕自身が実感して思ったことを言うね？　僕は子供の頃からとても植物に関心があったから、植物学を学んだんだけど、結局それってない物ねだりから始まったことなんだ。つまり手の届かない緑の大地への憧《あこが》れみたいなもの。だけどどんなにがんばっても、土がなくても育つ植物の研究には限界があって……やる気を維持することが出来なくなっちゃって……自分がなんのために研究をしているのか、目的というか目標がないと、新しい発見も創意工夫も出来なくなるんだよね……僕は、ホンシュワンが迎えに来てくれた頃、研究が上手くいかなくて、やる気をなくしかけていたんだ」

龍聖は当時のことを思い出しているようで、宙をみつめて遠い目をしていた。

「だけどこの世界に来て、緑豊かな景色を見たら、嘘みたいにやる気が戻ってきたんだ。僕、知識だけはたくさんあったから……知識だけで実行出来なかった色々なことをしてみたくなった。根菜を育てて、花を育てて、それが出来たら今度は品種改良をしてみたくなって……荒野に連れていってもらった時、井戸の所でたくましく育っている野草を見たら、土の改良をしてみたくなって……やりたいことがたくさん出来ると、自分の可能性が広がるような気持ちになったんだ。それで思ったんだよ。クローンの龍聖が、先代龍聖と同じような天才になれなかったのは、月という環境で出来ることには限界があって、能力を伸ばせなかったからじゃないかな？　って」

ホンシュワンは黙って頷きながら聞いていたが、正直に言うと龍聖の言っていることの半分も分かっていなかった。いや、言いたいことはとてもよく分かる。ただクローンの龍聖が、母と同じ人間にはならなかったというのが、よく分からなくて、同じにならなかった理由の推測を聞いても、結局よく分からないのだ。

「リューセー、つまり君は、もっと植物についての研究をしてみたいということだね？」

「はい、出来れば……あっ！　もちろん王妃としての務めを優先するよ」

素直に頷いて慌てて訂正した龍聖を、ホンシュワンは思わず笑いながら、そっと抱きしめた。

「リューセー、実は薬草園を改築することになって、新たに植物研究所が作られて、君には相談役として携わってほしいという提案が出ているんだ。常勤ではないが、君が行きたい時に行くことが出来る。ただし植物研究所については、まだこれからどのように運営するのか調整が必要なんだ。どうだい？　植物研究所の相談役の件、引き受けるかい？」

ホンシュワンの問いに、腕の中にいた龍聖が勢いよく顔を上げた。頬を紅潮させて喜びに満ちた顔をしている。

「はい、もちろん！　あの……だけど相談役なんて僕には……いえ、やる。やります！　僕は挑戦してみたいです」

龍聖は一度は躊躇《ちゅうちょ》して遠慮しかけたが、すぐに思い直して承諾した。その顔には迷いがなく、決意に満ちている。じっとホンシュワンをみつめながら、答えを待っていた。

『色々と根回しが必要だな』

龍聖が行きたい時に行けると言ったが、実際には一度行くだけでも警備態勢など色々な問題がある。そう頻繁に行かせることは出来ないが、それでも一度きりということではなく、もう少し自由に行き来出来るようにしてやりたい。自国の中くらい自由に移動出来るようにする必要があるのではないだろうか？

歴代の龍聖のほとんどが、生涯を城の中だけで過ごした。龍聖という唯一無二の存在というだけではなく、王妃という立場を鑑《かんが》みても、その身の安全を第一に考える必要がある。

我が国に限らず、王族の活動には厳重な警備を必要とする。特に他国では外敵だけではなく、内部にも敵がいる場合が多い。

その点、エルマーン王国は他国からの入国審査が厳しく、そのおかげで国内の治安はかなり良い。もう何百年も竜を狙う盗賊の侵入を防いでいる。そしてシーフォンはおろかアルピン達には害意がない。

用心は必要だが、龍聖にもっと自由を与えるべきではないだろうか？　そして国民に対しても、年に一度くらいしか龍聖の姿を見ることが出来ないというような、閉ざされた関係ではなく、もっと近しい存在になる必要があるのではないだろうか？　それは結果的に、国民の忠誠心を向上させるのではないか？

ホンシュワンは、以前から考えていたそれらのことが、これをきっかけに良い形で実現出来るような気がした。

この周囲の人々を笑顔にしてしまう不思議な力を持つ龍聖ならば、色々なことが平和的に実現出来るような気持ちになった。

「近日中に、君が薬草園を視察出来るように手配しよう」

「本当！　やったー！　ホンシュワンありがとう！」

龍聖は大喜びで、ホンシュワンにぎゅうっと抱き着いて、その胸に顔を摺り寄せた。ホンシュワンは、龍聖を抱きしめ返して、耳元にそっと口元を寄せた。

「リューセーがあんまり可愛いから、少し早いけどそろそろ寝室に行きたいと思うんだが……嫌かい？」

するとと龍聖は耳まで赤くなって、ふるふると小さく首を振り「嫌じゃない」と小さな声で答えた。

サフル達を早々に下がらせて、ホンシュワンは龍聖を抱いて寝室へ向かった。

ベッドの上に龍聖を下ろすと、龍聖は恥ずかしそうにしながらも、いそいそと服を脱ぎ始める。ホンシュワンは、そんな龍聖を眺めながら、自身の服を脱いだ。

北の城から戻って以降、ほぼ毎日のように体を重ねている。若さ故か二人とも性交に夢中になっていた。

ホンシュワンは、一度も龍聖に世継ぎを残す使命について話をしたことはない。サフルにもあまり言及しないように言ってある。

竜王だから竜族を守るために、世継ぎを残すことは至上命題である……などとは考えていなかった。普通の夫婦のように、愛し合い求め合えば、自然と子は授かるものだ。龍聖を誰よりも愛すれば、自然と交わりたいと思う。それは龍聖も同じで、それを自身の役目と思わずに、ただ竜王を心から愛せば、交わりたいと思うはずだ。それでも万が一、世継ぎに恵まれなかった時は、それが課せられた運命なのだと受け入れるしかない。

愛し愛されて生《な》すことが出来なかったのだ。それは誰のせいでもないし、どうすることも出来ないことなのだから……。ホンシュワンは、そう両親から諭《さと》された。

龍聖の役割が、竜王に魂精を与え、世継ぎを残すためだけの存在になってしまった時、竜族は滅びの道を歩むことになる。それは八代目の時に、図らずも実証されかけてしまった。

代々の竜王と龍聖が紡いできた愛の継承は、そういうことではなかったはずだ。

始まりは『役目』だったかもしれない。だが愛を知らない竜が愛を知った時に、すべてが一変した。

初代ホンロンワンは、神罰への悔恨が消え去り、人の身になって龍聖と共に生きた日々を喜びながら安らかに生涯を終えた。

八代目ランワンはおのれの過《あやま》ちに気づき、龍聖に捧げられなかった無償の愛を、その命を削って我が子に注いだ。そしてその愛を受けて育ったフェイワンは、「魂精を与えるためだけに来ないでほしい」と、龍聖の役目を否定して、ただひたすらに愛を捧げた。

彼らの愛の歴史が、エルマーン王国の歴史そのものだ。神罰を受けて絶滅の危機に瀕していた竜族は、三千年近くも生き延びて、今ではこの国は、世界で一番豊かで平和な楽園と羨まれる存在になった。

『我々はそろそろもっと自由に生きてもいいのではないだろうか？』

ホンシュワンの心には、常にその思いがある。

「あっ……あああっ……ホンシュワン……」

龍聖に甘い声で名を呼ばれて、ホンシュワンは我に返ると、優しく龍聖の可愛い唇を食《は》んだ。

どうすれば龍聖にもっと自由に好きなことをさせてやれるのか、どうすればカリエンを始め忠臣達に、龍聖の行動制限を緩和するように説得出来るのか、ずっと先ほどから頭を悩ませていた。

「ホンシュワン……」

再び名前を呼ばれて、ホンシュワンは軽く頭を振った。

『今はこっちに集中しなければ……』

焦《じ》れたように身を捩《よじ》り、火照《ほて》る体を朱に染めて、龍聖がホンシュワンを誘惑する。ホンシュワンはそれに抗《あらが》う理由もないので、躊躇なく誘惑に乗った。

龍聖の腰を抱き上げて、ほぐした柔らかな後孔に、怒張した昂《たかぶ》りを押し当てて、ゆっくりと挿入する。

「リューセー……可愛いよ」

体を震わせて身悶える龍聖に、ホンシュワンが囁きかけると、龍聖は潤んだ瞳でみつめてきた。上気した顔と濡れた唇が相まって、ひどく艶やかに見える。

普段くったくなく笑っていることの多い龍聖が、このような表情を見せると、ホンシュワンの心がざわざわとかき乱される。煽ったつもりが煽られて、夢中で腰を動かしていた。突き上げるたびに、龍聖の口から甘い喘ぎが漏れる。

「リューセー……リューセー……愛している……リューセー……」

気の利いた言葉は何も浮かばない。ただ愛する人の名前だけを何度も繰り返した。

シーツを握り締める龍聖の手に、ホンシュワンは手を重ねて指を絡めた。

「ホンシュワン……」

切ない声で名を呼ばれて、ぎゅっと手を握り、龍聖の中に精を注ぎ込んだ。

ホンシュワンは、関係者を集めて具体的な話し合いをすることにした。

メンバーは、カリエン、バイレン、キーユ、サフルの四人だ。

キーユの要望書を概《おおむ》ね許可することは、事前にカリエンを通してキーユには伝えてあった。植物研究所建設の計画は、すでに進みつつある。

今回の話し合いは、直近に行う予定の薬草園視察のことと、龍聖が植物研究所の相談役になることについてだ。キーユの意見を聞きつつ、今後龍聖がどこまで、どのように関われるかを話し合った。

ソファにはホンシュワンを挟むようにカリエンとバイレンが座り、向かいにキーユとサフルが座っている。

サフルには、話し合いの前にカリエンから、要望書の内容について説明がされている。

「リューセーが植物研究所の相談役になることについては、本人の希望もあり許可したいと思っている。ただ問題は郊外に建設予定の植物研究所に、どのような形でリューセーが相談役として関われるのかということだ。キーユも理解していると思うが、そう頻繁に通うことは出来ない。ただ本人も研究に携わりたいと願っているし、そのためには薬草園に行く必要があることも分かっている。キーユは研究所責任者としての意見、バイレンは警備責任者としての意見、サフルはリューセーの側近としてリューセーの代弁者になってほしい。ではまずバイレンから意見を言ってくれ」

ホンシュワンに指名されて、バイレンはコクリと頷き一同の顔を見回した。

「近々、リューセー様が視察に行かれる際に、皆には実践で確認してもらえると思うが、以前より木工工房と魔道具工房と我々国内警備隊の共同開発で製作していた王族専用馬車が、警備をより強固にしている。客車の車体部分には、板と板の間に竜王の鱗……今回使用している鱗は先代竜王ヤマト様のものだが、その鱗を平たく加工したものを挟み込んでいる。また窓のガラス部分には、魔道具工房が鱗をガラスのように薄く加工した強化ガラスが使用されている。このように、特別製の馬車なので、弓矢や剣はまったく歯が立たず、爆薬を投げられたとしても、十分耐えうる性能だ。また薬草園の方も、周囲を高い塀で囲み、塀の上には放雷針を設置している。兵士も常駐しており、警備には万全を期している」

バイレンの説明する警備体制は、カリエンの話していた通りだったので、ホンシュワンは黙って聞いていた。キーユとサフルは初めて聞く内容だったので、真剣な顔で頷いていた。

「陛下、警備に関することで追加で報告したいことがあるのですが、それの説明が出来る者を、こちらに招いてもよろしいでしょうか？」

バイレンが、ホンシュワンに伺いを立てたので、「構わない」と許可した。

バイレンは侍従に合図を送った。侍従は扉を開けて外と何かを話している。少しの間をおいて、一人のシーフォンの女性が入室してきた。赤紫の髪をきっちりと結《ゆ》い上げて、飾りの少ないシンプルなドレスの上に白衣を羽織っていたので、研究員なのだろうと思われた。

彼女は真っ直ぐホンシュワン達の側まで進んできて、深々と一礼をした。

「陛下、彼女は魔道具工房の職員でマコミアという者です。今回視察に合わせて、リューセー様のための魔道具を作り上げたとの報告がありましたので、ご紹介させていただきます」

バイレンが立ち上がって、女性をホンシュワンに紹介した。

「魔道具師のマコミアと申します。本日はぜひ陛下にこちらを献上いたしたく参上いたしました」

彼女はそう言って、侍女が用意した衣桁《いこう》（木製のハンガーラックのような物）にかけられた二点の衣装を指し示した。

「その衣装が魔道具なのか？」

ホンシュワンが尋ねるよりも先に、カリエンが不思議そうに尋ねていた。

「はい、こちらはリューセー様専用の防具でございます」

「防具？」

全員が一斉に呟いていた。皆が戸惑っている。それもそのはずで、衣桁にかけられている衣装は、布製の普通の服にしか見えないからだ。二つとも白い布製で、片方は普段の衣装の一番下に着るような、長袖の長衣だ。もう片方は上から羽織る形の長衣だ。どちらも飾りなどは一切なく、ただ表面がうっすらとキラキラ光って見えた。不思議な風合いの生地だ。

「先代リューセー様が、魔道具を作る際に出る宝玉の小さな欠片や粉を、何かに利用出来ないか？と発案されて以来、工房では様々な研究を行ってまいりました。その中の一つに、粉を魔力で液状化して、それを糸に染み込ませる、というものがあります。その糸を使って布を織り上げると、思いがけない効力が発揮されたのです。バイレン様、お願いします」

マコミアは、自信たっぷりの様子で説明をすると、事前に打ち合わせをしていたのか、バイレンに声をかけた。バイレンは頷いて立ち上がり、衣装の側まで歩み寄った。侍従が剣を差し出したので、黙って受け取る。その剣は普通の剣で、バイレンが愛用している身の丈ほどある大剣ではなかった。

「はあっ！」

バイレンはかけ声と共に、上段から袈裟斬りに衣装に向かって剣を振り下ろした。ホンシュワンが驚いて止めようと腰を浮かせたその時、キーンッという硬質な音が部屋に響き渡った。

ホンシュワン達は驚きの表情のままで動きを止めている。バイレンが剣で斬りつけた衣は、ふわりと剣が起こした風に巻き上がるように揺れて、何事もなかったかの如くその場に存在した。

確かにバイレンの剣は、衣に振り下ろされたはずだ。その瞬間に響いた金属が唸るような硬質な音が何かも気になる。

ホンシュワン達は何が起こったのか分からずに、互いに視線を交わしながら戸惑っていた。

「いやあ……何度やっても不思議ですな」

バイレンは笑いながら、マコミアに向かってそんなことを言っている。

「陛下、他の皆様もどうぞ近くでご覧になってください。今、バイレン様に衣を攻撃していただきました。ですがご覧のように傷一つついておりません」

マコミアは晴れやかな笑顔で、自信たっぷりに持参した衣装を皆に見せている。ホンシュワンは立ち上がり、バイレンの側に来た。他の者達も後に続く。

「今、何をしたんだ？　本当に断ったのか？」

ホンシュワンは、衣装とバイレンを交互に見ながら、不思議そうにしている。

「はい、間違いなく斬りました。まったく歯が立ちません」

バイレンが軽快に笑っているが、ホンシュワンは何を言っているのか分からない。訝《いぶか》しげな顔で、じっとバイレンをみつめて、マコミアに視線を移した。

「どういうことか……今、何が起きたのか説明してくれないか？」

「はい、こちらの衣装は先ほどご説明をした通り、特殊な糸で織り上げた布で出来ています。今のように剣で斬りつけると、布が鋼鉄のように硬くなり刃を通しません。瞬間的に大きな力が加わると、糸が硬化するという性質を持っているんです。剣が当たった時に金属音が聞こえたと思いますが、それが証拠です。陛下もどうぞ斬ってみてください」

マコミアがそう言ってバイレンに目配せをすると、バイレンがホンシュワンに剣を渡した。ホンシュワンは剣を受け取り、本当にいいのか？　という顔で、マコミアとバイレンを見た。二人は笑顔で頷いている。

ホンシュワンは剣を上段に構えると、先ほどバイレンがしたのと同じように袈裟斬りにした。剣が勢いよく衣装に当たった瞬間、キーンッという音と共に、剣を持つ手に硬い物に当たった時の反動が伝わってきた。弾かれたので驚いて、ホンシュワンは衣装と自分の持つ剣を何度も見比べている。

「服に触ってもいいか？」

「もちろんです」

ホンシュワンは、マコミアに一言尋ねてから、衣装に手を触れた。さらりとした柔らかな布の手触りに、さらに不思議な気持ちになる。

「陛下、布を両手で持って、瞬間的に力いっぱい引っ張ってみてください。こんな風に……」

マコミアがもう一着の衣装の生地を、両手で摘《つま》むように持って、右手と左手を瞬間的におもいっきり左右に引っ張ってみせた。それを見たホンシュワンが同じようにやってみる。

「え!?」

ホンシュワンは驚きの声を上げた。手に持っている布を凝視して、そっと触ったり、また強く引っ張ったりと何度も試している。

強く左右に引っ張った瞬間、引っ張っている部分の生地が、鉄板のように硬くなった。ホンシュワンは、困惑しながら何度も何度も繰り返し試していた。

「これは一体……どういうことなんだ？」

「魔道具ですから」

困惑のあまり思わず漏れた言葉に、マコミアはニッコリと笑って答えた。その答えにホンシュワンは驚いて、思わず引っ張っていた手を衣から離した。

そんなホンシュワンの様子を無視して、マコミアは「失礼します」と言いながら、ホンシュワンが手を離した衣装の袖を手に取り、いつの間にか手に持っていた小型のナイフの先を布に当ててみせた。

「また、強い衝撃ではなくても、布は決して刃を通すことはありませんので、近距離からこのようにゆっくり刺されても、切られることはありません……まあ、布が柔らかいままなので痛いですけど」

マコミアは説明をしながら、ゆっくりとナイフの先を布に刺してみせた。布にナイフは貫通せず、ただナイフの形に布が引っ張られるだけだった。

「ですが実装実験の結果、近距離から体を刺す際には、少なからず力を込めて刺してきますので、その力には布が反応して相応の硬さになりました。ですから布越しに鋭利な部分がそのまま体に当たって痛いということはありませんでした。このようにゆっくりと刺してみせたのは、あくまでも刃物で布は切れないということを証明しただけです」

マコミアはそう言って、布から一度ナイフを離してから、今度は軽く勢いを付けて、布にナイフを突き当てた。すると今度はナイフの先が布に弾かれて、鋭利なナイフの形に布が動くことはなかった。

「なぜそのようになるのだ？」

「魔道具ですから」

再びホンシュワンが尋ねたが、マコミアは笑顔でそう答えた。その答えに、ホンシュワンはあからさまに不満そうな表情に変わった。

マコミアは笑みを消して、ゆっくり深く頭を下げる。

「陛下、無礼なお答えをしたことはお詫びいたします。ただ我々もなぜこのような特性を持ったのかという理由については、明確な答えを出せていないのです。そもそも発端は偶然の産物です。その後様々な実験や分析の結果、どの竜の宝玉の粉を、どのような割合で混ぜれば一番効果が出るのか？ というところまでは、明確に答えが出ています。それらの研究内容について、説明することはやぶさかではありませんが、かなり長くなりますので、ここではあえて魔道具だからという答えにさせていただきました。言葉足らずで申し訳ありませんでした。研究論文は後日提出させていただきます」

マコミアの丁寧な説明に、ホンシュワンは納得して頷いた。

「液体を糸に染み込ませたと説明してくれたが、それは液状のままでも同じ効果なのか？ 糸以外の物には付与出来るのか？」

ホンシュワンは謝罪を受け入れて、さらに質問を続けた。その後ろでは、カリエンとサフルが交互に、衣装を剣で斬りつけては、不可解というように何度も首を傾げている。

「さすがは陛下ですね……おっしゃる通り、液状にしたものは、もちろん他の物にも付与出来ます。当初は盾や鎧《よろい》に付与して、防御力をさらに上げようという考えで研究を進めていたのですが、私はふと鎧を着れない女性の防具に使えるのでは？ と思い至りました。最初はすでに完成している服に塗《と》布《ふ》してみました。それでも十分に効果はあったのですが、他にも色々と試してみようと実験を重ねて、糸に染み込ませて織った布から服を作るのが一番効果が高いことが分かったのです。ちなみにこの布は専用の魔道具でしか裁断が出来ません」

ホンシュワンは、マコミアの話を興味深く聞きながら、もう一度服を触ってみた。さらりとした手触りは、エルマーン織りの通常のものと遜色ない。付与した液体のせいか、表面の光沢が光の加減で虹色に輝くのが、むしろ高品質の織物に見えて、王妃がまとうにふさわしいだろう。

「上から羽織る上着の形にしたのは、リューセーが研究の際に着る白衣を意識しての物なのかい？」

「はい、その通りです。今回の視察に合わせて作りました」

ホンシュワンはその答えに、満足そうに頷いた。

「女性のための防具……発想がとても女性らしいね。男性の職人では考えも及ばなかっただろう。それに外遊の際の相手国での宴など、鎧を着るわけにはいかないような場所でも、これは役に立つ。私も欲しいくらいだ」

マコミアは頬を上気させて、感極まって今にも泣きそうな顔で深々と頭を下げた。しばらくそのままでいたが、ようやく顔を上げた時には落ち着きを取り戻していた。

「陛下、過分なるお言葉ありがとうございます。励みになります。陛下にはマントを献上したく存じ上げます」

「マントか……いいね。楽しみにしている。サフル、後ほど彼女に話を聞いて、リューセーが視察に行く際に着ていくように取り計らってくれ」

「かしこまりました」

サフルがマコミアと視線を交わして頷き合った。

マコミアが一旦退室して、ホンシュワン達は再び話し合いをするために元の席に着いた。

「ではバイレン、安全面に関しては問題ないということで良いか？」

ホンシュワンが仕切り直すように再度バイレンに確認をした。バイレンは自信満々という顔で頷いた。

「警備も防衛対策も万全です。そもそも現在の我が国では、竜を狙う者はおろか、アルピンを差別する者もおりません。入国条件や審査をとても厳しくしていますが、十一代目リューセー様がお造りになった博物館のおかげで、我が国への理解が深くなり、厳しい入国審査に関して不平不満を言う者も減りました。国内での犯罪は二百年近く発生しておりません。トラブルに関しては、酒場で酔っ払い同士のケンカが起きるくらいです。もちろんすべて他国の者達です。あまりにも平和なので、兵士達が平和ボケしないようにするのが、悩みというくらいです。ですから今回のように、警備を万全にして警戒することで、兵士達も気が引き締まると思います」

「その通りだ。世界一治安の良い国と言われても、今後絶対に何もないという保証はない。関所での入国審査の強化と、日々の警戒は決して怠《おこた》ってはならない。バイレン、頼んだぞ」

ホンシュワンが言う前に、カリエンが叱咤激励したので、バイレンが「任せろ！」と吠えて、二人でなんだか盛り上がっているので、ホンシュワンはとりあえず任せようと、あえて口出しはしなかった。

気を取り直して視線をキーユに移した。歳は二百歳代（外見年齢四十歳）くらいのはずだ。物静かで常に冷静な印象だが、研究のことになるとかなりの情熱家だと聞いている。群青色の少し長めの髪を、後ろで一つに結んでいて、目の下にクマが出来て疲れた顔をしている。

「さて、最初にも言ったが、リューセーがどのように相談役として関わればいいのか、君に考えがあれば聞かせてほしい」

ホンシュワンに改めて問われたキーユは、少しばかり緊張に顔を強張らせた。コホンと一つ咳払いをして、居住まいを正すと一度頭を下げた。

「陛下、まずは私の要望書に許可をくださりありがとうございます。リューセー様の件も合わせて、無理な願いだと思っていましたので、本当に感謝しかありません。必ず我が国のためになる研究成果をあげたいと思います。そのためには、リューセー様のお力は絶対に必要です。リューセー様の植物に関する知識は、とても素晴らしいものです。あ……つい力が入ってしまい申し訳ありません」

キーユはつい熱がこもってしまったことを詫びて、恥ずかしそうに頭をかいた。

「リューセー様に、薬草園及び新たに作る植物研究所へ足を運んでいただくのが、難しいことは重々承知しています。今回の視察が実現しただけでも奇跡に近いものと思っていたのですが……陛下の今のお言葉からすると、相談役として今後何度か足を運んでいただけるということでしょうか？」

キーユはホンシュワンの様子を窺いながら、恐る恐る尋ねた。ホンシュワンは穏やかな表情で頷いた。

「どれくらいの頻度で研究所に行けるか分からないが、本人はかなりやる気になっている。サフル、君から見てリューセーの様子はいかがだろうか？」

ホンシュワンは話をサフルに振った。サフルは委細承知の顔で頷く。

「リューセー様はすでに研究をしたいと考えている主題があるようです。今は薬草園の視察をとても楽しみにしていらして、テラスから薬草園のある方角をよく眺めておいでです。しかし研究のことばかりに時間を割けないことはご本人も承知しています。王妃として必要な語学や地理、歴史などはまだ学習中ですし、王妃の務めに携わるための勉強もしておいでです。毎日の日程の中で、研究に使える時間は二、三時間ほどはありますが、薬草園に行って……となると、丸一日時間を空ける必要がありますね。そうなると週に一日が限度かと思われます」

サフルが的確に答えたので、ホンシュワンは満足そうに何度も頷いている。キーユは逆にとても驚いていた。

「週に一度ならば警備の負担もそれほどないだろう？」

ホンシュワンは次にバイレンに話を振った。バイレンも満足している様子で「それなら問題ありません」と笑顔で請け負った。カリエンも納得した様子で頷いている。

「週に一度というのは、やる気に満ちたリューセーを思うと、少しかわいそうではあるが、今のところはそれが最善のようだね……キーユ、どうだろうか？」

キーユはとても驚いた顔のままでホンシュワンをみつめた。

「あ、あの……週に一度……月に五回も薬草園に足を運んでいただけるのですか？」

信じられないという様子で聞き返してきたので、ホンシュワンは笑みを浮かべつつ少し首を傾げた。

「少ないと思うが……これでは研究に差し障りがあるか？」

「あ、いえ、とんでもありません……私は月に一度足を運んでいただければ上々と思っておりましたので、正直なところ戸惑っております。実は私の方で、このような計画案を作成いたしました。医局の者達とは何度も話し合って、皆の承諾を得ると共に、すでに準備も整っております」

キーユはそう言って新たな書類を差し出した。そこには医局に新しく整えられた龍聖の研究室と、助手や新設の研究所で働く研究員の名簿とその役割などが細かく記されていた。

「城内の医局の隣にリューセー様の研究室を作りました。設備も出来る限り揃えております。助手も二人付けます。リューセー様には、時間の空いた好きな時に利用していただけます。研究室には、薬草園から毎日連絡役の使者を送り、薬草園植物研究所での情報は、常に共有出来るようにいたします。また必要であれば、随時医局の研究員がお手伝いを出来るように、医局内と通じる出入り口も設置しています。これで週に一度リューセー様が薬草園に来ていただけるのでしたら、我々の方はこれ以上の喜びはありません」

キーユは感動に打ち震えている。ホンシュワンは書類に目を通して、今日のこの会議までの四日間で、これだけの準備を整えたのかと感心していた。疲れた顔をしていたのはこれのせいだったのだろう。今はとても血色がよくなっている。

「陛下……なぜここまでしていただけるのですか？」

キーユは思わずそう尋ねていた。医局内では、今までキーユはあまり良い立場にいなかった。先代龍聖が開発した高性能顕微鏡と、『病気の原因は細菌によるもの』という知識により、今まで治療が不可能と思われていたいくつもの病気の治療薬が開発されてきた。それらの治療薬は、カビなどから採取する天然化合物から抽出して作られている。医局の薬学研究員のほとんどが、抗生剤の研究に移行してしまった。

もちろん薬草園で栽培される薬草から生成する従来の薬も作り続けているが、薬草をさらに研究して新薬開発を試みる研究者は数が少ない。医局の中では大した成果の出ない薬草研究者達は、医師の手伝いに駆り出されることが多く、研究者としては肩身の狭い思いをしていた。

そんなキーユ達にとって、今代の龍聖は救世主だった。龍聖は薬草だけではなく、植物全般の研究に熱意を持っている。それでも研究者であるキーユにとっては、薬草を含めた植物の新しい可能性を引き出してくれそうな救世主に、大いなる期待を寄せている。だから『薬草研究所』ではなく『植物研究所』になったとしても、まったく不満はない。キーユもキーユの部下達も、近年まれにみるほど活気に満ちていた。

しかし不遇の時代が長かったせいで、あまりにもとんとん拍子に事が運ぶことに戸惑いを隠せなかった。

「それはもちろんリューセーのためだ。リューセーを喜ばせたいんだ」

ホンシュワンはニッコリ笑って答えた。それを聞いたキーユが一瞬呆然として、カリエンがゴホゴホッとわざとらしく咳払いをした。

「陛下、言葉をお選びください」

少し厳しめの口調で、カリエンから注意を受けたホンシュワンは、笑顔のまま少しばかり考えた。

「キーユ、本音を言うとすべてはリューセーのためだ。リューセーが喜ぶことなら私はなんだってする。だが私もリューセーも愚かではない。リューセーはこの国のためになることを一生懸命に考えて、国が豊かになることを望み、喜びとしている。私もまたそんなリューセーだからこそ、信じてすべてを許し、与えている。代々の竜王とリューセーは、そうしてこの国を作り上げてきた。あのキラキラの笑顔でやろうとしていることを、私は信じて見届けたいと思っている」

キーユはホンシュワンの言葉に感動して、大きく頷いたかと思うと、姿勢を正して深く頭を下げた。

「微力ではありますが、私もリューセー様が笑顔で研究に勤しめますようにご助力をいたします」

「ああ、頼んだよ」

こうして龍聖が心ゆくまで植物研究に携われることが決まった。薬草園視察は、この五日後に実施されることとなる。

馬車に揺られながら、龍聖は悶々とした気分で過ごしていた。原因は閉め切られたカーテンだ。馬車の窓にカーテンがかけられていて、それがすべて閉められている。

天井には小さな明かりが灯《とも》っているので暗くはないのだが、せっかく初めて馬車に乗り、城の外へ出かけられるというのに、街の風景を眺められないなんて悶々としてしまうのも無理はなかった。

カーテンを閉める理由については、出発前に説明を受けた。龍聖はあくまでもお忍びで出かけるのだ。今まで龍聖が城下に降りる時は、必ず関所が閉ざされて、他国の者達を締め出してからでなければならなかった。

しかし今回はそれをやっていない。城下町はいつものように、他国の商人達で賑わっていた。そのためこの馬車に龍聖が乗っていることを知らせるわけにはいかないということで、カーテンを閉めることになったのだ。

外の様子が気になって仕方のない龍聖は、カーテンの隙間から外が見えないかと、チラチラと窓の方を気にしていた。

「リューセー様、お気持ちは分かりますが、今日のところはどうか我慢なさってください。植物研究所の相談役として、正式にお通いになる時には、カーテンを開けられるようにすると、バイレン様がおっしゃったではありませんか」

同乗しているサフルが、龍聖の落ち着きのない様子を温かく見守りながら、そう宥めるように言った。

「この馬車は攻撃を受けても平気なくらいに頑丈なのでしょう？　それに僕専用の防具も着ているし……第一バイレン様が、この国は世界で一番治安が良いって言っていたじゃない？　まあ、そうは言っても僕の立場上、周囲が警戒するのは分かるけど……窓の外を見るくらい、いいと思うけどな……僕が正式に通うことになったら、カーテンを開けても良いのならば、今だって良いんじゃない？」

龍聖は少しだけ拗《す》ねたように、頬を膨らませながら言った。自分でも子供っぽいわがままを言っている自覚はあるのだが、馬車の中はサフルと二人きりだし、初めての馬車でのお出かけというのもあり、いつもと違う状況に、有頂天になっていた。

「今日はお忍びですよ。事前に準備をする期間がなかったので、アルピン達にリューセー様が馬車に乗って郊外の研究所に行くことを周知することが出来なかったのです。ですから今、リューセー様がカーテンを開けてしまうと、皆がリューセー様に気づいて大混乱を起こしてしまうのです」

「大混乱……そんなまさか～」

「本当ですよ？」

龍聖が明るく笑って言うので、サフルは真剣な顔で言った。龍聖は笑うのをやめてそんなサフルをみつめ返したが、すぐに噴き出して「まさか～」と笑い飛ばした。

「サフルって時々面白い冗談を言うよね～」

「確かに時々冗談は言いますが、これは本気ですよ？　あ、でも私の冗談を面白いと言ってくださりありがとうございます」

二人は顔を見合わせて笑った。二人を乗せた馬車は、やがて郊外にある薬草園に辿り着いた。

龍聖が馬車を降りると、ずらりと人々が整列していた。

「リューセー様、ようこそお越しくださいました」

キーユが代表して挨拶をする。薬草園で働く人達が出迎えてくれたのだ。キーユとは、お披露目の宴を合わせると会うのは三回目だ。一度医局を訪問して植物の話をした。キーユからは、龍聖が中庭で作っている堆肥について尋ねられて、その話で結構盛り上がった。

龍聖から見たキーユの印象は、植物が好きな物腰の柔らかい氷竜のおじ様……だった。

「キーユさん、お忙しいところにお邪魔してすみません。皆さんもお出迎えありがとうございます。今日はよろしくお願いします」

龍聖が笑顔で挨拶をしたので、皆は恐縮しつつも嬉しそうにしている。

「それでは早速ご案内いたしましょう」

キーユがそう言って、薬草畑へと案内をしてくれた。

「うわあ！　広いですね！」

広々とした畑では、区画を分けて色々な種類の薬草が育てられていた。畑にはたくさんの柱が並んでいて、強い日差しを避けるために、日よけの布が天幕のように張られていた。織り目の荒い薄地の白い布だ。薬草にほどよく優しい光が当たるように工夫されていた。

龍聖は興奮気味に薬草をひとつひとつ観察しては、キーユに質問を投げかけた。畑を一刻以上見て回り、次に建設中の植物研究所に案内された。まだ基礎工事を始めたばかりだったが、建物の規模が分かるので、龍聖は説明を聞きながら楽しそうにしている。

薬草園に来てから、ずっと楽しそうにしている龍聖の姿を、サフルとバイレンが微笑ましく眺めていた。

「あのようなお姿を拝見すると、ここにお連れすることが出来て良かったと心から思いますな」

バイレンの言葉に、サフルが大きく頷いた。昨日などは朝から興奮して何も手につかないほどだった。

「陛下のお気持ちがよく分かります」

サフルはそう言って、ずっとご機嫌な様子のホンシュワンを思い出して微笑んだ。今朝は、本当は一緒に行きたかったと子供のようにごねるので、龍聖が一生懸命宥める姿も微笑ましかった。

「陛下は見送りに来るかと思っていたが来なかったな……一緒に行きたくなるから来なかったのかな？」

バイレンの的を射た言葉に、サフルは思わず噴き出してしまい慌てて口を手で押さえた。

「やはりか」

サフルの反応を見て、バイレンは楽しそうにニヤニヤと笑う。

「今頃、カリエンが宥めているだろうな」


その頃カリエンは、とても面倒な相手に頭痛を覚えていた。

貴賓室で相対するのは、フェルンホルム帝国の貴族だ。バイヤール男爵と名乗る金髪緑眼の中年の男は、とても不遜な態度で座っている。

関所で揉めて騒動を起こし、そのまま門前払いをしたかったのだが、相手が相手なので仕方なく入国を許可して今に至る。

「バイヤール男爵、私はこの国の宰相を務めるカリエンと申します。本日の用向きをお教えいただいてもよろしいでしょうか？」

「まず関所での無礼に対する詫びの言葉が先だろう！」

挨拶をするカリエンの言葉に被せるようにバイヤールが怒鳴ったので、カリエンは眉根を寄せた。叩き出してやろうかという気持ちをぐっと堪えて平常心を保った。

「関所で騒ぎを起こされたのは貴殿の方で、こちらが謝罪する道理はありません」

カリエンは毅然《きぜん》とした態度で答えた。バイヤール一行は、関所の前に並ぶ他国の馬車の一団を押しのけて、先に入れるようにと怒鳴り散らし、友好国の紹介状のない者は入国出来ないと聞くと、私を誰だと思っていると言って暴れた。騒ぎを聞いて駆け付けたシーフォンが乗る竜を見て、腰を抜かしたらしい。竜を前にして大人しくなった彼に、シーフォンの武官が聞き取り調査を行いフェルンホルム帝国からの使者だということで、どう対応するかカリエンの下に連絡が届いた。

使者は王への謁見を求めていたが、貴賓室に通してカリエンが相手をすることになり現在に至る。

「関所にいたこの国の兵士達が、我々を門前払いにしようとしたのだぞ！　皇帝の使者であるこの私を！　あのような無能な者は即刻死刑にするべきだ！」

あまりの暴言に、カリエンの後ろに控えていた二人の護衛武官がピクリと反応した。それを受けてフェルンホルム帝国の護衛騎士も睨み返している。

「ご存じないようですが、我が国では国交を結ぶ友好国の方、もしくは友好国国王からの紹介状のある方しか入国を許されておりません。ましてや事前に訪問を報《しら》せる書状もなく、いきなり押しかけてこられては対応のしようもありません。貴国ではこのような外交が当たり前なのですか？」

カリエンは冷笑を浮かべて答えた。さっきからソファにふんぞり返って偉そうにしている態度に、苛立ちを抑えるのに苦心してしまう。さっさと用件を聞いて追い返そうと考えていた。もっとも聞かなくても用件は何か分かっているのだが……。

バイヤール男爵はカリエンの言葉を聞いて、顔を真っ赤にして震えている。

「なんという無礼な……これだから辺境の蛮族は……私はフェルンホルム帝国皇帝陛下の書状を携えてまいった。貴国の国王に目通りを願いたい」

「大変申し訳ないが、我が国と貴国は国交を結んでおりません。国交のない国の使者との謁見はお断りしております。書状は私から王に渡しておきます」

「私はフェルンホルム帝国のバイヤール男爵ですぞ！」

「はい、それは何度もお伺いしております」

「なっ……ならば貴国と国交を結べるように、私から皇帝陛下に願い出てやっても良いぞ」

カリエンはさらに頭痛がした。この者には言葉が通じないのかと思ったからだ。何を言っているのか分からない。なぜ常に上から目線なのかも理解出来なかった。

「バイヤール殿、貴殿はご存じないようだが、貴国との国交締結は今のところありえません。貴国の前皇帝からも打診はありましたがお断りしております」

バイヤールは本当に知らなかったのか目を丸くして驚いている。

「な、な、なぜ我が国との国交締結を断る？」

「我が国は奴隷制度のある国とは国交を結ばないと決めております。これは建国以来守り続けてきた決まりであり、例外はありません。それに前皇帝から国交を結ぶにあたっては、我が王が貴国へ出向いて締結の話し合いをすることが条件だと言われました。代理は許されないと……。国交を結んでいない国に、王が自ら足を運ぶなど考えられません。貴国では皇帝自らどのような国かも分からないところへ赴かれるのですか？」

バイヤールは真っ赤な顔で、怒りと羞恥に震えながら何も答えられずにいた。無礼なこの宰相を手討ちにしたいのは山々だが、ここは相手国の城の中だ。どんなに無礼な相手だろうと、こちらが不利なのは分かっている。それに皇帝から、来年の建国祭にエルマーン王国国王が、必ず来訪するという言質《げんち》を取ってくるように厳命を受けていた。

バイヤールはそれまで知らなかったのだが、エルマーン王国は建国祭の招待をことごとく断ってきていたらしい。建国千年を記念する式典に呼ばれるなど、栄誉に思うことはあれども、断る国があるなんて信じられなかったが、西の荒野にある辺境の国だと聞いて、物を知らぬ蛮族ならば仕方ないかと思った。しかしそんな国に、皇帝陛下はなぜ執着されるのかと思ったら、噂に名高い竜の国の王を、建国祭に来る他国の者達の前で従えてみせるのが、最大の余興なのだと宰相が言っていた。そして皇帝陛下は、バイヤールに期待しているから、この役目を与えるのだとも宰相から言われた。

荒野の果てに来るのはとても大変だったが、実際にこの目で竜を見た時には腰を抜かすほど驚いた。それと同時に、これは皇帝陛下のための戦力になるのだと分かった。さすがは皇帝陛下、目の付け所が素晴らしい。この役目を無事に果たせれば、帝国での地位も上がるだろう。もしかしたら陞爵《しょうしゃく》もあるかもしれない。

蛮族の王を手なずけるなど容易《たやす》いことだ。そう思っていた。それなのに王に謁見することも叶わず、このままでは招待を受けるという王の言質を取れずに終わってしまう。

目の前のカリエンを、忌々《いまいま》し気に睨みつけた。

「私は皇帝の使いとして参ったのだ。私の言葉は皇帝の言葉と言っても過言ではない。貴殿は私を軽んじているのではないか？　帝国を……皇帝陛下を軽んじているのではないか？」

バイヤールは怒りを堪えつつ、凄みをきかせて迫った。だがカリエンは、少しも狼狽《うろた》える様子はなく、むしろ不愉快そうに眉間にしわを寄せた。

「そこまでおっしゃるのでしたら、私からも言わせてもらいますが、我が国を軽んじているのはそちらの方でしょう。そもそもそちらから国交を求めているにもかかわらず、我が国の王を呼びつけるなど考えられないことですし、建国祭の招待状についても再三お断り申し上げております。貴殿の目的もその建国祭招待の件でしょう。どうしても貴国が我が国の王を招待したいというのであれば、相応の使者を遣わすべきではありませんか。宰相かもしくは外務大臣を遣わすべきです。貴殿は皇帝の縁者でもなければ、外交の役職に就いてもいない、ただの下級貴族だ。宰相である私より格上の態度で対話が出来るとお思いか？」

カリエンは厳しい口調で、きっぱりと切り捨てるように言った。これにはバイヤールも黙っていなかった。怒りに震えながらガタンッとテーブルを蹴るような勢いで立ち上がる。

「わ、私を愚弄するか！」

「先に我々を愚弄したのは貴殿でしょう。辺境の蛮族と言ったのをお忘れか？　私は聞き逃してはいませんよ」

カリエンは毅然とした態度で、静かに言い返した。バイヤールの顔色が変わる。

「話は終わりました。すぐにお引き取りください」

カリエンは立ち上がって、もう用は済んだとばかりにバイヤールに退室を促した。

「まだ話は終わっておらぬ！　王との謁見を……」

「即刻、国外退去を命じます。これ以上騒ぎを起こすようでしたら、こちらも強硬手段に出るほかありません。国家間の問題になる前に速《すみ》やかにお引き取りください。それとも……バイヤール殿は竜と遊んでいかれますか？」

カリエンは冷ややかな笑みを浮かべて言った。これにはバイヤールだけでなく、護衛騎士達も血の気を失った。カリエンは特に深い意味もなく、からかうつもりで『竜と遊んでいくか』と尋ねたのだが、初めて本物の竜をその目で見たばかりのバイヤール達は、その言葉が別の意味を持っているように誤解して震え上がった。

「し、失礼する！」

逃げるように立ち去る彼らを見送って、カリエンは大きな溜息をついた。

カリエンはその足で、王の執務室へ向かった。ホンシュワンにすべてを報告するためだ。

王の執務室には、シュウリンとカラージュの姿があった。カリエンの報告を待っていたのだ。当初は外務大臣であるカラージュが対応する予定だったが、面倒な相手だと分かっていたので、何か揉めた時のために王の次に位の高いカリエンが対応することにしたのだ。

カリエンは、バイヤール男爵との面談の一部始終を報告した。ホンシュワンも他の二人も呆気にとられた顔をしている。

「しかしそこまで厳しい対応で大丈夫ですか？　帝国が攻めてくるなんてことは……」

シュウリンが呆れながらも、そんな訳の分からない相手であれば、何かしかねないと案じて言った。

だがホンシュワンもカリエンも肩を竦めて苦笑するだけだ。

「シュウリン、戦争をするには攻める側もかなりの軍資金が必要なんだ。だから勝った方はそれを取り戻すべく、敗戦国から搾《しぼ》り取る。相手や戦争の規模にもよるけど、戦争して大儲けすることはそれほど多くはない。まあ金銭ではなく領土拡大が目的ならば、戦争に勝つことが利益になるんだろうけど……だから遥々遠い国まで遠征して戦争をしようなんていうのは、普通はあり得ないんだよ。軍資金は莫大にかかるし、領土拡大というには飛び地ではあまり意味がないからね」

「なるほどね……それじゃあ、帝国とはこれで決別ってことで良いのかな？」

「これで決別出来ればいいんだが……陛下、保険として建国祭不参加の書状を送ろうと思います。バイヤール男爵が我が国で発した暴言などへの抗議文も添えます……カラージュ、外交官に届けさせてもらえないか？　バイヤール男爵が帰るよりも早く書状を届けておけば、バイヤール男爵が虚偽の報告をすることを未然に防げるだろう」

「分かった。すぐに手配する。書状の用意を頼む」

カラージュはすぐに動き出した。

「書状は私が書こう」

ホンシュワンがペンを取ってニッコリと笑った。

「陛下、穏やかな文章でお願いします」

「もちろんだよ」

ホンシュワンは、これで完全に解決出来たとは思っていないが、すぐに何かを仕かけてくることはないだろうと予想していた。

その予想通り、それからは帝国から招待状が届くことも、他の使者が来ることもなく、平穏な日々が過ぎていった。あまりに平穏だったので、帝国の存在すらも、つい忘れてしまっていた。


龍聖がエルマーン王国に来てから二年の月日が流れていた。すっかりエルマーン王国の生活にも慣れて、毎日充実した日々を送っていた。

王妃としての務めの他に、時間のある時は医局の隣にある研究室で植物の研究に励み、週に一度は郊外にある植物研究所に通っていた。

今では馬車のカーテンを開けて、城下町を眺めながら研究所へ向かうことが出来るようになっていた。街を歩く人々は、龍聖の馬車に気づくと足を止めてお辞儀をしたり、手を振ったりする。龍聖が仕事で薬草園に行くことが国民に周知されたので、皆は騒いだりせずに見守ってくれるようになった。

他国からの来訪者は、事情を知らないので、皆が足を止めて手を振ったりしているあの馬車は何か？　と尋ねたりするが、アルピン達は「研究所の偉い方ですよ」と遠回しに答えて誤魔化《ごまか》してくれていた。

おかげで龍聖は、気兼ねなく通うことが出来た。

龍聖は植物研究所で、研究員達に『品種改良』について教えていた。龍聖が教えているのは遺伝子操作などの科学的用法ではなく、昔ながらの交配による品種改良だ。

この世界には、あまり品種改良をするという概念がなく、一部の国や地域では『分離育種法』という方法での品種改良をしているところもあるが、これは自然に生まれた突然変異の品種や、良質な品種だけを厳選して育て増やしていく方法なので、特別に品種改良をしているというつもりもなくやっていることが多かった。

そこで龍聖は、研究員達に『品種改良』の概念から教示し、交配による『交雑育種法』を勧めた。この方法は一つの新しい品種が出来るまで十年以上もかかる気の長いものだが、長寿であるシーフォンには、うってつけの方法でもあった。

「パンポックでも、たくさん実を付けるけど綿の量が少ないものと、実は少ないけど綿の量が多いものの、それぞれの良いところ……『たくさん実をつける』と『綿の量が多い』を上手く交配させれば、実が多くて綿の量も多いパンポックが生まれます」

龍聖が最初に例えとして、そう話した時の研究員達の驚愕の表情が忘れられない。龍聖は時々思い出しては、クスクスと笑ってしまっていた。

「リューセー様が怒ることってあるんですか?」

ふいに近くにいた女性の研究員からそう尋ねられた。龍聖はしばらく考えて「あるよ!」と笑顔で答えた。だがその返事を聞いて、その場にいた皆がクスクスと笑いだした。

「え? 何か僕おかしいことを言った?」

「いえ、失礼をお詫びいたします。ただ……即答ではなくしばらく考えられたのが、とてもリューセー様らしいと思ってしまいまして……」

最初に尋ねた女性が、申し訳なさそうに言いながらも、思わず笑っているので、龍聖も釣られるように笑った。

「いや、そう言えば最近いつ怒ったかな？　って考えちゃって……でもこの国に来てからは一度も怒ってないよ。だってみんな優しいし、幸せだからね」

龍聖の言葉に、皆が感動していると、龍聖は作業中の道具を片付け始めた。

「悪いけど、今日はこの後予定があるから、これでおしまいにしますね」

「あ、はい、かしこまりました。片付けはこちらでいたしますので、どうぞそのままになさってください」

周りの職員が慌てて立ち上がって、片付けをする龍聖の手を止めた。龍聖はニッコリと笑って「ありがとう」と礼を言うと、資料の束を抱えて立ち上がった。

「それじゃあ、また来週ね。分からないことがあればいつでも僕の研究室に聞きに来てください」

龍聖はそう言って出口に向かって歩き出した。皆はその場で頭を下げて見送る。

最初の頃は毎回門まで全員が見送りに来ていたので、龍聖が何度もそれを断って、今はようやく部屋の中で見送ることが定着した。

皆に笑顔で手を振りながら部屋を出ると、サフルがさっと龍聖の体を支えるように駆け寄ってきた。

「リューセー様、大丈夫ですか？」

サフルが小さな声で尋ねると、龍聖は困ったように苦笑する。

「やっぱりサフルにはバレてたか～」

「熱がありますね……いつから体調が悪かったのですか？　私が気づいたのは一刻ほど前からなのですが……」

「サフル、大丈夫だから、離れて普通に歩こう。みんなに心配させちゃうから」

龍聖はしっかりとした足取りで歩きながら、サフルに離れるように言った。サフルはそれでも心配そうにしている。

龍聖は途中で会う人達に笑顔で挨拶をしながら、馬車まで歩いていった。

「おや？　リューセー様、いかがなさいましたか？」

周囲の見回りをしていたのか、離れたところからバイレンが龍聖を目ざとく見つけて駆けてきた。

「すみません、今日はもう戻ります」

龍聖はニッコリと笑って答えた。バイレンは龍聖に笑みを返しつつサフルの顔を見た。浮かない表情に何かを察して頷いた。

「では城へ帰りましょう。馬車にお乗りください。すぐに皆を集めてきます」

バイレンはそう言って馬車の扉を開けて、念のため中を確認してから、龍聖に乗るように促した。

サフルが龍聖を支えるようにして馬車に乗り込む。

バイレンは扉を閉めると、近くの部下に命じて招集をかけた。

「リューセー様、楽な姿勢になられてください、横になった方がよろしいのではありませんか？」

「大丈夫、平気……朝から少しだるい感じがしていたんだけど、大丈夫かな？　って思ってて……サフルの言う通り、一時間くらい前から急にふらふらしてきちゃったんだ。熱が上がったんだと思う。だけど、僕達の体は病気にならないって言うからさ……」

背もたれにもたれかかりながら、龍聖は少し強張った笑みを浮かべた。その様子からかなり辛いのだろうと、サフルは心配する。握った手がとても熱かった。

「病気にはなりませんが、体調不良にはなります。疲れが溜まったり、寝不足だったり、悩みごとがあったり、理由は様々ですが、シーフォンでも熱を出したり、頭痛がしたりすることはあります。リューセー様の場合は……少し失礼いたします」

サフルはそう言って、龍聖の左の袖をまくり上げた。露《あらわ》になった左腕の文様が赤くなっている。普段は紺色をしているので、すぐに変化が分かった。

先ほどまで心配そうにしていたサフルだったが、それを見て安堵の息を漏らした。

「どうかしたの？　え！　あれ！　入れ墨みたいなのが赤くなってる！　わっ！　なにこれ！」

少しぐったりしていた龍聖だったが、サフルが龍聖の左の袖をまくり上げて、ほっとした表情を見せたので、何かと思って自分の左腕を見てとても驚いた。

「リューセー様、以前お教えしましたが、お忘れですか？　左腕の文様が赤い色に変わるのは……ご懐妊の印です」

「懐妊……？　え？　それって……」

「おめでとうございます」

「え？　それってもしかして……子供が出来たってこと？」

「はい」

龍聖は具合の悪さもすっかり吹き飛んでしまった。驚きすぎて頭の中が混乱している。

「子供？　それって……僕とホンシュワンの？　え？　僕、子供産めるの？」

「産めますよ。大丈夫です。これくらいの大きさの卵を産むだけですから、女性の出産に比べると、それほど痛みもなく楽に産むことが出来ます。五日後くらいには出産することになります」

「え？　え？」

龍聖は完全に混乱してしまっている。そうしている間に馬車が動き始めた。

「カーテンを閉めましょうか？」

「え？　あ、いや……開けてて……病気じゃないんだし……みんなが心配するから……」

龍聖は「大丈夫」と言って笑った。辛いのには変わりないのだろうが、先ほどまでの無理しているような切迫感がなくなった。原因が分かって安心したのと、まだ信じられないが懐妊という嬉しさが、龍聖の体を軽くしている。

サフルは龍聖の体を気遣いながらも、城に着いてからやるべきことを、頭の中で整理し始めた。馬車が城門をくぐった時点で、すぐに報せが行き侍女と護衛の兵士が、玄関に出迎えのために集まるだろう。

侍女の一人には、すぐに医師を呼びに走らせる。他の侍女には寝室の用意のために先に部屋へ戻らせて、ホンシュワンへの報せはバイレンに任せよう。熱を冷やすために、氷室から氷を出してもらって……などと、サフルが考えている間に、馬車は城門をくぐった。

王族専用の車寄せは、正面玄関よりさらに奥まった所にある。前庭を迂回して城の裏に回り込んだ外からは分かりづらい場所にあった。

ゆっくりと馬車が停車して、周囲の確認が済むまでしばらく待たされる。

「リューセー様、到着しましたが歩けますか？」

「うん、大丈夫……ごめん、たぶん最上階まで階段を上れる自信がない」

龍聖は歩くのは平気と答えようとして、そういえば部屋は最上階、六階にあるのだったと思い出して、正直に無理そうだと答えた。

「ご心配いりません。すぐに運ぶ準備をいたしますので、このまま座ってお待ちください」

サフルは笑顔で安心させようと、龍聖の肩を何度か優しく撫でた。馬車の扉を開けて外へ出るとすぐに扉を閉める。

外にはバイレンが心配そうな顔で立っていた。

「サフル、リューセー様のお具合はいかがだ？」

バイレンは馬車の方を気にしながら、サフルに尋ねた。サフルは開かれた玄関の前に、出迎えで並ぶ侍女達と護衛兵士を確認しながら、バイレンに向き直った。

「バイレン様、二つお願いがございます」

「な、なんだ？　言ってみろ」

「まず一つ目は、バイレン様の部下をお貸しください。リューセー様を椅子に座らせた状態で、お部屋まで運びたいのです」

「ん？　リューセー様を運ぶのなら、オレ一人で運べるぞ」

バイレンが、自信満々に右腕に力こぶを作って言うので、サフルは溜息をつきながら、そうじゃないと首を振った。

「バイレン様にはもう一つ大事なお役目があります。陛下の下へ大急ぎで行ってお知らせください。実は……」

サフルが手招きして少し体を屈めるように指示をしたので、バイレンは言われるままに少し腰を落とした。サフルはバイレンの耳元に顔を近づけると、小さな声で「リューセー様がご懐妊されたと、陛下にお知らせください」と伝えた。

「なっ！　ごか……」

バイレンが思わず叫ぶのは、サフルも想定内だったので、すぐにパッと手で口を塞いで止めた。

「今はまだ騒がないでください。医師の診断後、陛下が発表をお許しになってからです」

サフルが少し怒ったような低めの声音で囁いたので、バイレンは口を塞がれたまま「分かった」というように何度も頷いてみせた。

もう大丈夫と判断したサフルが、バイレンの口を塞いでいた手を離した。

「バイレン様、よろしくお願いします」

「わ、分かった」

今度ははっきりと理解した旨を告げて、逸る気持ちを抑えながら、酷くぎこちない様子で一緒に護衛してきたシーフォンの部下達に指示を出している。

サフルは出迎えに来ている二人の侍女にそれぞれ命じた。龍聖が体調不良であることを告げて、一人は医師を呼んでくるように、もう一人には部屋へ戻って、すぐに休めるように寝室の準備と、水やタオルなど看病に必要そうな準備を整えておくように細かく指示を出す。

二人の侍女は足早に去っていく。それを見送る間もなく、同じく出迎えに来ていた護衛のアルピンの兵士達を呼んだ。これから体調不良の龍聖を最上階まで運ぶので、途中足止めをされないように、半分は先行して人が来ないように見張るよう頼み、半分は龍聖を運ぶ武官達の補助をするため後ろに付いていくように命じた。

「サフル、椅子はこれでいいだろうか？」

バイレンが椅子を見繕って持ってきた。背もたれが高く、ひじ掛けも付いている一人用の椅子だ。安定して座れそうだ。

「はい、良いと思います。少し重さがあるようですが大丈夫ですか？」

バイレンの部下達に尋ねると、彼らは一人一人椅子を軽々と持ち上げて重さを確認していた。筋肉の部下は筋肉なのだな……と、サフルはそっと思ったが顔には出さなかった。

「これなら問題ありません」

「ありがとうございます。ではバイレン様も」

「うむ」

バイレンは頷いて、部下達に「死んでも落とすなよ！」と言いながら去っていった。

サフルは馬車の扉を開けて、龍聖の様子を見た。龍聖は少しだるそうに、背もたれにもたれかかっていたが、扉が開いたので姿勢を正した。

「リューセー様、もう少しの辛抱です。今から移動いたします。少しだけ歩いていただいてもよろしいですか？」

「うん、僕は大丈夫だよ」

龍聖はかなり無理をしているようだが、いつもと変わらぬ笑顔で答えると、立ち上がって馬車から降りた。顔は熱のせいで紅潮しており、やや息遣いが荒い。

「リューセー様！」

「リューセー様、大丈夫ですか？」

「こちらにお座りください」

武官達が心配そうに椅子を持って駆け寄ってきた。

「リューセー様、椅子にお座りください。この者達が抱えてお部屋まで上ります。彼らは命に代えても、リューセー様を無事に運びますのでご安心ください」

サフルの言葉に頷いて、武官達がドンとそれぞれの胸を叩いた。

「お任せください」

「え？　六階まで抱えて上るの？　僕、重いよ？」

椅子に座った龍聖が心配そうにしているが、武官達四人は軽々と龍聖の座った椅子を持ち上げて、離さないように互いの腕をガッチリとホールドし合った。

「軽いですよ！　リューセー様」

彼らはしっかりとした足取りで歩き始めた。サフルも後ろから付いていく。武官達はあまり龍聖を揺らさないように、慎重にかつ迅速に階段を上っていった。

三階まで上った時だった。

「リューセー！」

血相を変えたホンシュワンが、階段を駆け上がってきた。二階にある王の執務室から飛んできたのだろう。武官達は三階の踊り場で足を止めて、ゆっくり椅子を下ろした。

「リューセー！　大丈夫か？」

ホンシュワンは酷く動揺しているようだった。

「ホンシュワン、大丈夫だよ。少し熱があるだけだから、そんなに心配しないで」

龍聖は笑顔で懸命に心配させまいとした。ホンシュワンは色々と言いたいことはあるが、確定するまでは懐妊のことを言うわけにはいかないため、周囲の者達のことを気にしつつ何とも言えない気持ちになった。

手放しで大喜びして龍聖を抱きしめたいと思っていたはずなのに、いざ駆けつけて龍聖の顔を見たら、痛々しいほど辛そうな顔をしているので、心配の方が先に立ってしまった。

「私が運ぼう」

ホンシュワンはそう言うと、龍聖を横抱きに抱き上げて、さっさと階段を上り始めた。

「へ、陛下！」

皆が慌てて止めようとしたが、声をかける暇もなくホンシュワンは一気に階段を駆け上がっていってしまった。

「お待ちください！　陛下！」

慌ててサフルが後を追うように駆けだして、ようやく武官達も我に返って後を追った。

「ホ、ホンシュワン！　待って……うわぁ！」

ものすごい速さで駆け上がるので、龍聖は驚いてホンシュワンにしがみついていた。

ホンシュワンはあっという間に最上階へ辿り着き、真っ直ぐに王の私室へ向かった。

「早く開けろ！」

ホンシュワンが急《せ》かす。突然現れたホンシュワンに驚いていた警護の兵士が急いで扉を開いた。そのままの勢いで部屋の中に飛び込むと、中にいた侍女達もとても驚いた。だがホンシュワンはまったく構うことなくどんどん中へ進んでいき、寝室に入るとベッドの上に龍聖をそっと置いた。

「リューセー、体はどうだ？　辛いか？　大丈夫か？」

ホンシュワンは、龍聖の髪を撫でながら、未だに動揺した様子で何度も体調を尋ねるが、龍聖は少し怖かったので心臓がドキドキして落ち着かなかった。

「医師は？　医師はまだ来ないのか？」

「今、呼びに行っております」

ホンシュワンが苛立たし気に侍女に問うと、侍女は恐縮しながら答えた。

「ホンシュワン、落ち着いて……そんな言い方をしたら彼女がかわいそうだよ。ホンシュワンらしくないよ？」

龍聖は驚いて、ホンシュワンの手を握りながら諫《いさ》めた。ホンシュワンはそこでようやく我に返り、ばつが悪そうに「すまない」と謝罪した。

「リューセー……懐妊したというのは本当か？」

「うん……たぶん……ほら、左腕の文様が赤い色に変化しているでしょう？　サフルが懐妊の印だって……」

龍聖は左の袖をまくり上げて、赤い色に変化している腕の文様をホンシュワンに見せた。ホンシュワンもそれを見て、表情を和らげる。

「ああ、リューセー……私は……」

「陛下！」

そこへサフルがようやく到着して、息を乱しながら寝室に入ってきた。ベッドに横たわる龍聖を確認して、ほっと安堵の息を吐いた。

「陛下、申し訳ありませんが、一度ご退室ください。リューセー様には楽な服に着替えていただき、医師も間もなく到着しますので、診察をしなければなりません」

サフルは冷たい口調で淡々と告げた。

「着替えるにしても、私はここにいてもいいだろう？」

「ご退室ください」

有無を言わせぬ口調で、きっぱりと言われてしまい、ホンシュワンは仕方なく寝室を出ていった。

入れ違いに侍女が着替えを持って入ってきた。

サフルはベッドの横に膝をつき、寝ている龍聖の顔を覗き込んだ。

「リューセー様、申し訳ありませんでした。さぞ怖い思いをされたでしょう。気持ち悪くはなりませんでしたか？」

龍聖の体を気遣って、サフルが小さな声で囁くように尋ねた。すると驚いたように目を丸くして、じっとしていた龍聖が、ぷっと噴き出したかと思うと声を上げて笑い出したので、サフルは呆然としてしまった。

「リ、リューセー様？」

「あはっ……ごめん、サフルが怒ったのを初めて見たと思って……」

リューセーはそう言ったかと思うと、また笑いだした。

「ホンシュワンが怒られているのを見たのも初めて……」

そう言って笑いが止まらなくなったのか、お腹を抱えてずっと笑っている。呆然としていたサフルだったが釣られるように笑いだした。

「だって……あんな子供みたいなこと……危ないって怒るでしょう？」

サフルが笑いながらそう言った。龍聖は笑っている間に、ドキドキしたのも、気持ち悪くなったのも、すっかり消え去っていた。

そこへ医師が駆け付けた。

「リューセー様、私は少し席を外しますね」

サフルは優しくリューセーに声をかけて、医師と交代するように寝室を後にした。

寝室を出るとホンシュワンが落ち着かない様子で立っていた。

ホンシュワンは寝室を追い出された後、シンシンから『これは怒られるやつだぞ』と言われて、自分の行いについて改めて反省していたところだった。

「陛下」

サフルが大きな溜息と共に声をかけてきたので、反省しきった様子のホンシュワンが「ああ」と、仕方なく答えた。

「逸るお気持ちは分かりますが、あのような状態で全力で階段を駆け上がるなど、とても危ないし、抱えられている方はとても怖いということをお考えください」

サフルの説教は、たった今自分でも冷静になって思い返していたところなので、何も言い返すことが出来ずに、ただ俯いて聞くしかなかった。

「陛下は身体能力が際立って優れておいでなので、飛んだり跳ねたり、普通では出来ないような軽い身のこなしを、いともたやすく出来るせいで、普通の感覚をお忘れになりがちです。それでなくても具合の悪い方を抱えてあのような……」

「君の言う通りだ。サフル……私は少々浮かれすぎていたようだ……リューセーにはかわいそうなことをしてしまったと思う……申し訳ない」

「なんで陛下が叱られているんだ？」

いつの間に来たのか、バイレンとカリエンが、呆れた様子で立っていた。思わず尋ねたのはバイレンで、カリエンはただ苦笑している。

「すべてを放り出して執務室を飛び出していった兄上なら、何をやったのかなんとなく想像はつくけどね」

カリエンに言われて、ホンシュワンはむっとした顔で反論出来ずにいた。

すると寝室の扉が開いて医師が出てきた。ホンシュワンを見て、医師は微笑みながら恭《うやうや》しく頭を下げる。

「陛下、おめでとうございます。リューセー様、ご懐妊でございます」

その言葉に、カリエンとバイレンが喜びに沸き、手を叩き合っている。ホンシュワンは呆けたような顔で固まっていた。

「陛下」

サフルが声をかけると、はっと我に返って視線をサフルに向けた。サフルは姿勢を正して深く頭を下げると「おめでとうございます。心よりお祝いを申し上げます」と言った。

「あ……ありがとう」

ホンシュワンはじわじわと喜びを実感し始めたようだ。少し頬を上気させて、子供のような笑顔で笑っていた。

「陛下、おめでとうございます」

カリエンとバイレンも祝いの言葉を述べた。

「ありがとう」

ホンシュワンは照れくさそうに笑って、喜びを噛みしめた。

「中に入っていただいても大丈夫です。リューセー様に声をおかけください。出産まで熱で朦朧《もうろう》とした状態が続きます。常に眠り続けますので、起きている間に声をかけてあげてください」

「どれくらいで出産するんだ？」

ホンシュワンが心配そうな顔で尋ねた。

「四、五日ほどになります」

「そうか……」

ホンシュワンは頷いて、寝室に入っていった。

ベッドの側まで行くと、目を閉じていた龍聖がゆっくり目を開けてホンシュワンを見た。目が合うと柔らかく笑って「ホンシュワン」と、かすれた声で名前を呼んだ。

「リューセー」

ホンシュワンはベッドに腰を下ろして、寝ている龍聖の髪を優しく撫でた。

「さっきは悪かった……怖かっただろう？」

とても反省したのか、しょんぼりとして見えたので、龍聖は笑顔で「ちょっとだけ」と答えた。

「本当にすまなかった」

ホンシュワンがもう一度謝罪した。

「サフルに叱られたの？」

「ああ、叱られた」

ホンシュワンは少し大げさにガクリと肩を落として項垂《うなだ》れてみせた。それを見た龍聖はクスクスと楽しそうに笑う。

「おかしいか？　ひどいなぁ……慰めてくれてもいいだろう？　ああ、私が悪いんだったな。君は被害者だ」

ホンシュワンも笑いながら少しおどけて言った。龍聖は先ほどのように声を上げて笑うほどの元気はなくなっていたが、ずっとクスクスと笑い続けて止まらない。

「ホンシュワンが叱られるのを初めて見たからおかしくて……」

「そうかい？」

「うん、ホンシュワンは何でも出来るすごい人だから……誰も叱らないでしょ？」

「そんなことはないよ。父上と母上にはよく叱られていたよ。父上の半身である竜王ヤマトにも叱られたっけ」

ホンシュワンはそう言って首を竦めた。龍聖は目を丸くして驚いた後、またクスクスと笑い始めた。二人は小さな声で囁くように話をした。ホンシュワンは少し身を屈めて、顔を龍聖に近づけながら話しかける。

龍聖は熱のせいで、顔が赤くなって黒い瞳も潤んでいた。だが幸せそうに笑うので、熱の苦しさが紛れるのならば……と無理をさせないように小さな声で話しかけ続けた。

「そんなによく叱られていたの？　子供の頃は悪い子だったんだね」

「ああ、やっちゃダメと言われるとついやっちゃうんだ」

「悪い子だ」

二人は思わずまた噴き出した。ひとしきり笑って、龍聖はほうっと大きめの溜息をついた。なんだかとても眠くてこれ以上起きていられそうにない。

「ホンシュワン……僕、とても眠くて……」

「ああ、眠りなさい。たくさん寝て起きたらきっと卵が生まれているよ」

「ふふ……ホンシュワン、もう叱られないようにしないとね……お父さんになるんだから……」

龍聖はそのまま眠りについてしまった。ホンシュワンは、龍聖の言葉に、突然涙が込み上げてきた。自分でもなぜ涙が出るのか分からない。ただ龍聖から「お父さんになるんだから」と言われて、それまでただ懐妊したという摑みどころのない喜びだったものが、突然大きな形のある喜びに変わったのだ。

「私がお父さん？」

安らかな寝息を立てる龍聖をみつめながら、小さく呟いた。

『ホンシュワンがお父さんかぁ』

シンシンが感慨深そうに呟く。

『からかうなよ』

ホンシュワンは涙を拭《ふ》きながら、むっとした様子で抗議した。

『ごめん、ごめん……ホンシュワン、おめでとう』

『シンシン、ありがとう』

それから五日後に、龍聖は無事に卵を産んだ。

虹色の光沢のある乳白色の卵には、竜の頭のような形の赤い模様が浮かんでいた。世継ぎの誕生である。


南東の地に、二千人ほどの大部隊が陣形を組んでとどまっていた。

先頭の中央に騎馬の一団がいた。銀色に輝く甲冑《かっちゅう》を身に着けた百人ほどの騎馬隊だ。その中央にひときわ輝く立派な鎧を身にまとう中年の男がいた。兜《かぶと》を脱いで小脇に抱えている。少し癖のある短い金髪に口ひげを生やして、緑の目は前方に広がる大森林を見据えていた。

リズモス大森林地帯。この世界の人間からは『魔の森』と呼ばれ恐れられている広大な森林だ。『魔の森』と呼ばれる所以《ゆえん》は、人の侵入を拒む生きた森だからだ。一度足を踏み入れた者は、二度と戻って来られない。ごく僅かな者だけが数日間森の中で迷い続けて正気を失った状態で生還した。

森の主は幻の種族であるエルフだ。森を恐れて近づく人々もいなくなり、魔の森は禁断の地になった。

男は目をすがめて、ひげの下の口元に不敵な笑みを浮かべている。

後ろに控える旗持ちが掲げているのは、魔獣ヒドラに二本の剣を交差させた紋章。フェルンホルム帝国の国旗だ。大隊を指揮するこの男は、フェルンホルム帝国第五騎士団団長バスチアン・ド・シャリエ子爵。新皇帝の治世になり、それまでよりも領土拡大を積極的に行うようになった。獣人の国を優先して滅ぼすいくつもの戦いの中で頭角を現し、第五騎士団を任されるようになった成り上がり者だ。

フェルンホルム帝国が戦いに勝利し、自国の領土として支配していた小国の一つに、鉄鉱山があった（実際には鉄鉱山ではなく前文明遺構のこと）。そこで働いていた奴隷が反乱を起こして、八百人の獣人が逃走を図った。奴隷達は上手く逃げ延びてしまい捕まえることが出来なかったが、彼らを手引きした者達を見つけだし、奴隷達が魔の森に逃げ延びたという情報を手に入れた。

皇帝の命により、奴隷の捕獲と、ついでに魔の森を支配しろというのが、バスチアンに与えられた任務だ。

「ついでに……ねぇ」

明らかに普通の森とは異なる様相の森をみつめながら呟いた。

皇帝の無茶振りは今に始まったことではない。だがバスチアンはその無茶振りをいくつか達成して今の地位を手に入れた。

「やるしかねぇか」

バスチアンは決心を固め、わきに抱えていた兜を被った。

「投石部隊前へ！」

号令がかかり、馬が引く中型の投石機が、ずらりと百台前に進み出た。所定の位置に並ぶと、けん引していた馬を外して、後方へ避難させている。投石器にはそれぞれ六人ほどの男達がつき、忙しなく動き回り準備を始めていた。彼らは武装はしているが、その風貌からして明らかにバスチアンが率いる騎士団とは違っていた。大隊二千人のほとんどが、支配地でかき集めた傭兵だった。

魔の森へ行くという任務を拝命してから、バスチアンは地理的にも、戦術的にも、騎士団の仕事ではないなと考えた。森の中を馬で駆け抜けることは出来ず、鉄の甲冑では容易に動くこともままならない。

バスチアンは野戦慣れしている傭兵達を金で雇い入れた。そして百台という大量の投石器も手に入れた。

傭兵達は訓練通りに動いている。少し高めの報奨金を用意したのだ。みんな真面目に働いている。

投石器に設置した投石用の石はただの石ではなかった。油を染み込ませた荒縄でぐるぐる巻きにしてある。設置された石に火がつけられた。

「迷うような森なら、入らずに焼き払ってしまえばいい」

バスチアンは勝利を確信した顔で呟くと、右手を高く掲げた。

「放てぇぇ!!」

バスチアンの号令と共に、一斉に火のついた石が森に向かって投げ込まれる。いくつもの火の玉が、黒い煙の尾を引きながら、弧を描いて森の至る所に着弾する。

「どんどん投げ込め！　全弾すべて使え！　出し惜しみするな！」

ヒュン、ヒュンと唸りを上げて、火の玉が次々と飛んでいく。森の至る所から火の手が上がり始めた。

「第二部隊、第三部隊、前に進め！」

投石が終わったところで、次の作戦に移行する。

火と煙に燻《いぶ》し出されて逃げだしてくる獣人達を捕らえる者達と、反撃してくるエルフがもしも出てくるようならば、それと戦う者達だ。

「エルフが出てきたら、お前達も戦え」

バスチアンは、周囲を固める騎士団の部下達にそう命じた。

皆が武器を構えて、火と黒い煙に包まれる森をじっとみつめた。しかし待てど暮らせど森の方から逃げ出してくる獣人の姿はなかった。それどころか鳥や獣さえも逃げ出してこない。

パチパチと木の爆《は》ぜる音が聞こえるだけで、森は不気味なほどに静まり返っていた。

「どういうことだ」

バスチアンは何か異様さを感じていた。森は広大だ。火の手を避けて奥に逃げることも想定出来る。だがどんどん強くなる火の勢いは、奥へ奥へと延びていくだろう。

反撃に出ようとする獣人もエルフもいないのか？　次第に部隊の中に動揺が広がっていった。

「おいおい……奴ら焼け死ぬ気か？」

バスチアンは、わざとからかうような口調で、皆に聞こえるように言った。それを聞いてどっと笑いが起こる。こうでもしないと、兵達の士気に関わる。森の不気味さが、兵達を不安にさせる。

「ああ……」

どこからともなく複数の者の声が上がった。それは驚愕ともとれる声音をしていた。

何か動きがあったのかと、バスチアンは森へ視線を向けた。すると一人の人物が、森の中から忽然《こつぜん》と現れたのだ。

それはまさに『忽然』としか言いようのないものだった。黒い煙と激しい火の手が上がる森の端に、煙に巻かれた様子もなく、スーッと姿を現した。

遠目にもその人物がただ者でないことが分かる。地に着くほどの豊かで長い白金の髪、光をまとっているように不思議と輝く白い衣、頭には蔓草を編んだような繊細な細工の王冠を被っている。人ならざる者のような、清麗な雰囲気をまとう男性だ。

「エルフの王……」

バスチアンは無意識にそう口走っていた。兵達がどよめき始めた。

「我らに仇なす者よ、ただちに立ち去れ。されば命だけは取らぬ」

男は朗々と響き渡る不思議な声でそう告げた。兵達はさらに動揺を深めた。バスチアンは舌打ちをしつつ、隣にいる副官に、そっと合図を送った。

「我らの下から逃げた獣人達を返してもらおう。そうすれば我らは大人しく帰るつもりだ」

バスチアンは負けじと大声で返事をした。しかし謎の男のように声が響き渡らないので、少し悔しくなった。

「ただちに立ち去れ！　二度言った。次はもうない」

静かで怒りに満ちた声だった。気の弱い者ならば、恐らくその声だけで失神してしまうだろう。歴戦の猛者《もさ》達でさえ顔色を変えて立ち尽くしている。

バスチアンも鳥肌が立ち寒気を覚えたが、ここでひるむわけにはいかなかった。

「やれ」

小さな声で合図を送る。するとそっと隠して弓に矢を番《つが》えていた副官が、さっと素早く弓を構えて狙いを定めて矢を放つ。矢は真っ直ぐに男を目指して飛んでいった。

バスチアンの片腕である副官のジェルマンは、帝国一の弓の名手だ。この距離でも外すことはない。

そう確信したバスチアンは、ニッと口の端を上げた。

だが真っ直ぐに飛んでいった矢は、男には当たらなかった。男はまるで羽虫を払うかのように、右手でさっと宙を撫でて、飛んできた矢を払い落としてしまったのだ。

「なっ……!?」

バスチアンも副官も驚きのあまり声を失った。何が起こったのかさえも分からない。

「そなたらの答えは分かった。ならばその身で自らの行いの報いを受けよ」

謎の男……大森林の主、エルフの王フェリシオンは、両手をゆっくりと頭上に上げた。すると森の木々がざわめき、次の瞬間ゴォォッと大きな火柱が上がった。森に点在していた火の手が、ひとつに集まったのだ。

火柱はうねりを上げながらまるで生き物のようにとぐろを巻いた。

「火を放つ者には火を！」

エルフの王が高らかにそう言い放てば、火柱は凄まじい速さで宙を飛び、投石機の上に炎の鉄槌を打ち込んでいく。ドォォォォンという爆音と共に、投石器は破壊され炎に包まれた。投石器を操舵していた者達にも、容赦なく火の手が襲いくる。逃げ惑う炎に包まれた者達とその炎から逃げる者達で、その場は瞬く間に大混乱に陥った。

バスチアンは驚愕しながらも、暴れる馬を必死に制することで精一杯だった。指揮を執《と》る余裕はない。

「矢を射る者達には矢を！」

再びエルフの王の声が聞こえた。

悲鳴と怒号の中で、バスチアンはその言葉を正確に認識出来なかった。

「矢と言わなかったか？」

バスチアンが副官に同意を求めようとした。だが副官も暴れる馬の手綱《たづな》を必死に取りながら、右往左往する集団に呑まれそうになっている。

「ジェルマン！　今、あの男は……」

バスチアンがもう一度副官に尋ねようとした。その時「団長！」という悲鳴に近い叫び声が、どこからか聞こえた。何かと思って声の主を探そうとしたバスチアンの目の端に何かが映り、ぞくりと背筋に嫌なものが走って、バッと勢いよくそちらの方を見た。森から白銀の甲冑を身にまとったエルフの集団がゾロゾロと現れたのだ。その数は千にも上るだろう。彼らは全員その手に、美しいミスリルの弓を持っていた。一斉に射姿勢をとり弓を斜め上に向けて構える。号令も何もないが、寸分の狂いもなく全員が一斉に矢を放つ。美しいミスリルの矢は、緩やかな弧を描いて、青空に飛んでいく。陽の光を反射してキラキラと光るその光景は、とても美しかった。

しかしそれは決して美しいだけのものではなかった。無数の矢は雨の如く、大隊の上に降り注いだ。ミスリルの矢は一本も外れることなく、すべての兵を射貫《いぬ》いていった。騎士達の鉄の甲冑が、まるで紙で出来た鎧のように、何の抵抗もなく矢に射貫かれていく。

バスチアンの目に、鉄兜を貫通して頭を射貫かれる副官ジェルマンの姿が映った。

騎士の甲冑が通用しないのだから、傭兵達の軽微な防具が役に立つはずもない。次々と矢に射貫かれて倒れていく。逃げるどころか声を発する暇もなかった。

『バカな……』

バスチアンは叫んだつもりだったが、それは叶わなかった。その体にはすでに無数の矢が刺さっている。ずるりと体が力無く崩れて、馬上からどさりと落ちた。

それは戦争ではなかった。一方的な蹂躙《じゅうりん》。だが先に手を出したのは、帝国軍なのだから自業自得だろう。

帝国軍にはもう生きている者は一人もいなかった。ただ持ち主を失った馬達だけが、ウロウロと彷《さ》徨《まよ》っている。

エルフの王は、眉間にしわを寄せながら、その光景を一瞥すると、静かに森の中に消えていった。他のエルフ達もそれに続く。

まるで何もなかったかのように、森には静寂が訪れていた。

その一報が、ホンシュワンの下に届いたのは、五日後のことだった。

「フェルンホルム帝国が、魔の森へ進軍し、二千の大隊が全滅した」

それはにわかには信じられない話だった。だがその一方で、エルフを本気で怒らせたら、たぶんそうなるだろうとも思えた。

「なぜ帝国はリズモス大森林地帯へ進軍したんだ」

帝国からは遠い上に、領土にしたいと思わせるようなものがあるとも思えない。人間達の間では、決して近づいてはならない魔の森と恐れられている。どんな大軍を率いても、森を制覇することは出来ず、必ず全滅させられる。それは帝国も知っているはずだ。

「まさかお伽話と思っていたわけじゃないだろう」

ホンシュワンが、笑顔を引き攣《つ》らせて言うと、カリエンが難しい顔をして「その恐れもあります」と呟いた。

「あの森に最後に人間が手を出したのは、確か五百年ほど前になります。人間にとってはお伽話のような大昔の話です」

カリエンが続けてそう補足したので、ホンシュワンが呆れた顔で肩を竦めた。

「帝国は千年の歴史があるというのに不思議だな」

ホンシュワンは苦笑する。

「これに懲《こ》りて大人しくなってくれれば良いんですけどね。魔の森にはもう手出ししないと思いますが、遠方の彼《か》の地へ進軍したんです。我が国への進軍の可能性が、これでゼロではなくなってしまいました」

魔の森進軍の報を持ってきたカラージュが浮かない顔で呟く。

執務室が重い空気に包まれた。

「まあ、でもやはりエルフの王は怖いね。私の息子にも近づかないようにと、よく言って聞かせよう。私は良い子だから、ちゃんと教えを守ってる。父上はエルフの王からものすごく怒られたみたいだからね。絶対近づくなと、私に何度も言い聞かせてくれたよ」

「私も言われました」

カリエンも同意して何度も頷いている。

「さて、私はそろそろ息子に会いに行く時間だ」

ホンシュワンがそう言って立ち上がったので、少しだけその場の空気が和んだ。

「間もなくお生まれになりますよね？」

カリエンが楽しみだというように、明るい表情で尋ねる。世継ぎの誕生だ。この国すべての人々が、喜びに沸き祝福している。

龍聖が卵を出産してから間もなく一年になる。ホンシュワンは、毎日のように龍聖と共に卵の部屋へ通い、二人で卵の成長を見守ってきた。カリエン達も協力して、ホンシュワンが卵の部屋へ行く時間を、毎日なんとか捻出してきた。

世継ぎの誕生は、シーフォンにとって、このエルマーン王国にとって、次代が続くことが確約された証《あかし》でもある。

大和の国が滅亡するという未曾有の危機が起きたことを知るカリエン達にとって、これはどんなことよりも喜ばしい事実だった。だからホンシュワンが卵の保管室へ行くための時間を捻出することなど、それほど苦にはならない。卵に魂精を与えるのは龍聖様なのだから、陛下は無理に行く必要はないでしょう？　などと無粋《ぶすい》なことを言う者は一人もいない。代われる仕事ならば、いくらでも代わってやるという者ばかりだ。

「今日明日にでも生まれそうなんだ。ちょっと行ってくるよ。皆にはいつもすまないと思っている」

「どうぞお気になさらず、早く行ってください」

カリエンが笑いながら急かすように送り出した。

ホンシュワンも嬉しそうに笑顔で頷き、執務室をあとにする。扉を開けて廊下に出ると、こちらへ向かって駆けてくる侍従とばったり会った。侍従はホンシュワンの姿を見るなり、安堵した表情に変わって、さらに駆ける速度を上げた。

「陛下！　お世継ぎが今にもお生まれになるようです」

「そうか、分かった。ありがとう」

ホンシュワンはそう言い残して、駆けだした。

身体強化を使って人の何倍もの速さで廊下を走り階段を上がる。途中で誰にも会わなくて良かった。きっと相手はすれ違いざまに風に煽られ驚いてひっくり返っていただろう。

卵の保管室に到着すると、部屋の中には龍聖と保管責任者のレンゼンがいた。レンゼンはカリエンの次男だ。二人ともとても驚いた顔でホンシュワンを出迎えた。

「ホンシュワン、早いね。僕も今着いたばかりなのに……」

「走ってきたからね」

ホンシュワンは、さほど息が乱れた様子もなく、爽やかな笑顔で言った。

二人が驚くのも無理はない。卵の保管室は城の最上階、王の私室の隣にある。卵が孵《かえ》りそうだという報せは、保管室より龍聖とホンシュワンそれぞれに使いが出された。保管室の隣から来た龍聖と、二階の執務室から来るホンシュワンとの時間差が、僅か二、三分であることに驚いたのだ。

ホンシュワンは少し体を屈めながら、狭い部屋の中に入ってきた。椅子に座る龍聖の前に、小さなテーブルが用意されており、柔らかな綿を敷き詰めた籠《かご》に乗せられた大きな卵がある。

竜の頭を模したような赤い模様の入った卵は、一見するだけでも様子が変わっていた。つるりと弾力があり、虹色の光沢を帯びていた卵の表面は、光沢のない硬質な雰囲気に変わっている。小さなひびが入っていることに気づいた。

「卵が割れそうだね」

ホンシュワンは龍聖の隣に腰かけて、一緒に卵を見守った。

「さっきから時々卵が揺れるんだよ。テイワンが殻を割ろうとがんばっているみたいだ」

龍聖は驚きと喜びがない交ぜになったような顔で言った。

この一年、二人で卵を愛しんできた。龍聖も最初は自分で産んだという実感があまり持てなかったようで、卵という存在に戸惑いを覚えていた。無機質な卵という物体を、我が子と感じることは難しい。それはホンシュワンも同じだった。

二人は毎日時間を決めて一緒に卵の保管室で落ち合い、今と同じように部屋の中に用意された長椅子に並んで座り、龍聖が卵を胸に抱いて魂精を与えてきた。

龍聖が魂精を与える間、ホンシュワンは色々な話をして龍聖を気遣った。そしてホンシュワンも、一度は必ず卵に触るようにしていた。そうするうちに、卵が大きく成長していることが実感出来るようになると、二人の気持ちも変化していった。卵に情が湧いたのだ。

卵が人の頭くらいの大きさになると、時々卵の中の赤子が動くようになって、柔らかな卵の表面からその動きを直に感じられるようになった。今のは手だった、足だったと二人は嬉しさにはしゃいだ。

二人の笑い声には特に反応を示した。

二人は【卵】を卵ではなく、【我が子】と言うようになり、ホンシュワンが『テイワン』と名前を付けた。

「テイは天という意味だ」

ホンシュワンは、龍聖と共通の思い出である宇宙を天と表現して（この世界にはまだ宇宙という言葉がないので)、その想いを世継ぎに託した。

二人は卵に「テイワン」と呼びかけて、まだ見ぬ我が子に愛情を注いだのだ。

そして今、ようやく卵から孵ろうとしている。

パリッと音がして、卵の殻に小さな穴が空いた。

「あっ」

二人は同時に声を漏らす。

「テイワンがんばれ!」

ホンシュワンが思わずそう励ましの声をかけると、小さな穴の部分がまたパリッと音を立てて割れて、さらに穴が広がった。一瞬小さな手が見えたような気がして、二人は思わず顔を見合わせる。

二人の一挙手一投足がおかしいのか、入り口の側に立って見守っていたレンゼンが、口元を押さえて笑いを堪えている。

「陛下、リューセー様、そこまで穴が空きましたら、もう殻を割る手助けをしても大丈夫です。赤子自身が卵を割ることで、中に外界の空気と光が入り、その衝撃に備えることが出来ます。あとはお二人で殻を割って、早く卵の中から出して差しあげてください」

「空気や光は衝撃になるのですか?」

龍聖が驚いてレンゼンに尋ねると、レンゼンは微笑みながら頷いた。

「赤子は卵の中で育つ間、口から呼吸はしていません。柔らかな皮膜を通して空気を体内に取り込んでいました。卵から孵る準備が出来て……口から呼吸が出来る体が出来上がって、柔らかな皮膜は硬い殻へと変化して、赤子自身の力でも殻を割って孵れるようになるのです。柔らかな皮膜は、一見弱そうですけどナイフの刃を当てても簡単には破れないほど強いですから、赤子の手では破ることが出来ないのです。こうして硬い殻になって初めて誕生することが出来ます。ただ殻が硬くなると、空気を取り込むことが出来なくなります。口で呼吸を始めますが、卵の中にある空気は少ないので、苦しくて赤子は一生懸命に殻を割るのです。考えてもみてください。薄暗くて空気が薄くて窮屈な部屋の中に、突然たくさんの空気と光が飛び込んでくるのです。赤子はびっくりしますよ」

感心しながら話を聞いていた二人だったが、苦しくて赤子が殻を割る……と聞いた瞬間、慌てて殻を割り始めた。

「テイワン、今出してあげるからね」

「殻の破片で傷つくといけない。慎重に割らないと……」

二人は殻の破片が中に入らないように、慎重に少しずつ殻を割っていった。穴がどんどん大きくなり、卵の中がはっきり見えてくると、そこには赤子の姿があった。

「わあ……ホンシュワン、本当に赤ちゃんが入っているよ！」

龍聖は感激して、殻を取る手伝いをしていた手を止めて、食い入るように赤子をみつめた。

『ホンシュワン！　テイワンの腕の中を見て！』

シンシンの言葉に釣られるように、ホンシュワンは卵の中で手足を丸めて窮屈そうに収まっている赤子を見た。きゅっと両腕を曲げて何かを抱えている。それは金色の卵だった。

「あ……」

ホンシュワンは無意識に手を伸ばして、赤子が胸に抱いている金色の卵を手に取っていた。

「ふぇっふぇぇぇん」

卵を取り上げられたのを怒ったのか、赤子が産声を上げた。

「わあ！　急に泣き出した！」

龍聖が驚いて動揺している。だがホンシュワンはそれに構わず、手の中の金色の卵をじっとみつめていた。

『竜の卵だね、この子はオレ達と違って、二つの体に分かれてしまったようだ』

シンシンが少しばかりがっかりした声音でそう言った。

『ああ、竜の卵だ。この子の半身だ』

だがホンシュワンの方はとても喜んでいる。それにシンシンが引っかかりを感じたようで『嬉しいのかい？』と不思議そうに尋ねた。

『嬉しいよ』

ホンシュワンは感動しながら答える。

『オレ達みたいに常に一つの体でいる方が便利だと思わない？　それに、その方が魔力も大きくて強いのに』

『シンシン……私は君といつも一緒にいられて、助けられたことが本当に多かった。今のこの身に不満があるわけではない。だけど少しだけ他の者を羨《うらや》ましく思うことがあったんだ』

『他の者が羨ましい？』

シンシンはよく分からないというようにさらに聞き返した。

『ああ、私は君の背中に乗って一緒に空を飛んでみたかった』

ホンシュワンがしみじみと言った。ずっと憧れていたのが、心を通してシンシンにも伝わる。シンシンは無言でしばらく考え込んでいた。いつも一緒に飛んでいるじゃないか……一瞬そう思ったのだが、自分の背中に乗るホンシュワンの姿を想像する。子供の頃からずっと一緒にいた。だけど夢の中でしか互いの姿を見て触れ合うことは出来なかった。

『そうだね……確かにそれは憧れるね』

シンシンもそう答えていた。

半身の竜をその身の中に宿し、人の身と竜の身を自在に入れ替えられるホンシュワンの姿は、神罰によって二つの体に分けられた竜族にとっては、本来の一つの体に近づいた究極の形に思われた。しかしホンシュワンは、心のどこかで他のシーフォン達のように、半身と触れ合うことに憧れを持っていたのだ。それはシンシンとの関係が、兄弟や親友のように深まる分だけより強くなっていた。

それは竜族が、神罰によって二つの体に分けられたことを、不幸には思わなくなっていると、図らずも証明することにもなっているとは、この時のホンシュワンはまだ思い至ってはいなかった。

「ホンシュワン！　それは何？　テイワンに返してあげて、すごく泣いていてかわいそうだよ」

思わずそう叫んだ龍聖の声に、ホンシュワンは我に返った。気が付くと子猫のように弱々しい声で泣いていたはずの赤子が、顔を真っ赤にして大きな声で泣いている。レンゼンに手助けしてもらったのか、殻の中から取り上げられた赤子を、龍聖がおっかなびっくりという様子で腕に抱き、ひどく狼《ろう》狽《ばい》して思わず叫んでいたのだ。

「これはテイワンの半身、竜王の卵だよ」

ホンシュワンはそう言って龍聖に金色の卵を見せた。鶏の卵より二回りほど大きな金色の卵を、龍聖は目を丸くしてみつめている。

「え？　竜王も卵から生まれるの？　シンシンみたいにホンシュワンの体の中にいるわけじゃなくて？　それになんで竜王は卵から孵ってないの？」

龍聖は次々と頭に浮かぶ疑問を口にしている。ホンシュワンは元気な泣き声を上げるテイワンと、焦りながらも質問を連発する龍聖を交互に見て笑みを零した。

「私の場合が特別なだけで、普通は他のシーフォンと同じように、こうして二つの体に分かれて竜王も生まれる。竜王の方は卵のままで、世代交代を待つんだよ」

「世代交代？　それって……テイワンが大人になって、王位を継ぐ時ってこと？」

「そう、私達がこの世を去った後だ。だから残念だけど、私達はテイワンの半身である竜王に会うことは出来ない」

「そうか……それでその卵はどうするの？」

至極《しごく》当然のことを聞かれて、ホンシュワンは少し驚いたように改めて金色の卵をみつめた。問われるまでどうするかを考えていなかった。

『シンシン、どうする？　本来ならば竜王に飲み込んでもらって、腹の中で大事に守ってもらうんだけど……私は飲み込めないよ』

『う～ん……あとで入れ替わろうよ。オレが飲み込んでおくから』

『それって……卵はどこにいくんだい？　私のお腹の中？』

『いや、オレのお腹の中だよ……精神体だけど、オレが飲み込んだものも精神体に同期出来るはずだから』

『……自分の体ながら謎が多いよね』

『本当にね』

二人は心の中で笑い合った。

龍聖は黙り込んだままニヤニヤと笑うホンシュワンを、怪訝《けげん》そうにみつめている。

「ホンシュワン、シンシンとしゃべってないで、どうするのか教えてよ」

龍聖がぷうっと頬を膨らませて抗議したので、ホンシュワンは笑いながら金色の卵を懐《ふところ》にしまった。

「ごめん、ごめん……竜王の卵は竜王に預ける決まりなんだ。あとでシンシンに渡すよ」

「そうなんだ……テイワン……寂しいかもしれないけど泣き止んでよ」

龍聖は泣き止まないテイワンを抱いたまま、困ってしまっておろおろとするばかりだ。ホンシュワンもテイワンの頭を撫でたりしているが、どうにもならないで戸惑っている。

「リューセー様、少しの間テイワン様をこちらにお渡しください。体を綺麗に洗って産着《うぶぎ》をお着せいたします。それから医師の診察も必要ですから」

開いたままの入り口から、サフルが顔を覗かせてそう声をかけた。龍聖は、サフルの顔を見るなり、救世主が現れたかのように表情を明るくして、テイワンをサフルに渡した。

テイワンがサフルに抱かれてどこかに連れていかれるのを、龍聖は安堵の表情で見送った後、大きな溜息と共にドサリと椅子に腰を下ろした。

「ごくろうさま」

ホンシュワンは龍聖を労《ねぎら》うように、頭を何度も撫でる。

「ああ……赤ちゃんって本当に小さいね。だけどすごくがんばって生まれたね……すごいね……もう赤い髪が生えてた。ホンシュワンにそっくりだよ」

「そうかい？　鼻と口の形がリューセーに似ていたと思うよ？」

「そうかな～？　だけど本当に良かった……元気に生まれてくれてよかった……なんか本当に赤ちゃんが生まれるか心配で……」

明るく笑顔で話していた龍聖だったが、ふいにポロポロと涙を零し始めたので、ホンシュワンは驚いて龍聖の肩を抱き寄せた。顔を覗き込んで服の袖で濡れた頬を拭いてやりながら、どうしたのかと戸惑っている。

「リューセー、どうしたんだい？　大丈夫かい？」

「ん……ごめん……元気に生まれたテイワンを見てほっとしたら、なんか急にお父さんとお母さんのことを思い出しちゃって……昔、僕が生まれた時のことを、二人が話してくれたことがあるんだけど、二人がとても嬉しそうな顔で無事に生まれてくれて良かったと思ったって言っていて……その時は別に、そうかってくらいにしか思ってなかったんだけど……今、お父さん達の気持ちが分かって……二人に会いたくなっちゃった……」

そう言って泣きじゃくる龍聖を、ホンシュワンはそっと抱きしめた。この世界に来て以来、龍聖の口からあまり家族への郷愁を聞いたことがなかった。お互いの子供の頃の話は時々したりしていたが、龍聖の方から進んで両親を懐かしんだり、里心が付いて会いたいと言い出したり、そういうのをまったく聞いていなかったので、意外と龍聖は割り切ることが出来る強い心の持ち主なのだと思っていた。

一度だけ、家族と別れて一人で龍神様の下に行くと知った時に、嫌だと思わなかったか？　と聞いたことがある。

その時に龍聖は『とにかく月基地が嫌で、ずっと地球に行きたいとばかり思っていたから、龍神様の住んでいるところも、地球と変わらない場所だと聞いて、早く行きたいとさえ思っていた』と答えたから、それを鵜呑《うの》みにしていたのだ。

今改めて考えると、その言葉の中では家族と別れるのが嫌なのか平気なのか、大事な部分には一切触れていない。龍神様の下へ行く以上、家族と別れることは避けては通れないことだ。あのまま家族を月に残していかなければならなかったならば、後悔が重くのしかかっていたかもしれないが、家族を地球に帰すことが出来たので、それでもう良いのだと自分に言い聞かせていたのかもしれない。『ホンシュワンのおかげでみんなを地球に連れていけたことが本当に嬉しかった』と何度も言われたから、そうなのだろうとホンシュワンには思えた。

「リューセー……すまない」

ホンシュワンの胸に顔を押し付けて泣いていた龍聖が、顔を離してホンシュワンを見上げた。涙に濡れた黒い瞳が不思議そうな色を浮かべて揺れている。

「どうしてホンシュワンが謝るの？」

「君を家族から離してここへ連れてきたのは私だからだよ」

ホンシュワンは辛そうな顔で、でも優しい口調でそう答えた。龍聖は両手でぐっと目を押さえて、涙を乱暴に拭った。

「僕は両親を思い出して、懐かしくなって泣いただけで、別に悲しいとか辛いとか、そんなことを思っているわけじゃないよ。それに会えないけど、今も地球で元気にがんばっているはずだから、それでいいと思ってる。ホンシュワンの方こそ、もうご両親二人とも亡くなってしまって会えないんだから寂しいでしょ？」

ホンシュワンは微笑みながら、龍聖の頬を撫でた。

「リューセーは優しいね……私には兄弟がいるし、何よりも君がいる。少しも寂しくないよ」

「じゃあ僕も……ホンシュワンがいるし、テイワンもいるから寂しくないよ」

二人は微笑み合って、そっと口づけを交わした。愛する人がいるだけで、こんなにも心が満たされて、寂しさなど感じないのだと、改めて二人は気づいたのだ。

「陛下、リューセー様、テイワン様の診察が終わりました。とてもお健《すこ》やかでいらっしゃるそうです。湯あみも済んで身支度が整いましたので、お部屋に戻りましょう」

サフルが再び入り口から顔を覗かせて、二人に声をかけた。その側でレンゼンがとても驚いた顔をしている。

中の二人が良い雰囲気になったので、レンゼンは邪魔にならないようにそっと外に出たのだが、そこへテイワンを抱いたサフルが戻ってきたので「サフル殿、今は……」と遠慮がちに止めたのだ。だがサフルはチラリと中を覗いてから「大丈夫ですよ」とだけレンゼンに返して、今のように平然と声をかけたので、レンゼンはとても驚いてしまったのだ。

サフルからすれば、二人がいつも仲良くいちゃいちゃしているのを見慣れているので、用もなしに邪魔はしないが、用があるなら気にせず声をかけるというのはいつものことだった。

「あ、うん、じゃあ出ようか」

ホンシュワンも気にする様子もなく返事をして、龍聖の手を取って保管室の中から外へ出てきた。

「わあ、テイワン、綺麗になったね。もう泣き止んでるし……良かった」

「リューセー様、お抱きになりますか？」

サフルがテイワンを渡す素振りをしたが、龍聖は慌てて首を横に振った。

「テイワンを抱っこして歩くのはまだ怖いよ！　部屋に戻って、椅子に座ったら抱っこ出来るけど……」

龍聖の訴えに、サフルはニッコリ笑って頷いた。

「分かりました。では私がテイワン様をお連れいたします。陛下はリューセー様をよろしくお願いします」

「承知した」

サフルの気遣いにホンシュワンは笑顔で答えて、龍聖の肩を抱き寄せた。

「レンゼン、一年間ご苦労だった。改めて労うつもりだが、今は感謝の言葉だけで許してくれ」

「いいえ、身に余るお言葉をありがとうございます」

「レンゼン様、本当に大変だったと思います。テイワンを見守っていてくれてありがとうございました」

「リューセー様、そう言っていただけて光栄でございます」

二人はレンゼンに礼を言い、サフルと共に卵の保管室をあとにした。

世継ぎの誕生はすぐに国中に伝えられて、エルマーン王国中が喜びに沸き返った。空を舞う竜達は喜びの歌を歌い、アルピン達も通りに出て口々におめでとうと城に向かって叫んでいる。

酒場では他国の者達にも無料で酒が振る舞われて、城下町は翌日まで祭りのような賑わいになった。

ホンシュワンも龍聖も、このままエルマーン王国が何の問題もなく平和に繁栄していくと思っていた。

テイワンの誕生から一年の月日が流れていた。

最初は慣れない育児に戸惑っていた龍聖だったが、サフルや乳母達と上手く連携を取って、自分が出来る範囲でテイワンの世話をすることに慣れ始めていた。

テイワンは一年経っても、一向に成長の兆《きざ》しが見られないように思っていたが、少しずつ順調に育っていることが定期健診によって分かった。

「サフル見て、毎月の健診だと本当にちょっとしか育っていないと思ったけど、こうして一年を振り返るとこんなに身長も体重も増えているよ」

龍聖が検査結果の紙を見ながら、嬉しそうにサフルに言った。サフルも検査の紙を覗き込んで龍聖が指し示す数字を見て「本当ですね」と微笑みながら頷いている。

「人間の赤ちゃんだと、一歳っていったらハイハイしたり元気に動き回れるくらいでしょう？　成長が遅いとは聞いていたけど、なんかちょっと心配になっていたんだよね」

龍聖はすぐ側で乳母に見守られながら、仰向けに寝かされたまま手足をバタバタと元気に動かしているテイワンに視線を向ける。テイワンは基本的にご機嫌なことが多くて、今のところはあまりぐずったり、夜泣きしたりすることはない。

最近は龍聖やホンシュワンがあやすとよく笑うようになった。二人ともテイワンが可愛くて仕方ない。

「性格はリューセーに似ているみたいだね。いつもご機嫌でニコニコしている」

ホンシュワンが同じような顔でニコニコしながら、テイワンをあやして言うので、それを見た龍聖が首を傾げて「今そうやっている二人はそっくりだよ？」と笑う。

サフルは、龍聖が育児に責任を感じて悩むようなことにならなくてよかったと思っていた。なんにでも前向きに興味を示す龍聖は、乳母の手慣れた育児を眺めて「すごいね！　安心して任せられるね！」と嬉しそうにしている。

そして時々「お水をあげてみる」「着替えを手伝ってみる」と、少しずつ育児に携わって満足していた。

「植物を育てるのは得意なんだけどな」

「リューセー様はテイワン様の扱いがずいぶん上手になっていますよ」

乳母が龍聖をフォローするように言ったので、龍聖は「そうかな？」と言いながらも嬉しそうに笑う。

「なによりテイワン様がリューセー様のことをちゃんと認識していらっしゃいますよ。リューセー様にはいつも満面の笑顔を向けるではありませんか」

サフルがさらにそう言ってフォローしたので、龍聖は照れながらも幸せそうに頷いた。

幸せに満ちたエルマーン王国に、フェルンホルム帝国から一通の書簡が届いた。

それは正式に国交締結を求めるもので、話し合いの使者として皇帝の弟であるマクシム大公をエルマーン王国に遣わすという内容のものだった。

いつもながら一方的で強引な内容の書簡で、エルマーン王国の返事も聞かずにすでに使者の一行はエルマーン王国を目指して旅立っており、書簡が届いた翌日には到着の予定だというのだ。

ホンシュワン達は頭を抱えた。

「相手に見つからぬようにかなりの高度から部下に偵察をさせたが、大軍が荒野を我が国に向かって進軍しているようだ」

「大軍!?　軍隊が来ているのか？　話し合いの使者ではなく？」

バイレンの報告に、カリエンが目を白黒させて聞き返した。

「大砲などの大型の武器は見られなかったので、戦争を仕かけるようなものではなく、恐らく大公殿下の護衛としての軍隊ではないのだろうか？」

バイレンも断言は出来ないが……という口ぶりで答えた。それでも大軍と聞いて、カリエンは頭を抱える。

「とにかくこちらに来てしまっているものを門前払いにするわけにもいかない。だが大軍を国内に入れるわけにもいかない……最低限の護衛で受け入れることを納得させるしかないだろう。それが嫌だというのならば、門前払いするしかない」

ホンシュワンは仕方がないという顔で、カリエン達にそう告げた。

「では私とカラージュで関所の外で出迎えて交渉します。バイレンは陛下の側にいてくれ」

カリエンがすぐに采配を下した。カラージュとバイレンは緊張した面持ちで頷いている。

「私は？　私はどうしたらいい？」

シュウリンが皆の顔を眺めながら、何もしないわけにはいかないと発言した。カリエンが考えていると、ホンシュワンの方が先に口を開いた。

「城下町に警戒を促す布令を出してくれ、他国の者には国外退去とまでは言わないが、軍隊を引き連れたフェルンホルム帝国が明日我が国に到着するため、明日は出来るだけ屋内にいるように……と。明日我が国を発《た》つ予定の者は今日のうちに出来るだけ早く出立するように……我が国は戦争をする気は毛頭ないことを周知させつつ、混乱が起きないように上手く誘導してほしい。バイレンも兵達を使ってシュウリンを手伝ってほしい」

「承知しました」

シュウリンとバイレンは頷いてすぐに退室していった。

カリエンがカラージュに話しかける。

「カラージュ、少し打ち合わせをしよう。私の部屋へ来てくれ……陛下、大公との交渉の段取りが決まりましたら後ほど報告いたします」

「分かった」

ホンシュワンは二人を送り出して、難しい顔で改めて帝国からの書簡をみつめた。


翌日の正午に差しかかる頃、帝国の一行がエルマーン王国に到着した。

カリエンとカラージュは、数人の護衛武官と五十人のアルピン兵を引き連れて、関所の外で一行を出迎えるために待っていた。

進軍してきた大軍は、カリエン達と距離を置いて停止した。しばらくして後方から一頭の騎馬がカリエン達の下へ駆けてきた。

騎馬はすぐ側まで来て止まり、一人の騎士が馬を降りた。兜はつけていないが、白銀の甲冑を身にまとい威厳のある佇まいから、それなりの身分の者だとカリエン達は推測して、カリエンとカラージュの二人だけが前に進み出た。

「私はフェルンホルム帝国第三騎士団団長シルヴァン・ド・クレール伯爵と申します。先駆けて書簡をお送りしていると思うが、承知いただいているだろうか？」

騎士団団長を名乗る男は、前回来た男爵に比べると、それほど威張った様子はなくそれなりの常識を持っているように感じられた。

「遠方よりお越しいただきありがとうございます。私はこの国の宰相を務めますカリエンと申します。こちらは外務大臣のカラージュです。貴国からの書簡は昨日受け取りました。何分、急なことのため大公殿下をおもてなしする準備が何も整っておりません。またこのような大軍でいらっしゃるとも思わず……我が方としては、大公殿下と我が王の会談のつもりでおりますが、別の目的があるのではないかと……」

カリエンはわざと言葉を濁してはっきりとは言わなかった。

それを聞いた団長は、少しばかり顔色を変えて首を横に振った。

「貴国までの道のりは遠く、荒野を進まなければならないため、護衛の騎士団を多く引き連れておりますが、それ以外の馬車などは騎士団の野営に必要な荷物だけです。貴国に対して何か悪《あ》しきことを考えているわけではありません。先だっては我が国から使者に立ったバイヤール男爵が、大変失礼をしたことのお詫びもあり、このたびは皇帝陛下の弟君であるマクシム大公殿下が使者として参りました。何卒国王陛下にお引き合わせいただきたくお願いいたします」

シルヴァン団長は、最初の挨拶時よりもさらに丁寧な口調に変わり、事情説明をしてとりなしを求めてきた。カリエンはカラージュと顔を見合わせて頷いた。対応に関しては色々なパターンで、事前に考えてあった。この団長が間に入ってくれるのであれば、交渉はそれほど難しくなさそうだと二人は判断した。

「もちろん我が王も、大公殿下にお会い出来るのを楽しみにしております。ただ先ほども言いましたが、我が国内にこの大軍全員を招き入れることは出来ません。ご覧のように我が国の中に入るには、高い岩山を越えなければなりません。関所は山の中腹にありますが、そこへ行く道はそれほど広くありません。馬車での通行は不可能ですので、大公殿下には歩いて関所を越えていただくことになりますが、それでもよろしいでしょうか？」

カリエンは後方の山を指し示しながら説明をした。説明を聞いていた団長は、次第に表情を強張らせていく。

「これは……他には本当に中に入る手段がないのか？　他国の王族が来た時はどうしているのだ」

「もちろん他国の王族も皆様歩いて入国をいただいております。他の手段として、馬車ごと運ぶ手段はございますが、大きな倉庫のような箱に馬車を積み込んで、竜が空を飛んで運び入れることとなります。そのような方法を、大公殿下に行うわけにはまいりませんので、徒歩での入国をお願いします。また護衛の騎士は五十人までに制限させていただきます。それがこちらからの条件です。承諾いただけない場合は、大変失礼ながらここで引き返していただくことになります」

「引き返せ……だと？」

さすがの団長も、一瞬驚愕から怒りの表情に変わったが、何度もカリエン達と背後の岩山を見直して、難しい表情に変わった。

「バイヤール男爵も歩いて入国なさいましたが、ご報告は受けていらっしゃらないのでしょうか？」

「それは……」

カラージュが畳みかけるように言った言葉に、シルヴァン団長は苦々しく顔をゆがませて目を閉じた。その表情から、男爵があの後どのようになったのかを、なんとなく察することが出来た。

カラージュが先に苦情申し立ての書簡を送ったので、後から遅れて帰国した男爵は謝罪も弁明もする機会もなく、皇帝に拝謁することすら出来ずに、なんらかの処分を受けたのだろう。

「すまないが、大公殿下にこの件を伝えて相談しなければならないため、しばらく待ってはもらえぬだろうか」

「かしこまりました。こちらでお待ちいたします」

カリエンが丁寧に頭を下げて承諾したので、団長は再び馬に跨《また》がり走り去っていった。大軍の中央辺りに大公殿下の乗る馬車があるようだ。しばらくしてその辺りと思われる所で、騒ぎが起こっているのを、カリエン達は目を細めて眺めていた。

「揉めているな」

「そりゃあ、揉めるでしょう。さっきの団長はまだ話の分かる御仁《ごじん》だったが、大公殿下のお付きの者達が皆そうとは限らない。例の男爵みたいな人もいるでしょうからね」

カリエンとカラージュは、他人事のように騒ぎの起こっている辺りを眺めながら話をした。二人には特に緊迫感はない。たとえここで大公殿下の逆鱗《げきりん》に触れて、自分達が襲われることになったとしても、彼らがエルマーン王国内に入ることは出来ないのだから、国を守るための犠牲になるのならば本望だと思っていた。連れてきている武官や兵士達も、それなりの覚悟を持った者達ばかりだ。

「カリエン、もしも奴らが剣を抜いて襲ってきたら、私は半身で戦うつもりだが良いか？」

カラージュが半分冗談のように軽い口調で言った。

「ん？　良いも何も私もそうするつもりだ。私の火竜の火力を舐めるなよ？」

「私の雷竜の雷撃も舐めないでくださいね」

二人はふふふっと笑い合う。それを聞いていた武官達も「それなら私の……」と戦う気満々で話を始めた。

「まあ、待て、待て、戦いを回避するのが最善策だ。皆、そんなに逸るな」

カリエンが苦笑して、皆を鎮めた。

「あれ？　なんか来ますよ」

武官の一人が気づいて指さした。さっきまで騒ぎが起こっていた辺りから、一台の馬車がこちらに向かってきている。もちろん馬車だけではなく、今回は団長を筆頭に幹部らしき騎士達が、十数人で馬車に追随していた。

「大公殿下自らのお出ましだ。歩いていくと言ってくれればいいが、権力を行使してごねるようなら面倒くさいな」

カリエンは溜息をつきながらそう呟いた。

「どちらに賭けますか？」

カラージュがニヤリと笑って尋ねた。

「ごねるに一票」

「それじゃあ賭けになりませんよ」

二人はワハハと笑い合って、改めて顔を引き締めると、馬車の到着を待った。

馬車はカリエン達と少し距離を置いて止まった。扉が開かれて大公殿下と思《おぼ》しき人物が、優雅な所作で降りてきた。

歳はかなり若く見える。三十代半ばぐらいだろうか？　マントも服もすべて黒だが金糸で豪奢な刺繍を施して、至る所に宝石を縫い付けた衣装をまとっている。少し長めの金髪は、きっちり後ろに撫でつけていて、一筋の乱れもない。大変な長旅をしてきたとは思えないいで立ちだ。

カリエン達は一応敬意を表するため、頭を下げて出迎えた。

「面《おもて》を上げよ。私がマクシム・フォン・フェルンホルム大公だ。騎士団長から話は聞いたが、そなたらには私を招き入れる気持ちがまったく感じられない。他の国の王族がどうかは知らぬが、フェルンホルム帝国の大公を、他の国の王族と同等に考えてもらっては困る。すぐにでも私が入国するための準備をいたせ」

びっくりするほど居丈高《いたけだか》に振る舞う大公に、カリエン達は言葉を失っていた。彼らの想像以上だった。

カリエンが目を丸くしたまま固まっていると、大公の後方に控える騎士団長と目が合った。彼はなんとも気まずい表情をしている。

『彼ではどうにもならなかったか……』

団長に並ぶ他の者達の怒りの表情を見るに、こちらの言い分を理解してくれそうなのはかなり少数だったようだ。

カリエンは我に返って一度深呼吸をした。

「大公殿下……恐れ入りますが、歩いて入国いただく以外の方法はありません。他にあの山を越える方法があるのでしたら、ぜひお知恵をお貸しいただきたく思います」

皮肉交じりにカリエンが答えると「なんだと！」「無礼な！」という怒りの声が至る所から上がった。

「ではそなたらの王はどうやって出入りしているのだ」

「え？　ご存じありませんでしたか？　我らには竜がおりますので何も問題ありません」

カリエンの言葉に、大公は片眉を上げて辺りの空を見渡した。

「そういえばそなたらは竜使いとか申しておったか？　竜の姿が見えぬが……竜などお伽噺の中ののだろう。大きなトカゲか何かを、竜だと吹聴しているのではないか？」

大公が皮肉で返してきた。それを聞いた騎士達の間からどっと笑いが起きる。

「竜をお見せしてもよろしいのですが、貴方がたが恐れて混乱状態になってしまってはいけないと思いまして、今は空を舞うことを止めております」

カリエンがさらに喧嘩を買って言い返したため、騎士達が殺気立って、一斉に剣を抜いた。それを大公が手を上げて制する。

「そなたらは辺境の蛮族だから何も知らぬようだが、我が国を敵に回して無事で済むと思うのか？私はまだ優しい方だぞ？　我が兄である皇帝陛下は、とても厳しい方だ。そのような態度では即刻胴体から首が離れてしまうぞ？」

大公はそう言って冷たい笑みを浮かべた。カリエンはまったく怯む様子はなく、じっと睨みつけるように大公をみつめ返した。

「何度断っても、我が国と国交を結びたいと言ってきたのは貴国の方でしょう。そのような態度でいるのでしたら、すでに交渉は決裂しております。どうぞお引き取りください」

カリエンがびしりと言い切ると、さすがの大公も驚いたようで目を見開いている。後ろにいた側近らしき騎士達が「なんと無礼な！」と叫んで一斉に剣を振りかざして、カリエン達に襲いかかろうと駆けださんとした。

「これは一体なんのさわぎだろうか？」

その場の全員が一瞬動きを止めるほど、その声は不思議なくらいに朗々と荒野に響き渡った。叫んでいるわけでもなく、とても静かな声であるにも拘《かかわ》らず……。

「陛下」

驚いたのはカリエン達も同じだった。いつの間に来たのか、ホンシュワンがゆっくりと歩いてカリエン達の前に進み出た。

「貴方がフェルンホルム帝国のマクシム大公殿下ですか？　私はエルマーン王国の国王ホンシュワンです。話は聞かせていただきました。我が国への入国の仕方で散々ごねるのは、貴国の風潮でしょうか？　前回お越しになったバイヤール男爵も同じように騒ぎを起こして、我々を大変困らせました。さらに我らのことを辺境の蛮族と罵《ののし》るのもまったく同じ……はて？　その件について苦情を申し立てたはずだが、大公はお聞きになっていないのか？　貴方が来た目的は、我が国と国交を結びたいというそちらからの願いでは？　剣を向けられては話し合いにも応じられませんね」

　ホンシュワンは、とても穏やかな表情で淡々と一方的に話をした。大公達はなぜか一言も言い返すことが出来ずに固まっている。ホンシュワンの軽い威圧《いあつ》にあてられてしまったのだ。

「け、剣を収めよ！」

　大公が慌てて騎士達に命令を下した。騎士達は大人しくそれに従い剣を収めた。

「それで？　大公、ここは大人しく引き返していただけますか？」

「は、話し合いを……」

「話し合いを決裂させたのは貴方がたではありませんか……これ以上、何を話し合うのですか？　我々は貴国と国交を結ぶつもりはありません」

　大公が言いかけた言葉に被せるように、ホンシュワンがきっぱりと断りを入れる。

「貴様！　大公殿下の言葉を遮るなど、無礼にもほどがある！　大公は千年の歴史ある高貴な血筋であるぞ！　辺境の蛮族風情がのぼせ上がるな！」

　完全にいきり立った状態の騎士が、顔を真っ赤にして怒鳴った。大公は何も言わないが、彼を止めることもない。たぶん同じことを思っているのだろう。団長だけが、真っ青になって止めようとしているが、周囲がそれを邪魔していた。

「千年？　神の血筋？　嘘を言うにもほどがある。貴国の祖先はたかだか六百年前まで、北方の漁業を生業とする小国の民ではなかったか。隣国に攻め入られたのを、なんとか返り討ちにして、そこから自信をつけた王が、少しずつ周囲の小国に攻め入り領土を広げていっただけではないか」

　ホンシュワンは冷笑と共に言い捨てた。

「ざ、戯言《ざれごと》を言うな！　我らを愚弄するとは……もう許さぬ！　ただではおかぬ！」

大公は額に青筋を立てて吠えた。右手は腰の剣を今にも抜かんとしている。

「戯言ではない。我々は二千七百年の歴史を持つ竜族の末裔……ただではおかぬというのならば、それを今見せてもらおうか？　我らに対して、どうただではおかぬというのか」

ホンシュワンは静かにそう言った。ゆらりとホンシュワンを取り巻く空気が揺れたように見えた。

大公は威圧に気圧《けお》されて、身動きも取れずにいた。周囲の騎士達も同じだ。だが後方の大軍の方から一斉に悲鳴が上がり、その緊張が崩れた。大公達が何事かと狼狽えながら、自軍の方を振り返ると、皆が一斉に空を指さしている。

大公達が慌てて振り返ると、目の前の岩山の上から、たくさんの竜達が、こちらを睨みつけていた。そうしている間にも、空の上に次々と竜が舞い上がっている。その数は数百以上にのぼるだろう。

「な……な……なんだあれは……」

大公は腰を抜かすほど驚いていた。悲鳴を上げなかっただけ偉いと褒められてもいいくらいの驚きだ。竜など帝国の者達は誰も見たことがなかった。

「どうせトカゲだろう」と言っていたのは、皇帝を含めて皆が本当にそう思っていたのだ。

オオオォォォォォォッと一頭の竜が咆哮《ほうこう》を上げた。するとそれに呼応して、竜達が次々と咆哮を上げる。空気がビリビリと振動して、帝国軍は恐怖で大混乱に陥った。

「で、殿下、早く馬車へ！」

皆が逃げ惑う中、団長だけが大公をかばうように馬車に乗せている。隊列もあったものではない。皆が散り散りに逃げまどい、大公を乗せた馬車も、大急ぎでその場を逃げ去っていく。

あっという間に大軍の姿は遠くなっていった。

カリエン達が大笑いしてそれを見送るのを、ホンシュワンは肩を竦めて溜息をつきながらみつめている。

「兄上……素晴らしい演技でしたね」

カリエンは笑いすぎて涙まで浮かべていた。

「お前達に任せてはいたけど、相手が相手だから最悪のことを考えてしまって、つい出てきたんだ。私が出なかったら、お前達命を懸けて戦う気だっただろう？」

呆れ顔でホンシュワンに言われて、カリエン達は顔を見合わせて苦笑した。

「申し訳ありませんでした」

カリエン達全員が深々と頭を下げて謝罪した。

「しかしもうこれで本当に我が国には手を出さないでしょう。ちょっと乱暴でしたが兄上のおかげです」

「本当にこれに懲りて大人しくなってくれることを祈るよ」

だがこの出来事の顚末《てんまつ》は、思わぬ方向に転ぶことになる。この日エルマーン王国を訪れていた他国の者達の耳に、帝国とのやりとりの詳細が入ったのだ。前日に下された緊急の布令により、エルマーン王国内に留まった者には、帝国進軍の話が知られることは仕方がなかったが、当日の朝に早めに出立した者達が、帝国がエルマーン王国にどんなことをするか心配になり、離れた所から見守っていたのだ。

外で見ていた者達には、竜を見てひっくり返って逃げ惑う帝国軍の騎士達の姿は、とても面白い見ものだった。彼らは帰国する途中に立ち寄った土地で、その話を面白おかしく広めていく。帝国を嫌いな人々は多い。エルマーン王国を知る者達にとっては、より胸がすっきりする話題でもある。帝国の面目が丸つぶれになった話は、じわじわと中央大陸諸国に広がっていくのだった。


フェルンホルム帝国大公事件から半年の月日が流れていた。

エルマーン王国は、事件のことなど何もなかったかのように平和の中にあった。

ホンシュワンは王の私室の扉の前で足を止めた。扉の左右に立つ警備の兵士が姿勢を正して敬礼をする。兵士が中で控える侍女に、王が戻ったことを知らせようと、呼び鈴の鎖を引こうとしたが、ホンシュワンがそれを止めた。兵士が不思議そうな顔で首を傾げるので、ホンシュワンは「ちょっと待ってくれ」と小さく呟くように言った。

兵士は黙って従うように、真っ直ぐに前を向いて王の次の指示を待った。

ホンシュワンは俯いてしばらく考えていたが、大きく息を吐き出して、パチンッと両手で両頬を叩いた。それには兵士達も驚いてビクリとする。

「すまない。頬が赤いかな？」

ホンシュワンは苦笑して兵士達に尋ねた。二人は顔を見合わせると恐る恐るという感じで「少し……」と遠慮がちに答えた。

「そっか」

ホンシュワンは笑って、自分の頬をもみもみと両手で揉んだりこすったりして、大きく深呼吸をする。

「開けてくれ」

兵士はすぐに呼び鈴を短く三回鳴らした。王の帰宅の合図だ。すぐにカチャリと扉が開いて、侍女が深々と頭を下げて出迎える。

ホンシュワンは少し大股で歩いて、次の貴賓室を抜けて、さらに奥の私室へ入る扉を開けた。

「ただ今帰ったよ」

優しいいつもの穏やかな顔と声でホンシュワンが告げると、働いていた侍女が動きを止めて、丁寧にお辞儀をして出迎えた。サフルも礼をして「おかえりなさいませ」と出迎える。

無意識に龍聖を探して視線を動かすと、窓辺でテイワンを抱いて座っていた。

「おかえり」

龍聖が振り返って、口の動きだけでおかえりと告げる。どうやらテイワンが眠っているようだ。ホンシュワンは忍び足でそっと近づくと、龍聖と軽く口づけを交わして、眠っているテイワンを覗き込んだ。

「たった今寝たところ」

龍聖が囁くように言った。

「間に合わなかったか……走ってきたんだけど」

ホンシュワンはわざと少し息を弾ませて言った。

「ほんとだ……顔が少し赤いね」

龍聖が笑いながら言ったので、なんとか誤魔化せたとホンシュワンは内心安堵の息を漏らした。

ホンシュワンは、安らかに寝息を立てているテイワンの、ふっくらと丸い頬をそっと撫でる。何か夢を見ているのか、口をもぐもぐとさせたので、ホンシュワンは龍聖と顔を見合わせて静かに笑った。

「もうベッドに寝かせるね」

龍聖が同意を求めるように囁いたので、ホンシュワンは微笑みながら頷いた。龍聖は側にいた乳母にテイワンを預けて「お願いします」と後を頼んだ。

乳母は龍聖達に一礼をして、そっとその場を去っていく。それを見送って二人はまた微笑みあった。

「お疲れさまでした！　食事はする？」

「リューセーがまだならば一緒に食べようかな」

「じゃあ、食べよう！」

龍聖はサフルに夕食をお願いして、用意が整うまでの間に侍女を伴ってホンシュワンの着替えを手伝った。

「今日はね、話したいことがあるんだ」

龍聖は今すぐにでも話したいというように、わくわくした顔をしている。

「なんだい？　テイワンのこと？」

「ううん……僕の研究のこと」

龍聖はそう言って、うふふっと笑う。

「それはぜひ聞きたいな。食事の席に着くまでお預けかな？」

「食べ終わるまでお預け」

龍聖が肩を竦めておどけたように笑った。服を着替え終わったホンシュワンは、そんな龍聖の頬を軽くつついた。

「いじわるだね」

「違うんだよ。僕がこの話をホンシュワンにするってサフルに言ったら、食事の後にしてくださいって注意されたんだ」

「それはどうしてだい？　食事中の話題としては、あまりそぐわない話なのかな？」

ホンシュワンが首を傾げたので、龍聖は溜息をついて項垂れた。

「違うよ。僕が話に夢中になって、食べるのがおろそかになるからだって」

しょんぼりした顔でそう言ったので、ホンシュワンは思わず噴き出した。

「確かにそれはだめだね」

「もう……ホンシュワンまで……」

龍聖は拗ねたように唇を尖らせて、ホンシュワンの胸を軽くたたいた。ホンシュワンは笑いながら龍聖を抱きしめる。

龍聖の明るさが、いつもホンシュワンを助けてくれた。今思い悩んでいることも、龍聖といる間は忘れることが出来る。

二人は仲良く食事をして、食事中の話題は主にテイワンのことになった。ゆっくりだが少しずつ成長をしている、その小さな変化が、二人にはとても嬉しい。

食事が終わってソファに移動する。隣同士に座って肩を寄せ合いくつろぐ……いつもはその予定だが、今日は龍聖が話したくて我慢出来ないという様子でうずうずしている。

ホンシュワンは苦笑して、龍聖の手を握った。

「さあ、お待たせ。話してごらん」

「聞いて！　聞いて！」

ホンシュワンの言葉を合図に、待ってましたとばかりに龍聖が口を開いた。

「聞いているよ」

ホンシュワンは優しく頷く。

「僕が研究している荒野の緑化についてなんだけど、すごい発見をしたんだ！」

「へえ……それは興味深いね」

思わぬ話題に、ホンシュワンが興味を示した。すると龍聖はキラキラと瞳を輝かせる。話す気が満々だ。

「僕、最初は荒野の土を土壌改良するつもりで、土に合う堆肥を色々と試していたんだけど、なかなかうまくいかなかったんだ。それで土の成分を調べることにして、荒野の色々な場所の土を採取して分析したんだ。それに合わせてこの国の土と、他の緑がある中央大陸の東諸国の土や、北方の山岳地帯の土、リズモス大森林地帯の土、それから……」

「ちょ、ちょっと待ってリューセー、今リズモス大森林地帯の土って言った？　え？　採取したのかい？」

ホンシュワンはとても驚いて思わず声が大きくなってしまった。丁度サフルがテーブルに、お酒入りのお茶を出しているところだったので、思わずサフルにも確認するように視線を向けたが、サフルは苦笑しただけで何も言わなかった。

「うん、難しいならいいよって言ったんだけど、うちの研究員はみんな仕事熱心だからさ。採ってきてくれたんだ」

「大丈夫だったのかい？　いや、問題があったという報告は何もなかったから、大丈夫だったんだろうけど……」

ホンシュワンは、変な汗が出るような気分になっていた。エルフの王を怒らせていなければいいが……と、祈るような気持ちになった。

「森の入り口で何度か大きな声で、エルマーン王国から来ました。荒野に緑を戻す研究をしています。森の土をひと摑みで良いので分けてください！　って言ったらしいんだ。五回目に叫んだ時にエルフが三人くらい森の奥から現れて、取るのは構わないがすぐに立ち去れって言われたらしくて、急いで麻袋に土を詰めて帰ってきたらしいよ」

龍聖が「面白いよね」って笑いながら言ったので、ホンシュワンは顔を引きつらせながら「何もなくて良かったよ」と答えた。

「あとは西の大陸の土も何か所か採ってきてもらったよ……それで土の成分を細かく調べていたら、すごい発見をしたんだ」

興奮して少し小鼻を膨らませながら言う顔が、母に似ているとホンシュワンは思った。母より前の龍聖達に研究者がいたという記録はないが、それぞれに何らかの得意分野があったので、元々龍聖という人物は拘《こだわ》りが強い性質なのだろうなと、ホンシュワンはぼんやりと考えていた。

「荒野や西の大陸の土には、魔力がほとんどなかったんだ」

「魔力？」

「そう、魔力！」

ホンシュワンは思わず首を傾げた。龍聖はニコニコしている。

「あのね、西の大陸ってほとんどが砂漠で、木や草は全然生えてないでしょ？　西の大陸の土には、まったくと言っていいほど魔力がなかったんだ。それで荒野の方は、微量だけど魔力はあった。正確に言うと最近までもうちょっと魔力があったのに、抜けてしまったって感じなんだ」

「抜けてしまった？　それも最近？」

「そう……荒野には雨期があるでしょう？　短いけど……でも雨期のあと二月くらいは、荒野のあちこちに草が一斉に生えるよね。それは雨に魔力が微量ながら含まれているからだと思うんだ。西の大陸にはほとんど雨が降らないらしいし……それでね、これはまだ調査中だから僕の仮説なんだけど、この世界の生物……動物も魚も人も植物もみんな多かれ少なかれ、体内に魔力を持ってて、魔力がないと生きていけないんじゃないかな？　って思ったんだ。ちなみにこの国の土と、リズモス大森林地帯の土は、魔力をとても多く含んでた。東諸国の土もまあまあの量を含んでたし、北方の山岳地帯とか、西方の山岳地帯とかも、割と魔力が多めだった」

「魔力が……」

ホンシュワンは驚いていた。確かにこの国は、竜王の間から流れ出ている豊潤な魔力を含む水が地下に流れているので、緑豊かなのだと聞いていた。しかし魔力すべてにそのような力があるわけではなく、竜の宝玉という特殊な力を持つ魔力だから……大和の国にもたらす【龍神様の加護】と同じような種類のものだと思っていた。だがこの国だけではなく、この世界中の土に魔力が含まれているのだとしたら、それは驚くべき発見だと思う。

「気づいたかもしれないけど、北方や西方の山岳地帯には、ドワーフ族や魔導師達の国がある。つまり亜人の住んでいるところは魔力の多い土地なんだよ。魔力が多いから亜人が生まれたのか、どちらが先か分からないけど……あ、これも僕の仮説ね」

「この世界の動物や植物……普通の人間達も少なからず皆が体内に魔力を持っているなんて……リューセー、それはすごい発見だね」

「うん」

ホンシュワンに褒められて、龍聖はとても嬉しそうだった。頬を染めて顔をくしゃくしゃにして笑う。そんな龍聖をホンシュワンはいつも愛しく思う。

「前にも言ったかもしれないが、我が国の井戸には水竜の宝玉が設置されていて、無限に水を作り出しているから涸れることはない。でも宝玉から作る水には魔力が含まれているから、人間であるアルピン達にはあまり良くないと思って、出来る限り含有魔力が少なくなるように調整していたんだよ。だけどその必要はなかったということなのか？」

ホンシュワンは龍聖の話から興味を持って、ふと頭に浮かんだことを尋ねてみた。すると龍聖は、う～んとしばらく考え込んでいる。

「そのことなんだけど……先代龍聖の手記の中で、この世界の進化の過程の謎がどうしても解明出来ない……というのがあってね。地球とこの星はとても似ていて、よく似た動物や植物がいるから、一見進化の過程は同じはずなのに、亜人という地球にはまったく存在しない生き物がいるんだ。植物にも亜人のように地球ではありえない進化を遂げた不思議な植物があるし、海には魚人がいるでしょ？地球になくてこの星にあるもの……進化の違い……たぶんその謎を解くカギが、この世界自体というか、土とか水とかそういう物に含まれる魔力なんだろうと思うんだ。さっき言った僕の仮説をもとに考えると、魔力が多く含まれる土地に住むと亜人になるかもしれない……となると、この国で長く魔力を摂取し続けたら、アルピンも亜人に進化するかもしれないよね」

「アルピンが亜人に進化!?」

ホンシュワンが声が裏返るほど驚いたので、龍聖はおかしくて笑ってしまった。

「魔力を少なく調整しているなら大丈夫だと思うけど……まあ、とにかく何が言いたいかというと、この世界の植物は魔力がないと育たないから、肥料だけの問題ではなかったんだ。ただどの植物がどれくらいの魔力を必要とするのかは、これからの研究次第だし、その研究をすることで進化の過程の謎を解明することさえ出来るかもしれないんだ」

「その謎が解明されたら、荒野に緑が戻るのかい？」

遥か昔、荒野は今の三分の一ほどしかなく、至る所に草原があり、アルピン達は遊牧民として平和に暮らしていた。

竜を殺せる文明を持った人間が、石油や石炭を得るために大地を掘り荒らし、大気を汚し、アルピンを捕らえ、やがて草原は消えて、灼熱の荒野が広がっていた。

失われた景色が戻るのだろうか？

ホンシュワンの問いかけに、龍聖は腕組みをして考え込んだ。

「そうだね……すぐに緑は戻らないかもしれないけど、少しずつ変えていくことは出来ると思うよ」

確約は出来ないが、可能性に賭ける……そんな強い意志を感じさせる表情だ。時々見せる龍聖のそんな頼もしさに、ホンシュワンは何とも言えない胸の痛みを覚える。なぜこんなにも健気にがんばろうとするのだろう?

　ホンシュワンは、龍聖の肩を抱き寄せて、龍聖の頭に頬を摺り寄せた。

「なぜ荒野に緑を……って思ったんだい? 不毛の地が月に似ていたから?」

「それもあるけど……この中央大陸の三分の一以上を荒野が占めているでしょう? 荒野に緑が戻って、人の住める場所が増えたら、戦争で故郷を失った人達の逃げ場になるんじゃないかと思ったんだ。土地が少ないから領土問題が起きるんだと思うし……」

　龍聖からの意外な答えに、ホンシュワンは目を丸くした。領土問題のことにまで龍聖が胸を痛めているとは知らなかった。

「リューセーは本当に偉いね……自分の国のためだけじゃなく、他の国の人達のことまで考えるなんて」

「違うよ。この国のためだよ。この世界から少しでも争いがなくなれば、この国も狙われることはないでしょう? ホンシュワンが、帝国のことで悩む必要がなくなればいいなって思ってる。今もなんかすごく悩んでいるでしょ?」

　ホンシュワンははっとした。なぜ気づかれたのだろうと思った。さっきも思いつめた顔を、龍聖の前でしないように気持ちを切り替えるために、入り口の前で頬を叩いて自分を鼓舞したばかりだ。頬が赤かったのが原因か? それとも何かそれらしいことを言ってしまったか? ホンシュワンは、少しばかり困惑してぐるぐると色々な考えを頭に巡らせた。

　黙ってしまったホンシュワンの気持ちを察して、龍聖もそれ以上は何も言わなかった。二人は何も言わないまま寄り添い合って静かな時を過ごした。

やがてあまりにもホンシュワンが静かになってしまったので、はっきり言った方が良いのかな？と龍聖は考えた。ふうっと息を吐いて、膝の上に置かれたホンシュワンの手を握る。

「あのね、二人で何でも話そうって言ったでしょ？　もちろん言いたくないことは言わなくていいけど、話せることは何でも話したいって僕は思ってる。相談に乗ってほしいとかそういうのではなくて、口に出すだけですっきりしたり、自分で気づかなかったことに気づいたりってこともあるからさ」

龍聖はホンシュワンを気遣いながら、言葉を選んで言った。何でも出来るホンシュワンが悩んでいるのだ。優秀な家臣達にも話せないかもしれないことを、自分がどうにかしてやれるなんて思っていない。ただ少しでも心を軽くしてあげたかった。

龍聖の真っ直ぐで優しい思いが、ホンシュワンを後押しした。

「君の言う通り……帝国のことで悩んでいるんだけど……いや、帝国をどうにかしたいというわけじゃないんだ。この前撃退したことで、帝国はもう我が国に手を出すことはなくなったと思う。だからと言って解決出来てよかったという話ではないように思えるんだ。帝国は決して心を入れ替えたわけではなくて、他の国には今も宣戦布告をしている。我々は決して戦わない。非戦争国。他国の戦争には介入しない……ずっとそう言い続けてきた。この世界では異例の宣言をする国だというのは、建国以来三千年近く経った今でも変わらない。我が国の主張を尊重してくれる友好国はあるけれど、同じ意志を持つ国はいない。出来れば戦争はしたくないと思っていても、この世界の人間達にとって、戦争は回避することの出来ないものになっている。なぜ人は戦うのか？　そんな疑問を持つのは、私が甘いからなのだと思う。だってそういう我々竜族も、同族殺しを続けていた獣だった。人間達を滅ぼそうとして天罰を受けた。人間達を責める権利は、私達にはないんだ」

「本当にそうかな？」

ホンシュワンは目を見開いて、思わず少し体を起こして隣にいる龍聖の顔を見た。龍聖もホンシュワンに寄りかかっていた体を起こして、真っ直ぐにホンシュワンをみつめ返す。

「本当にそうなのかな？　僕はそう思わないけど」

改めて龍聖が言い直した。黙って聞くだけのつもりだったが、龍聖には違う思いがあった。

「ホンシュワン達には、人間を責める権利はあると思うんだ。だってこの世界で唯一、神様からの天罰を受けて、罰に従い罪を償うため正しく生きてきた種族だ。三千年近くも……確かに人間に対する恨みが高じて、この世のすべての生き物を滅ぼそうとしたことは、万死に値することなのかもしれないけれど、長い時をかけて償ってきたんだ。神様はもうとっくに竜族のことを許しているんじゃないかな？」

「神に許されてる？」

思いもよらない言葉に、ホンシュワンはさらに驚きで瞠目《どうもく》した。

「ホンシュワン、貴方こそがその証明だよ。神は竜への罰として、人と竜の二つの体に分けたんでしょ？　人間の身を持つことで、竜に比べたらとても脆弱で生きづらい存在なのだということを知るために……だけどホンシュワンは一つの体に戻ったでしょ？　それも人間の体と竜の体、どちらで生きるのか自身で選ぶことが出来るんだから、ただの竜だった頃よりもグレードアップしてる……あ、えっと……高性能に進化してる」

龍聖が笑顔で「ね！　すごい！」と言ったので、ホンシュワンは呆然としてしまった。そういう考えなど一度も持ったことがなかった。あまりにまったく違う角度からの視点を持つ龍聖に、驚愕してしまった。

「それにさ……竜王が生きるために必要な魂精を持つ僕達龍聖が……守屋家が絶えてしまうかもしれないという危機に、再び異世界への扉を開けて救いに行く力を持ってる竜王……ラオワンが誕生して、それで救出が叶わなかったから、もう一度チャンスを……機会を与えてくれたかのようにホンシュワンが生まれたのって偶然じゃないと思うんだ。かつてホンロンワン様が、この世界で魂精を持つ人間を探したけど見つからなくて絶望した時に、神様はそこで見捨てることなく、異世界に行って探す機会を与えてくれたでしょう？　だから今回もシーフォンが生き残れる機会を神様が与えてくれたのではないのかな？　二回も！」

無邪気に笑う龍聖に対して、ホンシュワンは驚愕のあまり息をするのも忘れてしまうくらいに、すべての身体活動が停止していた。

「あくまでも僕の考えだよ？　だけどそうとしか考えられないよね！」

まるで研究の結果が上手くいった時のように、わくわくとした顔で語る龍聖に、ホンシュワンはガツンと頭を殴られたような気持ちになっていた。前向きな考え方にも限度があるだろうと思えた。でも龍聖の言う通り、そうだと考えると、そうとしか思えなくなってくる。

ホンシュワンの脳裏に、母の残した研究資料が唐突に浮かんだ。竜を持たないシーフォンの存在と意味についてだ。竜王の力に影響を受けない新しいシーフォン。竜王が死んだとしても、竜を持たないので狂わずに生きていける。つまり竜を失う代わりに、人間として普通に生きる道が用意されているということ。

「だからね、ホンシュワン。僕はそろそろ竜族も、自らを主張して生きてもいいと思うんだ。今までのように隠れてひっそりと生きる道もあるけれど、竜の強さを前面に出しても良いんじゃないかな？　この前ホンシュワンが帝国軍を追い返した時のように、力を誇示して竜という存在を恐れさせることも時には必要だと思うんだ。そうじゃないと、トカゲって言って舐められるよ？」

いたずらっ子のような顔で笑う龍聖を、ホンシュワンは抱きしめた。龍聖の言葉は、ホンシュワンが誰かに言ってほしかった言葉だったのかもしれない。自分では意識していなかったが、従来の他国との付き合い方に、どこか不便さを感じていた。

竜としての力を誇示することは、戦争を誘発するだけではなく、竜を欲する者達を刺激することになるからと、ずっと長い間ひっそり生きる道を選んできた。

しかし人間達は何も変わることはない。竜がいてもいなくても戦争は繰り返されるし、竜を欲しがる人々もいなくならない。

ドワーフ族やエルフ族のように、完全に人間との関係を断ち切ってしまえば、独自に静かに生き続けることは出来るだろう。だが人間のような国を作り、人間と共存する道を選んだ以上は、ひっそりと生きるには限界がある。都合のいい時だけ手を取り合い、都合が悪くなると見て見ぬふりをする……エルマーン王国が友好国に対してしてきたことはそういうことだ。だからホンシュワンのように、それに矛盾を感じると悩んで苦しくなってしまう。

「私は……昔母から聞いた国際連合という仕組みについて、この世界でも取り組みは可能なのかどうか考えているんだ。とても難しいとは思うけど……たとえば国際連合の主となる目的の一つである【平和と安全の維持】だけでも活用出来ないかな？　と……現在起きている帝国の侵攻を加盟国で団結して阻止、終了させることが出来たら良いなと思っている。そのために我が国が発起人となって、旗振りをすれば加盟国が増えるのではないかと思うけど……今までは戦争に加担しないと言っていた我が国が、自ら先陣を切ることに反発や誤解が生じるかもしれないけれど、戦わないための国際連合なのだから、矛盾はないはずなんだ」

「うんうん、いいと思うよ！　ダメでもともとでしょ？　やってみたらいいんじゃない？　僕は大和の民しか存在しない世界で生まれ育ったから、国際連合については知識しかないけど、この世界で実現出来たらいいと思うよ」

ホンシュワンの頭の中が、すっきりと晴れ渡っていくような気がした。あんなに思い悩んでいたことが、まるで馬鹿馬鹿しく感じる。

「リューセー、ありがとう……君は私の救世主だ」

「え？　なに？　救世主？」

龍聖が明るく笑い飛ばすので、ホンシュワンも笑いながら龍聖を強く抱きしめた。

「口づけてもいいかな？」

「なんでお伺いを立てるの？　いつもみたいに好きにすればいいでしょ？　僕が断るとでも？」

「いや……なんだか今は君にお伺いを立ててからじゃないと、そういうことが出来ない気になっているんだ。だって君は救世主だからね」

「じゃあ……とりあえず寝室に行こうか？　まだ早い？」

「……早くない」

二人は笑いながら口づけを交わし合った。

ホンシュワンは、この世界に合った【国際連合】について、自分なりの考えをまとめた草案を作り、カリエンとカラージュ、そして外務部の者達を集めて意見を聞くことにした。

会議にあたって、この草案にある【国際連合】という組織の考え方は、ホンシュワンが独自に考えたものではなく、龍聖のいた世界で実際に存在していた組織であり、平和維持に広く役立ってきた実績があることを、皆に説明した。

皆はすでに異世界で実績のあるものだと聞くと、とても関心を示した。活発に意見が出されて、最大の争点は我が国がどこまで介入するかになった。

エルマーン王国が非戦争国であることは、これから先も変わることはない。人間を殺せない神罰を身に受けている以上、たとえ巻き込まれただけだとしても、人を殺せない以上は何もすることが出来ない。そのため異世界の国際連合が定める憲章の中の【集団的自衛権の行使】など、武力行使に関するものは一切転用出来ない。あくまでも【国際紛争の平和的解決】を理念にするしかなかった。

だが【国際紛争の平和的解決】というものは、この世界の人間に、理解を求めるのは難しい。会議に参加しているシーフォン達でさえ「そんなことが可能なのか？」と、夢物語のようにさえ感じてしまう。しかし実際に龍聖のいた世界では、それが長きにわたり行使されていたのだと聞けば、決して出来ないことではないのだと分かる。

だが異世界の話をこの世界の者達に話すことは出来ないし、実現出来ることだと証明出来ない限り、理解を求めるのは難しいだろう、というのが、皆の意見だった。

「陛下、私からひとつ意見をよろしいですか？」

それまで黙って皆の意見を聞くだけだったカリエンが、手を挙げて発言の許可を求めてきた。

「ああ、ぜひ聞かせてほしい」

「まずはリムノス王国に相談を持ちかけてごらんになったらいかがでしょうか？」

その場が少しばかりざわめいた。リムノス王国は、エルマーン王国と最も長く友好関係を築いている国だ。世界で最も大きな商業都市と学園都市を持つこの国は、『商売と英知の中心』と言われるほどの大国だ。

「リムノス王国であれば、国際連合の有益性を最も早く理解してもらえると思いますし、賛同を得られれば最も頼もしい味方になります。我が国とリムノス王国が国際連合に加入したと聞けば、周辺国も興味を示すでしょうし、両国と友好関係にある国は、参加を表明してくれるかもしれません。最初は少ない数かもしれませんが、実績を作っていけば数は増えるのではないでしょうか。なにより陛下がおっしゃる通り、今の情勢であれば、帝国への抑止力として大いに役立つと思われます」

カリエンの発言は、ホンシュワンだけでなくその場の皆の同意を得て実行されることになった。


翌日、ホンシュワンは早速、リムノス王国への使者を立てることにした。相談したいことがあるので、貴国を訪問したいという旨の書簡を携えて、カラージュが行くことになった。

リムノス王国より承諾の返事が貰えれば、先方の都合を伺いつつホンシュワンが訪問する日程を調整することになる。

カラージュ達外交部隊一行は、朝発ってその日の午後にただならぬ様子で戻ってきた。

「陛下！　陛下、大変です！」

王の執務室に血相を変えたカラージュが転がり込むように入ってきた。

「どうしたんだカラージュ、ずいぶん早かったな」

ホンシュワンは、カラージュだけでなく、一緒に同行した彼の部下まで酷く慌てた様子で執務室に飛び込んできたので、怪訝そうな顔で出迎えた。

「何があったんだ、カラージュ」

よほど慌てていたのか、城内を全力で駆けてきたらしく、膝に両手をついて肩で息をしながら、すぐには返事が出来ないカラージュに、カリエンが立ち上がって答えを促すように声をかけた。

「リムノス王国に……帝国の大軍が進軍してきていたのです」

「なんだと！」

ホンシュワンは驚いて立ち上がった。

「かなりの大軍でした……王都を取り囲むように陣形が取られていて……我々はしばらく上空で様子を窺っていましたが、王都に近づくことが出来ないため、離れた所に一度降りてなんとか情報を探ることにしました。それでしばらく街道沿いに潜んでいると、王都方面から来る隊商を発見して、情報を聞き出しました。その者達の話によると、十日前に帝国より最後通牒が届いたようです。国内にいる亜人を全員引き渡して属国になることを十二日以内に承諾しなければ攻撃するというものだそうです。リムノス王国では、ただちに国内にいる亜人達に向けて国外へ逃げるように布令を出したそうです。恐らく属国になるのを拒否するつもりだろうと……そしてこれは別の者から得た情報ですが、帝国はリムノス王国以外の国にも同じような最後通牒を出しており、それらの国が皆、我が国の友好国だったのです」

カラージュはようやく息が整って、一気に話し始めた。それは驚くべき内容だった。ホンシュワン達は言葉もなく立ち尽くしている。

「この前の仕返しというわけか……」

ホンシュワンが静かに呟いた。

「そうですね、恐らく……リムノス王国へ派兵している軍隊の規模が一番大きいようです。もしかしたら皇帝も出陣しているかもしれません。他の友好国については、リムノス王国の後順番に攻撃するつもりなのでしょう……もしかしたらそうやって時間を稼いで、我が国への見せしめとするつもりなのかもしれません。我が国が他国の戦争に一切介入しないことを知っているのでしょう」

カラージュの話を聞き終わった時、一瞬執務室の中の空気が大きく揺れた。カリエン達は眩暈《めまい》を覚えたが、なんとか倒れずに堪えた。

「兄上……怒りを鎮めてください」

カリエンが苦痛に顔をゆがめながら訴えた。すると威圧が薄らいでいく。

「すまない」

ホンシュワンは謝罪したが、その声音にはまだ怒りが宿っている。

「バイレンを呼べ、すぐに出立する」

「兄上、どこに行かれるのです？　まさか介入するおつもりですか？」

歩き出したホンシュワンの後を追ってカリエンが慌てて尋ねた。

「十日前に最後通牒が来たというのに、リムノス国王は我々に仲裁を頼まなかったのだ。きっと帝国のやり方を理解していて、我々を巻き込まないつもりなんだ。長年の友好国に対して、私はもう見て見ぬふりをするつもりはない」

ホンシュワンはカリエンに向かって語気を強めながらそう言い捨てると、足早に執務室を出て行った。


ホンシュワンが王の私室に戻ると、そこには龍聖もサフルもいなかった。恐らく研究室へ行っているのだろうと思いながら、侍女に甲冑に着替えると告げた。

『ホンシュワン、戦うつもりなのかい?』

シンシンが心配そうに尋ねた。

『戦う……そうだね、脅しくらいでは分からないようだから、ちょっとは痛い目に遭わせないといけないかもしれないね』

『大丈夫? ホンシュワン、冷静になろう』

『私はいつも冷静だよ』

ホンシュワンは甲冑を身に着けてマントを羽織ると、侍女達に「私はリムノス王国へ向かったとリューセーに伝えてくれ」と言い残して、王の私室を出た。

中央塔へ続く階段に向かおうとした時「ホンシュワン!」と龍聖の声がした。振り返ると、廊下の向こうから龍聖が駆けてきた。侍女の誰かが呼びに行ってくれたのだろう。

ホンシュワンの下まで駆けてくると、龍聖は息を乱しながらじっとホンシュワンをみつめた。少し遅れてサフルと護衛の兵士が追いついてきたが、離れた所で見守っている。

「ホンシュワン、どこに行くの？」

甲冑を身に着けてただならぬ様子のホンシュワンを見て、龍聖が少しだけ心配そうな顔をした。ホンシュワンは何と言うべきかしばらく考えた。さっき侍女に言ったのと同じことを言おうかと思ったが、なぜか言うのをやめてしまった。

ニッコリと笑って龍聖をみつめ返す。

「ちょっと喧嘩をしに行ってくる」

ホンシュワンが笑顔でそう言うので、龍聖はきょとんと目を丸くしたが、すぐに笑顔に変わった。

「がんばってね！　ガツンと思いっきりやってきてよ！」

龍聖は両手の拳を振り上げて応援したので、ホンシュワンは驚きつつも嬉しそうに頷いて階段を上っていった。

城の中央塔から巨大な黄金竜が舞い上がった。東へ向かって飛んでいくその後ろに、バイレン率いる五十人のシーフォン達が続く。

一度にこれだけの数の竜が、他国へ向かって飛び立つのは初めてのことだった。


帝国の大軍団が、リムノス王国の王都に到着したのは、攻撃開始予定日の二日前だった。

王都の防壁を取り囲むように陣が組まれて、馬に引かれた大砲や投石器が陣の最前列に配置されていく。陣の後方には、ひときわ豪華な天幕が張られた。

そこにはフェルンホルム帝国の皇帝アルデベルト・フォン・フェルンホルムが、優雅にお茶を飲む姿があった。

「陛下、布陣が整いました」

帝国騎士団総団長のダニエル・ド・ラングラン伯爵が、ひざまずいて報告をした。

「ごくろう、しかしあと二日も待たなければならないのは面倒だな……なんとかならぬか？」

「はい……それでは使者を送りましょう。返事を催促するのです。従順に承諾すればそれまで……断ってくるならばその時点で決裂したとして攻撃をすることが出来ます」

総団長の提案に、皇帝は満足の笑みを浮かべた。

「すぐにそのようにいたせ」

「はい、かしこまりました」

総団長は恭しくお辞儀をして、天幕を出て行った。皇帝はそれをニヤニヤと笑いながら見送る。

「私に出来ぬことなどないのだ。私が優しくしていれば、愚民どもはすぐにつけ上がる。もう私はこれ以上奴らに慈悲は与えぬ。私自らが制裁を下すのだ。ありがたく思うがよい」

「まったくもってその通りでございます」

側近達は皇帝を持ち上げる。異を唱える者などここにはいなかった。

帝国軍総勢八千の軍団は、皇帝直下の第一騎士団を始め、帝国が誇る精鋭達だ。傭兵など他国の兵を使うなどの手抜きは一切していない。最近の度重なる家臣達の失敗を払拭《ふっしょく》するために、皇帝自らが先頭に立ち精鋭を引き連れて、帝国に反抗する国々に鉄槌を下すつもりで来ていた。

その先がけとして、最も目障りだったリムノス王国を選んだ。リムノス王国は、商業と英知の中心と呼ばれるほど栄えている。才ある者は亜人でも関係なく受け入れていて、世界中から商売をするため、学問を収めるために多くの者達が集《つど》っている。

五百年あまりの歴史を持つ国だが、様々な政治的理由で国の形態が変わってきただけで、本当は千年以上も前からここに国として繁栄してきたと噂されている。

穢《けが》れた血の愚民が、フェルンホルム帝国よりも古い歴史を持つことは許されない。

ましてや半年前に、皇帝の弟であるマクシム大公に恥をかかせた辺境の蛮族……竜使いなどと名乗っているエルマーン王国とも、深い繋がりがあるときては。皇帝はこの国を、徹底的に凌辱して見せしめにするつもりでいた。

半日ほど待ってようやく総団長が天幕に戻ってきた。

「皇帝陛下、リムノス王国に送っていた使者が戻ってまいりました。我らに従うつもりはないという返事でございます」

皇帝はニヤリといやらしい笑みを浮かべた。

「すぐに総攻撃をかけよ」

一切の迷いもなく攻撃命令を下した。


帝国軍の陣地に、伝令の馬が駆け回る。すべての隊に攻撃開始の命令が届けられた。各騎士団の小隊、中隊がそれぞれの役割を確認しながら動き始める。

王都の周囲にそびえる堅牢な造りの防壁を打ち壊すために、大砲と投石器の準備が始まった。

王都の防壁にいくつも置かれた見張り台では、帝国軍の動きに気づいて、各所に伝令が走っていく。緊張が走った。

ドーンッという轟音《ごうおん》が響き渡った。一発の大砲が打たれたのだ。それを合図に次々と大砲が火を噴いた。砲弾は防壁に直撃して、すさまじい爆発音と共に石の砕ける粉塵が舞い上がる。

投石機より放たれた岩の塊《かたまり》は、弧を描くように宙を飛び、いくつも防壁を越えて王都の中へ飛んでいった。岩は建物に当たって壊していく。

固く閉ざされた堅牢な王都の門の前では、破城槌《はじょうつい》が門を壊すために何度も突進を繰り返していた。

リムノス王国は、反撃せずにじっと耐えている。防衛にはそれなりの自信があった。今攻撃を受けているのは第一の防壁だ。中央にある王城までにはあと二つの防壁があり、さらに王城を守る城壁は、防壁以上に堅固だ。大軍からの攻撃にもひと月以上は耐えることが出来る。長期戦になれば遠方から進軍してきている帝国軍には不利な状況になる。彼らが諦めて撤退するのを待つしかない……というのが、王を始め上層部が下した結論だった。

王都に住む国民達は、離れた所にある学園都市に退避させている。

国王達は、王城の最上階のテラスから、爆炎の上がる第一防壁の辺りを眺めていた。簡単には破れることはないと思っていても、数百年は敵に攻め込まれたことがないため、実際の強度は分からない。激しい攻撃の爆音が聞こえるたびに、皆の表情に不安の色が浮かんでいく。

「帝国は苦戦しているようですな」

誰かが重い空気を破るために軽口を述べた。それに合わせて皆が次々に大丈夫だと口にする。

だが防壁を越えてくる攻撃もあるようで、防壁に近い街の至る所で建物が壊れる音が聞こえてくる。

攻撃が始まって二時間が経った頃、帝国軍の大砲が静かになり、攻撃が一旦中断された。連続しての使用で鉄の砲身が熱を持ち、これ以上砲撃を続けると壊れてしまうため、一旦熱を冷ます時間を取ったのだ。

防壁は未だに崩されていない。だが被害が全くないわけではなかった。見張り台のいくつかは破壊されて、リムノス王国側の兵士達に怪我人が出ている。街の建物もいくつか破壊されてしまった。

第一の防壁があとどれくらい持ちこたえられるのか、王都の者達は戦々恐々としていた。

一方の帝国軍もまた緊迫した状況にあった。いつまでも防壁を打ち壊せずにいるため、皇帝の機嫌がすこぶる悪いのだ。

「日が暮れるまでに防壁を破れ」

皇帝からの命令が、伝令によって全軍に届けられる。日暮れまでもうそれほどの時間はなかった。

『あの煙は……もう攻撃が始まっているのか？　まだ二日は猶予があるのではなかったのか？』

ようやくリムノス王国の王都が見える距離まで来たホンシュワンは、シンシンの目を通して見る光景に驚愕していた。

『これが帝国のやり方なんじゃないの？』

シンシンが呆れたように言った。

『どこまで傲慢で汚い連中なんだ……私は怒ったぞ』

ホンシュワンは怒りに震えている。

『どうする気だい？』

『心胆を寒からしめて戦意喪失させる』

『この前みたいに？』

『いや……あれくらいでは足りないようだ』

かなり高い上空を飛んでいたシンシンは、ホンシュワンの意志に従い王都を目指して急降下していった。


「あれはなんだ？」

帝国軍の騎士の一人が、空に光るものをみつけた。それはどんどん大きくなりながらこちらに近づいてくる。騎士達もまた次々とそれに気づいて、至る所でざわめきが起きた。

上空からものすごい速さで近づいてきた金色の物体は、帝国軍のすぐ上をそのままの勢いでかすめるように通り過ぎていった。すさまじい突風が巻き起こり、騎士達は風に煽られて、弾き飛ばされたり転倒したりした。大砲や投石器も次々と倒れたり転がったりしている。

皇帝のいる天幕は、瞬く間に風で吹き飛ばされてしまった。

帝国軍は何が起きたのかも分からないまま、悲鳴と共に布陣が崩れて人々が方々に散らばっていった。

「な……何が起こったのだ！」

いきなり天幕が風で飛ばされて、皇帝自身も風に煽られて少し離れたところまで飛ばされてしまっていた。椅子ごとひっくり返った皇帝は、混乱しながらじたばたともがいて立ち上がる。

周囲を見ると、大勢の騎士達がひっくり返ったまま、みっともない格好でもがいていた。鉄の鎧を着たまま仰向けに転んでしまった者は、すぐには起き上がれないのだ。

完全に戦いどころではなくなっている。

皇帝が目を白黒させて、周囲を眺めていると、再び悲鳴が上がった。指をさす者達もいる。皇帝がその方向に視線を向けると、見たこともない金色の巨大な生き物が、ゆっくりと宙に浮かんだまま近づいてきている。

「あれは……竜……なのか?」

皇帝は愕然としながら呟いた。それは初めて見る生き物なのだが、まったく知らないというわけでもない。神話などがつづられた本の中の挿絵で見たことのある生き物にそっくりだった。

騎士達は悲鳴を上げて逃げまどっている。腰を抜かして動けない者もいた。

「陛下! 危険です! お逃げください!」

側近達が皇帝の下に集まってきた。だが皇帝は驚きの表情のまま動けずにいる。

オオオオオォォォォォォ!

金色の竜が咆哮を上げた。空気がビリビリと唸りを上げる。頭が割れてしまいそうなほどの音量だった。もうまともに立っている者は一人もいない。

ふいに金色の竜が光に包まれた。それは小さく収縮していきやがて人の形を作っていく。巨大な金色の竜が嘘のように消えてなくなり、そこには深紅の長い髪を、風になびかせて宙に浮く一人の青年の姿があった。

竜が消えたことで、ほっと安堵する者達もいた。だがそれは一瞬のことだった。

「お前達の度重なる悪行は許されるものではない……それほどまでに私の怒りをその身で受けたいか！」

ホンシュワンは朗々と響き渡る声で、帝国軍の者達にそう言い渡した。すると次の瞬間辺り一面に波動が駆け抜けて、そこにいる者達全員が失神してその場に倒れてしまった。

帝国軍八千人が、全員気絶してしまった。ただ一人を残して……。

「あ……あわ……あわわ……」

皇帝は一人立っていた。あまりの恐怖に悲鳴すらも上げることが出来ず、変な声を口から漏らしながら、ガタガタと青い顔で震えていた。あの不遜な態度も、傲慢な笑みも、すべてがかき消えてしまっている。

ホンシュワンは宙に浮いたまま真っ直ぐに皇帝の下へ向かった。背中には金色の羽が生えている。

ホンシュワンは、皇帝のすぐ側まで来ると、とても冷たい眼差しでじっと見下ろした。

金色の瞳が皇帝を見据えている。皇帝は激しく体を震わせて失禁してしまった。

「おた……おたすけを……おたすけを……」

震える声で命乞いまでしていた。

「アルデベルト・フォン・フェルンホルム……もう二度と亜人を奴隷として蹂躙したり、他国を無差別に攻撃したり、領土を広げて支配したりという行為をしないとこの場で誓うならば、命だけは助けよう。だがこの場限りの偽りの誓約は私には通じない。私はお前達の行動をずっと見ている。約束を違《たが》えれば、次はもう許さぬ……お前は竜の呪いを受けた。お前の子も孫もこの誓いを守らなければならないが……今無残な最期を遂げるか、誓いを立てて生き延びるか、どちらを選ぶ？」

「誓う！　誓います！　もう二度と戦わない！　どこも攻めない！　奴隷はすべて解放する！　なんでもやる……だから命だけは助けてくれ……」

皇帝は泣きながら必死に懇願した。

「決して忘れるな」

ホンシュワンは一言そう言った。皇帝には金色の目が光って見えて、そのまま気絶して倒れた。


その後目覚めた帝国軍の騎士達は、周囲をたくさんの竜に囲まれていることに気づいて再び気を失いかけたが、全員がほうほうの体《てい》で逃げていった。皇帝も側近達に連れられて、気を失ったまま運ばれていく。

ホンシュワンの後を追っていたバイレン達は、途中で引き離されてしまい、ようやくリムノス王国に到着した時にはすべてが終わっていた。

バイレン達は防壁の外に転がる八千もの累々《るいるい》たる屍《しかばね》に顔色を変えたが、気絶しているだけだとホンシュワンから説明を受けて安堵した。

彼らが目覚めて退散するまで見張るようにと言われて、竜達で囲むようにして見張っていたのだ。

ホンシュワンは、王城に立ち寄りすべてが終わったことをリムノス国王に告げた。王と近臣達は、その場にひざまずいてホンシュワンに感謝した。

ホンシュワンは、リムノス国王に色々と相談したいことがあるが、また改めて訪問すると告げて、エルマーン王国に帰っていった。

国際連合については、まだしばらく形にするのは難しそうだと一旦保留にして、ホンシュワンはすでに別のことを考えていた。


ホンシュワンがリムノス王国から戻って一週間後、城の大広間にすべてのシーフォンが集められていた。

幼い子供を除いた老若男女が集っていた。その数は二千人あまり。かつて五百人を切るほどに数を減らしたシーフォンは、徐々に繁栄して初代竜王ホンロンワンの御代の頃の人数にまで戻っていた。

誰も口を開く者はいなかった。真面目な顔で静かに王の言葉を待っていた。

「皆、呼び出してすまない。今日は大事な話がある。これはシーフォンの未来の選択にかかわる話だ。だから主要な者達だけに話すのではなく、シーフォンの皆に聞いてほしいと思ったので、いつもの会議の場ではなく、こうしてここに集まってもらった。成人前の者達もいるが、君達もぜひ聞いてほしい」

ホンシュワンは静かに語り始めた。まずは先日のリムノス王国での一件について、事の発端から説明を行い、他国の戦争に介入しないという決まりを破って、ホンシュワンの独断で行動を起こしてしまったことについて謝罪をした。

それに続けて、なぜそういう決断をするに至ったのか、龍聖の言葉を借りて「そろそろ竜族も、自らを主張して生きてもいい」「力を誇示して竜という存在を恐れさせることも時には必要だ」という主旨の話をした。

　そして先代龍聖の研究により、半身の卵を持たないシーフォンの存在の意味が解明されたことを語り、竜王が死んでも人間として生き続けられる道が示されていることを語った。さらにホンシュワン自身の体のことについても語った。

「リューセーが、我々はもう神に許されているのではないかと言った。それは神罰がすべて消えてなくなり、元の竜に戻るという意味ではなく、我々の努力が実って、新しく生きていく道を選べる時が来たということだ。神罰だった『人を傷つけたり殺してはならない』『獣を食してはならない』というものは、すでに我らにとって当たり前になり神罰ではなくなっている。竜王が世継ぎを残さず死ねば、竜達が狂ってしまいシーフォンもまた全滅するという神罰も、竜王の力に影響されない新しい人間として生きる道が示された。これから先の未来で、リューセーが降臨するかどうか心配したり、世継ぎが生まれるかどうか心配したり、竜王が危ない目に遭って殺されないか心配したり……皆が、我々竜王という枷に囚《とら》われずに生きていける道があると知って、私は本当に安堵した」

　ホンシュワンはそこまで語ったところで、一度口を閉ざした。目を閉じて皆の反応を窺っているようだった。皆はとても静かだった。ホンシュワンの話は、とても驚くものばかりだったが、すべてが自分達の進退に関することだと分かるので、それぞれが真剣に聞いていた。年若い成人前の子供達も、真剣に聞いている。

　しばらく沈黙が続いたが、ホンシュワンは目を開けて皆の顔をみつめながら、穏やかな顔で話を続けた。

「私が皆にこのような重要な話をしたのは、秘匿することなく皆に知ってもらった上で、これからどの道を選ぶのか決めてほしいと思ったからだ。今すぐにという話ではない。もしも卵を持たない新しい人間として生きる道を選ぶならば、それが実現するのは自分の子や孫の時代になる。未来の話だからよくよく考えてほしいんだ。大和の国がある異世界では未曾有の災害が起きて、大和の国は壊滅寸前になっていた。守屋家の人々もリューセーも生き残っていたが、こちらに降臨するための術を失ってしまっていた。私が異世界への扉を開いて、自らリューセーを連れてきたけれど、これからの未来でも同じようなことがないとは言えない。私はそういう竜王にかけられた呪いのような神罰が、君達シーフォンの枷になるのが申し訳なく思ってしまうんだ。だからよくよく考えてほしい。新しい人間として生きることを決めた者は、私に申告してほしい。どうすればいいのか方法を教えるし、今後、半身を持たない者達が、この国でも生きやすくなるように環境を整えたいと思う」

ホンシュワンはそこまで言って、一度全員の顔を一人一人見回した。

「私からの話は以上だ」

ホンシュワンがそう締めくくった時、人々の中から一人手を挙げる者がいた。まだ年若い、成人したばかりのような青年だ。

「陛下にお尋ねしてもよろしいですか？」

「ああ、なんでも聞いてくれ」

ホンシュワンは優しく頷いた。

「私は我が国の歴史を学んだ時に、竜族に与えられた神罰とは別に、竜王ご自身に他より重い枷が与えられたと教わりました。リューセー様の持つ魂精がなければ、生きていけず世継ぎを残すことも出来ない。そして世継ぎである次の竜王がいなければ、竜族は狂って滅びてしまうと……こんな厳しい枷を背負い続けることは、陛下にとって辛いことですか？　陛下は今、ご自身が我々シーフォンの枷になるのが申し訳ないと仰せになりましたが、我々の方が竜王陛下の枷になっているのではありませんか？　もしもそうだとしたら、私は新しい人間になった方が、陛下のためになるのではないかと感じてしまったのですが……」

青年の真摯な言葉に、皆が同調して頷きながら、心配そうな顔をホンシュワンに向けた。ホンシュワンは思いがけない質問に、呆気に取られてしまっていた。

そして我に返ると、ニッコリと優しく微笑んで、先ほどまでとは違う明るい声音で質問の答えを述べた。

「私は自分にかけられた神罰を辛いと思ったことは一度もない。なぜならリューセーがいるからだ。神罰がなかったら、私はリューセーと巡り合うこともなかっただろう。私は愛するリューセーと共に生きる喜びを知っている。むしろ神罰に感謝したいくらいだ。きっと代々の竜王達も同じ気持ちのはずだ。だから君が、新しい人間になる道を選ぶのも、今のままでいることを選ぶのも、すべては君と君の未来の子孫達のための決断であってほしい。私の心配は無用だ。私はとても幸せだよ」

ホンシュワンは笑顔で心からそう答えた。

城下町から離れた草原に、大きな一本の木がある。その木の下で、ホンシュワンと龍聖が、草の上を元気にハイハイするテイワンを、笑顔で見守っていた。

「それにしても驚いたよね」

ふふっと思い出し笑いをする龍聖に、ホンシュワンは何のことだろう？　という顔で首を傾げる。

「ほら、この前の全員集会……あの後その場で、全員一致で今のままで良いと決まったことだよ」

龍聖に言われて、ホンシュワンは「ああ」と言って思い出したのかクスクスと笑う。

「男達が皆、竜がいることが自分達の存在意義だと言うんだ。ただの人間にはなりたくないそうだ」

「女性達も竜を持つ男性の方がかっこいいって言ってたみたいだよ」

二人は笑い合った。

草原を渡る風が心地いい。近くにはサフルや侍女や、護衛の兵士達もいるが、一家団欒《だんらん》を邪魔しないように距離を取ってくれていた。

「今の我々はそう決断したが、未来までもその決断に従う必要はないと思っている。またテイワンが皆と話し合えばいい」

ホンシュワンはそう言って、ハイハイしているテイワンのむくむくとしたお尻を軽くポンポンと叩いた。テイワンがきゃあっ！　と声を上げて笑いながら横に転がった。龍聖も笑いながら、転がるテイワンを受け止めて、ぎゅっと抱きしめる。

「そうだね……テイワン、君の未来は君のリューセーと一緒に考えながら築いていけばいいよ」

龍聖はそう言って、テイワンの頰に口づけた。テイワンはとてもご機嫌に笑っている。

「あーっ！　あーっ！」

テイワンが空を指さしながら一生懸命に声を上げている。龍聖はホンシュワンと顔を見合わせて噴き出した。

「テイワン、あれは竜達が歌を歌っているんだよ……平和の象徴だ。君の治める未来でも、きっと竜達が歌い続けていると思うよ」

ホンシュワンは、龍聖の腕の中で一緒に歌うように声を上げているテイワンに、そう言い聞かせながら龍聖と共に空を見上げた。

雲一つない青空にたくさんの竜が舞い、歌を響かせている。


「お目覚めになられましたか？　リューセー様」

呼びかけられて思わずきょろきょろと辺りを見回した。

「ここは……龍神様の世界ですか？」

龍聖は声をかけてくれた相手をみつめてそう尋ねた。長い茶色の髪の優しそうな男性だ。

「はい、ここはエルマーン王国、貴方がたが龍神様と呼んでいるこの国の王、竜王テイワン陛下が治める国です」

「ではあなたが竜王陛下？」

「いいえ、私はリューセー様にお仕えする側近のキタラと申します。常にお側にお仕えして、すべてのことからリューセー様をお守りする役目を担っております」

キタラと名乗る男性は、とても柔らかな物腰でそう告げた。龍聖はまだ状況をよく理解出来ていない顔をしている。

「側近……あの、でしたら龍神様にお会いすることは出来ますか？　私は家族や町の人達から、龍神様に会ったらくれぐれも礼を言ってほしいと言われてきているのです。かつて月に取り残された私達を救ってくださったことに感謝を……」

龍聖はベッドの上に正座をして、とても真剣な顔でキタラに訴えた。

「そうですね……陛下には出来るだけ早くお会い出来るように手配いたしますが……」

キタラがそう言いかけた時、カーテンが揺れて一人の男性が現れた。

「感謝の言葉なら、母から十分に貰っているし、そもそも月から大和の民を救ったのは私の父だ。だから私に感謝する必要はないよ」

爽やかな笑顔でそう語る男性は、目に眩《まばゆ》いほどの深紅の髪が印象的なとても美しい姿をした若者だった。歳は龍聖よりも少し上か同じくらいに見える。

「へ、陛下！」

驚いて大きな声を上げたキタラに向かって、彼は右手の人差し指を口に当てて「静かに」と言って笑った。

「リューセーが降臨したと聞いて、一目だけ会いたいと思って来てしまったんだ。すぐに退散するから内緒にしてくれ」

そう言っていたずらを企む少年のような顔で笑う彼のことを、龍聖は目を大きく見開いたまま呆然とみつめていた。

「あ、あなたが……龍神様？」

「ああ、私が龍神……この国の王である竜王だ。テイワンという。リューセー、君に会いたかった。

来てくれてありがとう」

眩しいほどの笑顔に、龍聖は心をすっかり奪われてしまった。

「あ、あの……私もずっと……お会いしたいと思っていました……龍神様の国はとても美しいと聞いていて……来るのを楽しみにしていたんです」

「じゃあその目で見てみるかい？　テラスから外を眺めることが出来るよ」

テイワンはそう言って、龍聖を誘うように手招きしながらカーテンの向こうに消えていった。

龍聖は慌ててベッドから降りて後を追おうとした。

「あ、リューセー様、テラスに出るのでしたら履物を……」

キタラが慌てて龍聖に、靴を履かせた。

「ありがとうございます」

龍聖は丁寧に礼を述べて、テラスに向かう。外に出ると一瞬眩しさに目がくらんだ。

恐る恐る目を開けると、そこには美しい自然溢れた光景が広がっていた。そして空には無数の竜が舞っている。

「わあ！　竜がいる……この音はなんですか？　あれ？」

不思議な音が空中にこだましているので、不思議に思った龍聖がテイワンに尋ねようとしたが、テラスにテイワンの姿はなかった。

「この不思議な音色は、竜達の歌声だよ。竜達は幸せを感じるとつい歌ってしまうんだ。リューセー、君が来てくれたことを、みんなが喜んでいるのさ」

どこからかテイワンの声が聞こえて、龍聖の質問に答えてくれた。

「竜の歌……テイワン様？　どこにいらっしゃるのですか？」

「ごめん、ここだ」

そう言って、テラスの外にテイワンが現れた。ふらりとそのまま上昇していくと思ったら、巨大な金色の竜が現れて、龍聖はとても驚いてしまった。テイワンは金色の竜の背中に立っていたのだ。

「リューセー、また会いに来るよ！」

テイワンは手を振りながら、そのまま金色の竜と共に空高く上がっていった。空で散り散りに舞っていた竜達が、金色の竜の後に付き従うように集まっていく。バラバラだった歌声も、一つになって美しく空に響き渡った。

「竜が歌うなんて知らなかった……」

龍聖は頬を上気させて、感動しながら空をみつめた。美しい王、美しい金の竜、美しい風景、美しい歌声……すべてに興奮してしまっていた。

「竜の歌声は平和の象徴です。陛下がおっしゃった通り、リューセー様がいらしたことを、皆が喜んでいるのです」

後ろに控えていたキタラが、補足するように話してくれた。

「竜の歌声が響き渡る美しくて平和な国……キタラさん、本当に私はここへ来ることが出来て嬉しいです」

龍聖は笑顔でそう言いながら、空を舞う金色の竜をいつまでもみつめ続けた。

遥か、遥か昔、この世界の空には獰猛《どうもう》で残虐な竜が、我が物顔で飛び回っていた。
しかしそれはただのお伽噺。
この世界の人々は、人も獣も傷つけない、平和な空で歌を歌う優しい竜を知っている。
そしてエルマーン王国では、また新しい竜王と龍聖の愛の物語が始まろうとしていた。

完

あとがき

皆様こんにちは。飯田実樹です。

今からちょうど十年前のある日、私の下へ一通のメールが届きました。

リブレ出版の編集者というその方から、「空に響くは竜の歌声」を単行本として出版させてほしいという依頼のメールでした。奇しくもその日は、この最終巻の発売日と同じ十一月十九日でした。

今から二十年前、私は趣味で個人サイトを作り、そこで小説を発表していました。当時、ネットでも商業でも、ＢＬでファンタジー作品はほぼ皆無でした。ないなら自分で書けばいいんじゃない？と思って書いたのが「空に響くは竜の歌声」です。

リブレからお声がけがあった時は、「もう十年も前の作品なのに……」と、なぜ今更？と思ったのですが、ＢＬ界隈でようやくファンタジーが、台頭してきた時でした。

趣味で書いていた小説です。私自身はプロの作家になろうなんて微塵も思っていませんでした。だから依頼メールも「なりすましでは？」と疑ったほどです。

本当にデビューすることになり、書店に「空に響くは竜の歌声」が並んだ時、これが最初で最後の商業本だとしても構わないと思っていました。それが次の出版のお話が出て、また次の……と、気がついたら十九巻。クライマックスまで書き続けていました。

竜王が十三人、龍聖が十三人。連綿と続く二つの世界の運命の二人の物語は、途中で途切れることもなく、最後まで書ききることが出来ました。

一作目を今読み返すと、文章が稚拙すぎて恥ずかしくなります。

大学の文学部などには所属していません。私の学歴は高卒……それも商業科です。物心ついた頃から本が好きで、毎日毎日、本ばかり読んでいた本の虫です。本好きが高じて、読みたい本が売っていないなら自分で書く……と、実行しただけで小説の書き方など何も知りませんでした。

一作目の著者校正は、原稿が真っ赤に染まるほどの赤字だらけでした。担当さんに間違いを正されて、校正さんに誤字脱字・言葉の誤用を指摘されて、毎回それが「小説塾」でした。

八巻か九巻くらいの頃だったと思います。一巻の帯を書いていただいた私が師と仰ぐ、秋月こお先生から「ずいぶん上手くなったね」と言われました。

十巻くらいの頃でしょうか、担当さんから「修正が少なくなりましたね」と言われました。

デビューして九年目。今もまだ気分は新人で、小説家としてはまだまだ鼻たれと思っていますが、この作品と共に少しずつ成長してきました。十九巻かけて……十九巻……十九巻かぁ～……。いや、まさか本当に、最後まで書かせてもらえるとは思っていませんでしたし、こんなに小説家として続けているとは思いませんでした。てっきり最初の上下巻で終わりかと(笑)。

デビュー作を、シリーズとしてこんなにたくさん出させてもらえる作家は少ないと思います。私はとても幸運な作家だと思います。と、ここまで書いて、なんか引退しそうな勢いの文章だな……と思ったのですが、大丈夫です。「空に響くは竜の歌声」が終わっても、私は引退しません。お仕事の依頼がある限りは頑張って書き続けたいと思っています。

私を拾い上げてくれて、支えてくれて、励ましてくれて、時には厳しく叱ってくれて、鍛えてくれて、育ててくれて、一番のファンでいてくれた担当さんには、心から感謝しています。

ドラマCDからのお付き合いで、「空に響くは竜の歌声」の世界を無限に広げてくださり、素晴らしいイラストの数々を生み出された神！　ひたき先生は、この作品になくてはならない恩人です。十三人の竜王の描き分けは、まさに職人技です。宇宙を描いてもらうことになるとは思っていませんでしたが、色々な場面を、私の想像通りに再現してくださって感謝しています。ご苦労もたくさんかけてしまったと思いますが、本当にありがとうございました。

ウチカワデザインさんには、家系図で苦労をおかけしました。「もうこれ以上は入らない！」と毎回悲鳴を上げさせてしまったと思います。カバーや版下のデザインだけでなく、本文のデザインまで拘っていただいて、毎回出来上がりが楽しみでした。本当にありがとうございます。

校正さん、営業部の皆様、広報の皆様、印刷所の皆様、他にも私の知らないところで、たくさんの方々が、この作品を支えてくださっていたと思います。ありがとうございます。

最後になってしまいましたが、この本を読んでくださった皆様、いかがでしたか？「空に響くは竜の歌声」のラストは、納得のいく形でしたか？　もやもやしていませんか？　楽しんで読めましたか？

この作品がここまで続けてこられたのは、読者の皆様の応援のおかげです。本当にありがとうございました。皆様にとって「空に響くは竜の歌声」が、特別な小説のひとつとして、心の片隅にずっと残っていたら嬉しいなぁ……と思います。

エルマーン王国は、いつでも皆様のご来訪をお待ちしています。

そしてまた新しい物語の世界でお会い出来たら嬉しいです。

飯田実樹

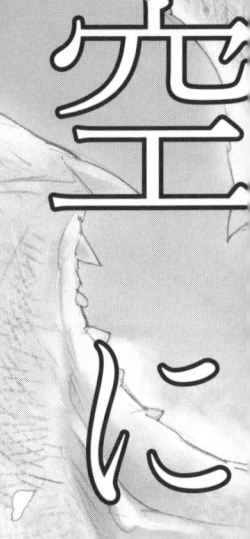

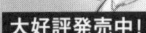

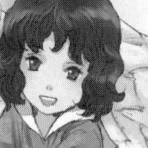

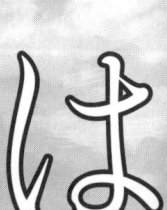

竜の歌声
MIKI IIDA
飯田実樹
ILLUSTRATION
HITAKI
ひたき
特設WEB
https://www.b-boy.jp/special/ryu-uta/

『空に響くは竜の歌声　永遠に響くは竜の歌声』をお買い上げいただきありがとうございます。
この本を読んでのご意見、ご感想など下記住所「編集部」宛までお寄せください。

アンケート受付中

リブレ公式サイト　https://libre-inc.co.jp
TOPページの「アンケート」からお入りください。

初出　空に響くは竜の歌声　永遠に響くは竜の歌声
オール書き下ろし

空に響くは竜の歌声
永遠に響くは竜の歌声

著者名　飯田実樹

発行日　2024年11月19日　第1刷発行

発行者　是枝由美子

発行所　株式会社リブレ
〒162-0825 東京都新宿区神楽坂6-46 ローベル神楽坂ビル
電話　03-3235-7405（営業）　03-3235-0317（編集）
FAX　03-3235-0342（営業）

印刷所　株式会社光邦
装丁・本文デザイン　ウチカワデザイン

Printed in Japan
ISBN978-4-7997-6958-4